主编 凌翔

当代

# 春宴

胡容尔 著

天津出版传媒集团

天津人民出版社

图书在版编目 (CIP) 数据

春宴 / 胡容尔著 . -- 天津：天津人民出版社，
2020.12

（当代著名作家美文自选集 / 凌翔主编）

ISBN 978–7–201–16876–0

Ⅰ . ①春… Ⅱ . ①胡… Ⅲ . ①散文集—中国—当代

Ⅳ . ① I267

中国版本图书馆 CIP 数据核字（2020）第 242963 号

## 春宴
**CHUN YAN**

| | |
|---|---|
| 出　　版 | 天津人民出版社 |
| 出 版 人 | 刘　庆 |
| 地　　址 | 天津市和平区西康路 35 号康岳大厦 |
| 邮政编码 | 300051 |
| 邮购电话 | （022）23332469 |
| 电子信箱 | reader@tjrmcbs.com |

| | |
|---|---|
| 责任编辑 | 岳　勇 |
| 装帧设计 | 陈　姝 |
| 主编邮箱 | jfjb-lx2007@163.com |

| | |
|---|---|
| 印　　刷 | 唐山楠萍印务有限公司 |
| 经　　销 | 新华书店 |
| 开　　本 | 710 毫米 ×1000 毫米　1/16 |
| 印　　张 | 16 |
| 字　　数 | 206 千字 |
| 版次印次 | 2020 年 12 月第 1 版　2020 年 12 月第 1 次印刷 |
| 定　　价 | 58.00 元 |

# 序：浸润生命感悟的散文意象

李一鸣

何为"意象"？在中国古代文论中，意象的意涵丰富而繁杂：或为表意之象，或为意中之象，或为意与象的二元指称，或近于意境。而在西方文论中，意象或是"一种在瞬间呈现的理智与情感的复杂经验"（庞德），或是"表示有关过去的感受上、知觉上的经验在心中的重现或回忆。"（韦勒克和沃伦）可见，中国古代意象诗学，强调在意象生成过程中体物得神、即景会心的感物取向，而西方现代意象诗学强调的是意象生成过程中主观意志对自然或物象世界浸染的智象传统。质言之，意象离不开主体审美情感同客观物象的互感同化，"情"与"景"审美的内在统一，是一个有意蕴有意味的艺术形式存在。

阅读胡容尔的散文，我们就会发现其散文意象斑斓多彩，其有宏观意象与微观意象之分，有时间意象与空间意象之别，有人生意象与社会意象之异，有生理意象与心理意象之差，有现实意象与浪漫意象之不同，而意蕴深厚、心物合一，是其散文意象的突出特点。正是作家以个体生命体验庞大世界，以有限生命体验无限存在，这才凝造了涵蕴生命质素的独特意象，赋予其散文不一样的风景。

胡容尔着意于意象的凝造。她以一颗敏感的心领悟大千世界万千物象给予人的启迪。她的散文使用频率最高、出现最多的意象主要有：秋、月、风、花和海。

在她笔下的"海"，具有盛大的壮美：成群结队的渔船结伴而行，海面上渔歌和号子粗犷嘹亮，粼粼的波光被劈成千万个洁白的箭镞，海鸟追随在船头船尾，引领着回家的方向。渔夫们全身披着晚霞烧红的光晕，黝黑的面庞上流动着丰收的光彩。舱内鱼虾蹦跳，海鲜肥美。岸上欢声雷动，人影幢幢，站着焦灼等待晚归的商贩和渔村的女人与孩子们……。

在她笔下的"花"，大丽花、凤仙花、荷花、蜀葵、粉豆花、葫芦花、牵牛花、打碗花、田旋花……这些嫣妍的花仙子，天天忙着绣花，在绿锦一样的枝叶间，锦上添花，而灼灼的桃花、盛开的杏花、粉色的蔷薇、葱郁的米兰、婀娜的栀子花，还有葫芦花、紫薇、木槿、月季、海棠、凤尾兰，也各有情态，寄托着作家古典的情愫。

"风"在她的心中，自有四时的不同：春风习习，轻轻敲打着窗户，吹拂着薄薄的宣纸；夏风温热畅快，贴身而行，衣袂飘飘，如履云端；秋日的微风，每天徐徐地吹拂，光彩透亮地滋润着人的世界；冬天的风，有时大，有时小，风大的时候，雪看不清自己，它被吹得摇摇晃晃，东倒西歪，风小的时候，雪就清楚地看到自己开放的六角花朵，撑着一顶降落伞。而蓝灰色的苍穹上那一轮"月"，像是哪个巧手女子，用毛边纸细心剪出来的，月光太满，周边溢出淡淡的光晕，轻纱般笼罩着朦胧夜色。神清气爽，风烟俱净，则成就了清"秋"的气场。

胡容尔散文中这些审美意象的特征，大致与她的个性气质以及文化心理有关。从个性气质来看，她应属于沉静、平和、内向性格，这使她倾向于选择与自己气质相合的审美意象；经年涵泳于中国传统文学之中，沉浸浓郁、含英咀华，中华古典传统予她以深深滋养；而"怨而不怒，哀而不伤"的审美文化，也使她的散文不会出现激昂的意象，故而具有阴柔美、中和性特征的秋、月、水、风、花等意象成为她的审美选择。

胡容尔的散文意象营构具有其特异性。一是心与自然凝合，达致主观情感与客观对象的物我合一，烙印着传统文化心理情结与审美意趣；二是情与景物融合，情景交融、虚实相生，构建出独具特质的艺术意境；三是富丽与清淡调和，意象既斑斓璀璨，又意味隽永；四是意象叠加化合，丰腴意象群形成绵密审美空间；五是思与表象暗合，涵蕴生命质素，传达了作家对生命、自然、人生的感喟与慨叹。如在"老船"身上，她独具慧眼，发现它"混血而生，采众木之精气，集天地之灵气。甘心，也不甘心。欢喜，也不欢喜。一棵树最后变成什么，怎么变，它并不能做出自己的选择"。而当老船消失，"仿佛一滴水珠悄然地融入大海，激不起丝毫涟漪，四处无迹可寻"，她读到的是命运："如同命运刻意设下的一个局，无法破解，令人怅然。"面对一半枯黄苍老，一半青黄憔悴，在鳞片一样闪亮的光斑中颤动的悬铃木叶子，她以敏锐的知觉，触探时间，探寻生命："秋天的重量太沉，树叶累了"，"于是沦陷在一场动荡的坠落中。与风同行，与雨结伴，落来落去，落入一个命定的圈套，无力挣脱"。"明知从生到死，结局毫无悬念，但它仍要生，仍要死"。这是她从生活之海打捞出的蚌中闪亮的珍珠！"人生犹如叶生。叶来叶去，人来人去。人生一世，草木一秋。生亦何哀，死亦何苦？活就得活出个好样子"。在胡容尔这部散文集中，这样的妙语随处可见，终于组成一部呈现生命质地的心灵史。

庞德有言："一个人与其在一生中写浩瀚的著作，还不如在一生中呈现一个意象。"诚哉斯言！一个散文作家一生中能否发现、捕捉、创造与个性密切契合的原创性意象，呈现创造性不可替代性意象，是其创作是否成功的标志性贡献。

创造无止境。期待胡容尔坚定秉持自由自主精神，尽兴展露独特自我，着意表达个性趣味，精心营造生命意象，调和古今，贯通中外，努力使散文获得更为广阔视野，切近现实生活，触摸人心人性，呈现新的诗性表达。

是为序。

2019 年 9 月于北京

（李一鸣系文学博士、教授，著名文学评论家、散文作家，现任中国作家协会办公厅主任、中国传记文学学会副会长，曾任鲁迅文学院常务副院长。）

# 目　录

## 第三辑　满庭芳

第一辑　浣溪沙

# 老船

黄昏时分，我看到了它。它像一尾搁浅在沙滩上的鱼，丧失了吞吐海浪、回归大海的能力。夕阳西下，落日的余晖浸透它枯竭的身体，使它发散出一种类似包浆的柔和的光泽。但这只是我的错觉。包浆是一种用来礼赞时间的有生命的温润的旧味，而它摸上去粗糙干涩，失去了油润的生机和活力。

海滩用淡黄色的手掌托起了它。莹白的贝壳在它的身旁闪闪发亮。它上了年纪，肢体残缺不全，曾呼风唤雨、威风凛凛的桅杆从中间折断，白帆不知所终，像一段没有结尾的故事。原本涂着绿色油漆的侧板，看起来斑驳陆离，颜色混杂难辨，像一堵被风吹日晒有些年头的旧墙。它活成几块朽木的组合体。离开海水的浸润，它的光芒消隐，孤独地静止在时间里。

还有属于它的时间么？它来自哪里？面对着它，我充满困惑和迷茫，不知该怎样给它命名——一条来历不明的船，一条年久失修的船，抑或一条废弃的没用的船？如同一位没有身份证明的可疑老者，已迈不动前行的步子了。在这远离渔村的城市海岸线上,它的出现,显得突兀、奇怪和多余,没人说得清它的来龙去脉。

即使衰老,即使残缺,这位昔日征战海上的王者,仍然是骄傲的。它的龙骨还在,它的脊梁就还在,它的魂魄就还在。它尖尖的头颅依然翘起,面向大海,目光深情,追逐着浪花朵朵、潮起潮落。船恋海,宛如蝶恋花。这是它的命。

几只海鸥飞来,扇动着翅翼在它的头顶上盘旋,审视,继而栖落在它破旧的船头上,梳理着雪白的羽毛,发出"欧欧"的欢唱声。它们不嫌弃它,相反,它们有一见如故的惊喜。它们从它的身上,嗅出了残留的海水气息。这种熟稔的饱含盐分的气息,咸腥而甜蜜,已深入它们的血脉中,让它们轻易地分辨出共同的属性,并相互吸引。它们依偎在一起,肌肤相亲,窃窃私语,倾听彼此相悦的心跳。

船向水而生,它本就是为水而生的,一如鱼儿离不开水、花儿离不开阳。诺亚方舟的传说,便是人类遵照神谕,运用自己的智慧造船,并借助船载、征服洪水、逃脱浩劫的成功典范,由此开启繁衍新生的创世纪进程。船,是人与水的对白,是人与水的重要沟通方式。水能载舟,亦能覆舟,这对纠缠不休的欢喜冤家,相爱相杀——恩爱或者反目,和解或者对抗,演绎种种恩怨情仇,世代沿袭,从未停歇。

与江南水乡纤巧雅致的乌篷船不同,北方的渔船,天生带有一种彪悍的凛然之气,恰似北方顶天立地的汉子。它深知,它的心上人是承载它的大海,是天地间气象万千的汤汤大水。它必须具备配得上这万千气象的霸王气质:直挂云帆济沧海——一条经过手艺人精心打造的渔船,只有驰骋在海中,感受大海耳鬓厮磨的柔情与力量,穿越浮沉,经受住一次次风吹浪打的考验,在波澜壮阔的征程中,完成庄重的成年典礼,拥有勇士的意志和品质,才算成材。

许多个黄昏,我走近它,这枚弯弯的弦月似的老船。海风围着它吹起舒缓的口哨，浪花打开纷飞的翅膀，岛屿浮起巨鲸般的脊背。大海曾被它反复地耕耘，这块巨大的比天空更蓝的蔚蓝色田野，浮动着诱人的芳香，而它是一只勤劳的犁铧。《渔舟唱晚》的旋律，在它的耳畔温柔地吹过。或许它想起了从前傍晚归航时的盛大壮美：成群结队的渔船结伴而行，海面上渔歌和号子粗犷嘹亮，粼粼的波光被劈成千万个洁白的箭镞，海鸟追随在船头船尾，引领着回家的方向。渔夫们全身披着晚霞烧红的光晕，黝黑的面庞上流动着丰收的光彩。舱内鱼虾蹦跳，海鲜肥美。岸上欢声雷动，人影幢幢，站着焦灼等待晚归的商贩和渔村的女人与孩子们……

　　一个个白昼和黑夜里，天上的太阳、云朵、月亮和星光轮流关照着它。它像老牛一样静静地卧在沙滩上，反刍着那些与惊涛骇浪相亲相斗的日子。明白一阵，糊涂一阵。有时它会想起它的主人姓甚名谁，有时又忘记。——也许它的主人，身材魁梧，胡子拉碴，头发蓬乱，双手皲裂的波浪状的褶皱里，收藏着海上生活的五味俱全。他捕鱼为生，熟谙海性，经常三更半夜出海，蜗居在船上巴掌大的空间里。他喝高度呛人的老白干，抵御海上的寂寥、潮湿和风寒。他熟练地掌握斩网、砍桅、斩锚等应急求生技能，靠海生息。现在，它老了，他也老了，饱受风湿病折磨的他，再也顾不上心爱的它了；有时它还会想起它尚是一棵树时的模样，枝繁叶茂，躯干坚硬挺拔，有时又记不清自己的原名和长相。年月不停地生长壮大，而它停滞在模糊的过去里，离鲜活很远，离未来遥不可及。它被抛弃在岁月的边缘。

　　我猜测，这条犹如一截落地之虹的老船，它的前身曾是深山里的杉树，依清风明月，傍山泉奇石，听鸟语虫鸣，原本过得逍遥自在。但这种平静安宁，却因人类的入侵砍伐而被剥夺。等它从疼痛中醒来时，却发现自己已变成了一条陌生的船。是它，也不是它，面目全非。当然，这条船，也可能是多种树木的结合体。《天工开物》有云："凡木色桅用端直杉木，长不足则接，其表铁箍逐寸包围……梁与枋樯用楠木、槠木、樟木、榆木、槐木（樟木春夏伐者，久则粉蛀）栈板不拘何木。舵杆用榆木、榔木、槠木。关门棒用桐木、榔木。橹用杉木、桧木、楸木。"——大约有不同名字的木材，分别做了它身体的五脏六腑。它混血而生，采众木之精气，集天地之灵气。甘心，也不甘心。欢喜，也不欢喜。一棵树最后变成什么，怎么变，它并不能做出自己的选择。

有一天，当我再次走向那片海滩时，却蓦然发现，老船已消失不见了，跟它起初的出现一样，让我惊诧。我试着打探它的消息，但没人像我在意它，一条碍眼的旧船。仿佛一滴水珠悄然地融入大海，激不起丝毫涟漪，四处无迹可寻。

如同命运刻意设下的一个局，无法破解，令人怅然。

长夜漫漫，我做过一个与老船有关的梦：在落日熄灭光辉、跌落山尖的瞬间，它一跃而起，跳入海中，缓缓地沉入海底，化作一颗蓝宝石形状的心脏，跳动不息。海水在它的周边流淌，鱼群在它的身边滑翔，它被簇拥其中，一闪一闪，发出星子一样幽蓝的微光。

我相信，这是老船给我的一种暗示，它终究魂归海上了。就像它从不曾被伤害过，就像生命最初的纯净美好。

# 黄叶地

太阳的光芒，如金色的渔网弥天撒下，但拯救不了那些叶子——手掌大的悬铃木叶子，一半枯黄苍老，一半青黄憔悴，在鳞片一样闪亮的光斑中颤动，然后迅疾地俯冲下来，抵进我的视线里。

一叶知秋。叶片用敏锐的知觉，触探时间，驮着季节。秋天的重量太沉，树叶累了，脊梁压弯了，直不起身子，于是沦陷在一场动荡的坠落中。与风同行，与雨结伴，落来落去，落入一个命定的圈套，无力挣脱。这是木本植物叶子的宿命。明知从生到死，结局毫无悬念，但它仍要生、仍要死。这种艰难的无法和解的矛盾，自始至终，贯穿在所有的生命体中。

行走在晚秋的琴弦上，我的足音和着落叶弹唱的旋律。就像一个不喜不悲的局外人，我目睹眼前不可挽回的衰老，目睹一场浩大的死别。

每个行将枯萎的秋天，我的目光都热衷于追逐那些四处纷飞的秋叶，有一种悲壮之美：树叶像群鸟的羽毛，瑟瑟发抖地在风中起舞，抑或是翱翔。它们以雨雪的形式，从高处降落，直抵大地的胸膛，呓语般破败，衰亡。

离开母体的树叶，无家可归。江河湖水，都不能算是好的去处，好比航行的孤独的小船，随时有倾覆的危险，有无限流浪的可能。只有投奔宽厚的地母，才是安全可靠的归依。大地辽阔的疆域，足以安抚叶子的流荡、漂泊，给予它们静美从容的体面和尊严。

阳光轻易地穿越一贫如洗的树冠，照耀在铺满黄叶的地上。被黄叶覆盖的大地，像一座镀金的亮闪闪的宫殿，安放着飘零的叶子；又像一条金黄的光亮的河流，波澜壮阔。每一枚落下的叶子，都是树木淌下的一滴泪。

天有不测风云，叶有旦夕祸福。我想，叶子离开树木，叶柄从树体生生断裂，是因风雨驱逐，来自外部的外因多一些？还是因叶衰蒂老，源于自身的内因多一些？前者像一场意外，天灾横祸似的，后者像一种规律，寿终正寝一样。总之，内外因联手，合谋制造了叶子的落幕。

无可奈何叶落去。坠落，无法自拔地下落，那些落叶，为死而死，多么像一种绝望，万念俱灰的绝望。哦，不，或许更像一种超脱，明眼慧心的超脱，为生而死，如佛家的安然示寂。木心说，什么样的绝望都是轻的。他又说，万念俱灰也是一种超脱。

脱去盛装的树木，留下千疮百孔的伤口，集体沉默着。守得富饶，耐得贫寒。那些裸露的树皮褶皱，仿佛遍布的筋骨一般坚硬强健。那些青灰或黑褐的枝干，铁线一般，奋力伸展向天空，展示一种遒劲、凛然的风骨。它们在休养生息，隐忍地等待新生。有时在梦中，它们会追忆昔日叶子走过的足迹：从豆粒大的叶苞，到拼命绽开，再到郁郁葱葱，最后黯然衰败。一片叶子像一朵花儿，完成了一生的荣枯，完成了一生的使命。不管是否心甘情愿，时令就是通告，它就得腾出位置，留给年轻的后来者。旧叶子不去，新叶子不来。新旧交替，是树界新陈代谢的一个过程。只有吐故纳新，才能有持续蓬勃的生机。

这个季节，需要如此苍凉而明智的结尾。落叶，是叶子向树木深情的告白。落叶，也是树木向泥土深情的告白。树高千丈，叶落归根。根在哪里？在泥土里。

小时候，长在外婆家。外婆的家门前，有两棵树：一棵刺槐，一棵枣树。春天时，一串串白生生的槐花，从苍翠的枝叶间垂下，甜蜜的香气，挤满一条老街；夏天时，外婆常坐在午后蝉鸣的树阴下纳凉，一边与街坊们聊天，一边不停闲地做着针线，为家人缝缝补补；秋天时，枣子红了，在风中摇来晃去，用竹竿打下来，脆生生的甜。冷风一吹，两棵树竞赛似的，密匝匝的叶子，今儿落明儿落，没多少天工夫，就落了个精光。指肚大小的叶子，半黄半不黄地偎依在地上。外公怕它们被踩脏，每天不厌其烦地拿着一把大扫帚，哗啦哗啦地将落叶扫到一起，归拢成一堆。等树上的叶子掉完了，地上的叶子也干净了，外公会寻个晴天，点火将这堆叶丘烧掉。黄纸片似的叶子在跳跃的火焰中，噼啪作响，化为青烟。外公用篓子装上凉透的灰烬，带去菜园里，再用铁锹挖个坑，郑重地将叶灰埋上。随后他拍拍手上的尘土说，这样就干净了。质本洁来还洁去。一向爱整洁的外公，在他质朴的思想里，或许并没意识到，他每年都在为那些做出贡献的叶子举行一场朴素的葬礼，让它们入土为安。他用这样简单的仪式，送别了家门口的老叶子。

木叶飘飞，情思缤纷。有人愁，有人悲，有人笑。李白说："落叶聚还散，寒鸦栖复惊。"以落叶的聚散，隐喻人世的离合，抒发相思的离愁。杜甫说："无边落木萧萧下，不尽长江滚滚来。"借山林广阔的落叶，悲叹己身飘零，年华易逝，壮志未酬。而宣宗宫人则说："殷勤谢红叶，好去到人间。"托顺水而下的红叶寄情，表达渴望冲破宫禁、向往俗世幸福生活的欢愉。说来说去，人的一生，无非诠释着"悲欢离合，贫穷富贵"一出戏，爱着、恨着、笑着、哭着。人生就是如此，笑笑哭哭、哭哭笑笑罢了。末了，皆是人间一枕黄粱梦。

初冬，与树叶一同凋零的，还有我年迈的父亲。他安详地躺在那里，眼睛合拢，头发花白。他的身躯，逐渐失去温度、水分和光泽，像一片蜡黄的叶子，脆弱，不堪一击。我的祖父祖母，我的外公外婆，他们都像落叶一样离开了我。他们站在墙上的照片里，注视着我，眼睛明亮，目光慈祥。但我再也触摸不到亲爱的他们温暖的身体。他们回归泥土，与大地交融在一起，成为大地的一部分。

所有的喜怒哀乐，终会归于尘土。我们脚下踩过的每一寸土地，也许都埋藏着一些黯淡腐朽的尸骨：人类的、动物的、植物的——灿烂的生命之光，曾照亮它们活泼坚韧的身体，一如照亮此时鲜活的你我。它们的灵魂，被大地收容，从不曾消弭。在月光缺席或充盈的夜晚，这些灵魂会跑出来，在它们的世界里，安静地游荡。我们凡胎肉眼看不见的空间，未必不存在。因此，做人要懂得敬畏。

少年时读宋词：碧云天，黄叶地，秋色连波，波上寒烟翠。觉得真是唯美迷人，不难过的，想那黄叶地只是浮光掠影，只是碧云天和寒烟翠的陪衬。中年时再摩挲，蓦然一惊，品出不同滋味。范仲淹一笔扫过的景象中，碧黄翠三色铺开，凄凉的黄叶地才是主色调啊，占据了大半个感伤的画面。与李煜的"无限江山，别时容易见时难"，有异曲同工的沉郁。过去与现在，发生与幻灭，占有与丢失，印证着一种哲学：所有的存在，一切的荣华，仅是路过，终将虚无。这是自然法则。

人类与木叶，同是天涯沦落者。人生犹如叶生。叶来叶去，人来人去。人生一世，草木一秋。生亦何哀，死亦何苦？活就得活出个好样子。既知这一世的终点，就是金碧辉煌的黄叶地，我甘愿笑逐颜开，视死如归。我将和祖先们一起，在家谱里，获得永生。

如同风搬走了叶子，早晚有一天，岁月也会搬走我。既然这是生命固有的规则，那么我选择坦然接受。彼时，我将成为金黄的落叶，在大地的掌心里，抵达另一种开始。

我们活着，也不过是借了先祖的血脉，住在新的皮囊里而已。

# 旧戏台

    这座戏台，在暮风中寂寂地衰败着。黄昏挑起几缕绛红的晚霞，斜斜地搭在了她老旧的前脸儿上。

    抬眼望去，高处四角飞翘的屋脊上，长满了杂草，还有几株低矮的梧桐。茂盛的草木，在黛色的瓦片缝隙间，没心没肺地招摇着；而低处摊开的长方体的台面，如同一只过期了的粉盒，被随手抛掷在幽暗的巷子深处，透着一抹洇开的荒凉和失落。

    我提着长长的裙袂，轻轻地走上台去，寻觅遗落在这里的红尘往事。后台两侧紧掩的暗红大门上，挂着两把锈迹斑驳的大锁。从镂空的雕花木窗棂瞧进去，里面空无一物，有的只是经年灰扑扑的尘埃和说不尽的寂寞。

    旧戏台，仿佛女子一般，迟暮了。昔日的那面铜制菱花镜里，一朵曾俏丽地"对镜贴花黄"的美人，无可奈何地颓去了。甚至慵懒得连笑也顾不上了，就那么淡然地观望着尘世间的人来人往，无喜无忧。只有那艳俗的大红大绿底子的雕梁画栋，还在倔强地撑着排场，坚持以妖媚的姿态，诉说着戏台从前的锦瑟年华，以及那些飘零而去的喧嚣时光。

初见这座戏台，是在遥远的少年时。那一年，我十岁，随外婆搭车来城里。外婆进城，不为别的，只为看戏。当时，这里有当地最有名的角儿。五月，淡紫色的桐花开得正欢。掩映在细碎花影中的戏台，宛如一个淡紫色的梦境。

我们来时，台上演着的是《玉堂春》，密匝匝的锣鼓点儿，正一阵阵响得紧。扮演苏三的美娇娘，穿着一身青色的罗裙，挥舞着长长的水袖，步步生莲，咿咿呀呀、幽幽咽咽地唱着、诉着，只觉耳畔有流莺啼转、泉水叮咚，无比的曼妙动听。再看那张粉白里透着嫣红的俏脸上，一双细长的丹凤俊眼，左顾右盼，波光流转，好似于人山人海中呼啦啦浮出了一座春天的花园，桃花红、杏花粉、梨花白，令人眼花缭乱，真有说不出的风流缱绻。

其实，台下又何尝不是戏台呢？只不过，观众成了演员。你且看去，台上的艺人演得热闹，台下的众人也看得热闹：几乎个个伸长着脖颈，任由情绪被戏中一根无形的线牵着走，鼓掌的、叫好的、抹泪的，此起彼伏；项上的脸谱表情，亦是五花八门，有喜的、有悲的、有嗔的、有怒的——这些众生相儿，讲的是天然去雕饰，由着个真性情；更有那互生倾慕的年轻男女，借看台上的戏，表台下自己的意：眼神或肢体，亲密或疏远，一招一式，都暗藏着情感的玄机。有时，台下的剧本，比台上还出彩。

我也曾偷偷地溜到后台，看旦角们弄妆、听琴师们调弦。没人顾得上理会一个小女孩的好奇心。香艳的花花绿绿的戏服，早早地托起了段段婀娜的身姿。她们的全部心思，都在面前架起的菱花镜子里。那里边流淌的光影，映衬着一张张描眉画眼的女子的脸。原本平庸暗淡的面容，在油彩、眉笔、胭脂、口红的合力修饰中，慢慢如吸饱水分的花朵，水灵灵地活色生香起来。不消说，戏外的她们，正在为演绎别人的故事做铺垫；管弦吱呀、丝竹悠扬、嘈嘈切切，一场场好戏即将开场。

只不知，台下的她们，又有着怎样的人生，是否能游刃有余地穿梭于戏里戏外。

戏台上唱着的一出出戏码，无非是古今传奇、生离死别、帝王将相、才子佳人，都跳不出个爱恨情仇的框子。同一出戏，一代又一代的角儿在演，然而能长久流传于世的，是戏曲、是戏词，而不是风情万种的戏子。梨园行里，向来是新人换旧人。只是那些在戏台上隐去的旧角儿，已不知今夕何往。

就连这座曾捧红了许多角儿的戏台，也在光阴的消磨中，渐渐褪去颜色，淡出她隆重而妖娆的岁月。

从繁华到落寞，旧戏台昭示着人世间的沧桑和变迁。这座方寸之间的露天戏台，已远远滞后于人们挑剔的审美理念。今人的眼睛，早被现代化流光溢彩的剧场所诱惑。说到底，终究是我们辜负了眼前的戏台。

这一路风尘仆仆地行来，山一程，水一程，辜负了的何止是这戏台？还有那人、那事和那段青葱岁月，都被漫不经心地搁置，被生硬地冷落和怠慢了呀。以致误了风情，误了花意。待到恍然惊觉时，日影已稀疏地爬上了西墙，满园春色向晚，落花流水相对愁。于是只好怅然地荡在秋千架上，回头张望着身后的旧影儿，任心底凉凉地惦记着、暗暗地心酸着。

旧戏台回不到从前了，我也一样。当年那个扎着两条羊角辫、穿着粉红碎花小袄、依偎在外婆怀中看戏的小女孩，已在似水流年中走失，一去不复返了。

一去不复返的，还有我亲爱的外婆。台上台下，千呼万唤，再也寻不到外婆美丽的容颜了。

本是大家闺秀的外婆，痴迷着京剧。在门庭鼎盛时期，她的父亲，曾请过一拨一拨的戏班，到家中唱堂会。聪慧的外婆，自小对京剧里的许多名段，都耳熟能详。多年后的今天，我仍能记得那样的场景：外婆坐在窗前做着绣花鞋，她一边飞针走线，一边唱着《武家坡》里王宝钏或是《西厢记》中崔莺莺的段子。

她的唱腔，又圆又润，直教少年的我听得心里潮湿、柔软。一忽儿，像被连绵的冷雨浇透了单薄的身子，湿淋淋地忧伤着、迷茫着、惆怅着；一忽儿，又像坠入雪白的棉花糖中，只觉全身酥软、口舌生津，甜蜜蜜的。似有一坨东西，浓稠地堵在胸口，吐不出、咽不下，涨得生疼——彼时，明媚的阳光越过窗户，铺在外婆白净的脸上，她的面颊绯红，隐隐若有春天的花枝摇曳，真如戏子一般的妩媚动人。

是了，那个装满外婆一世情缘的屋子，就是外婆的戏台。她在自己搭起的戏台上，唱念做打、嬉笑怒骂。身处不同阶段的她，扮演着不同身份的角色，最后连缀成她长长的、多彩的一生。

如今，外婆的戏台也旧了，空无一人。

人间举步皆戏台。你我在他人的戏中，饰演着分量不同的角色，而别人又在你我的戏中，占据着位子。主角也好，配角也罢，龙套也无妨，哪一个人生，不是悲欣交集的呢？

薄薄的暮色中，我望着旧戏台，好像看着另一个自己。那是暮年的我，顶着一头白发，颤巍巍地伫立在风中。是的，总有一天，我也会如这旧戏台一样的颓败，淡了红颜、瘦了相思。爱着我的男人女人们，你们可不要为我叹息。须知，人生的夕阳，自有她的可爱金贵。一如这脚下的旧戏台，虽不再作浓情的悲欢离合的场子，却有了平素淡雅的生活休闲功能，每日里迎来送往在此下棋纳凉的人们。谁又能否认，这不是生命的另一种诠释呢？

人生有着无数的下一场，好戏还在后面。在幽静的岁月深处，命运为你设置了许多谜语，只等你款款走向前来，俯下身去，逐一地揭晓答案，然后淡淡地欢喜。

站在只我一人的旧戏台上，轻捻时光，生命已被抻长。笑容如渐涌渐涨的春水，在我脸上一点点地荡漾着、丰盈着，一直流向晚霞映红的天边……

# 如意

朋友拜谒泰山归来，送我一柄楷木的如意。打开锦盒的层层包装后，如意，像深闺待嫁的女儿般，撩开了娇羞的罗裳。裸露的微微弯曲拱起的身子，像是兀自还在浓睡中呓语，做着她的春闺幽梦。

楷木，乃孔子故乡曲阜孔林的风物。如意浸染着圣人造化，自是气度不凡：通体鹅黄无瑕，木质坚韧细密，造型奇巧流畅。灵芝状的首部，镂刻着仙鹤展翅的花样。长柄和尾部，则精雕着云朵缭绕、鹿鸣松间的图案。周身遍琢枝叶、花果等，寓意着松鹤延年、福禄寿喜的吉祥祝福。

披红挂缎的如意，藏身在红木镶嵌的透明玻璃罩里。如此极好－一俗世里无处不在的灰尘，就不会玷污了她的清白，纵想撒泼，也只能落在外面没心没肺的玻璃上。如意的一颗玲珑心，仍是洁净如新的，一如石榴裙后掩住的那枚纯情的初心。也真难为了匠人和赠者的一番美意。

今朝登得大雅之堂的如意，其前身，也不过是寻常百姓家的"痒痒挠儿"，因能如人意、以己之长、解人脊背上用手挠不到的痒处，故受到青睐。到了唐代，又被达官贵人们附庸风雅，以金、银、玉、象牙、宝石、陶瓷、竹木等上好材质，聘来能工巧匠，精雕细琢而成，用来随身携带，环佩叮当。如意，充当了王孙贵族的手心、腰间或衣襟上的一抹亮色，亦在红粉伊人们的绣阁里，成了与手镯、金钗、玉佩平分秋色的心头爱，从此跃上梧桐枝头，摇身变作凤凰，有了高雅华贵的身价。

小时候，便见过如意，是在外婆的梳妆台上。

享着祖上余荫的外婆，家中存有若干紫檀、金银和玉制的如意。当年敲锣打鼓、甘愿下嫁的外婆，据说陪同的嫁妆，不仅满当当地占了夫家的庭院，还占了半条老街。只是人世沧桑，几番起落后，到我记事时，看到的便只有这个老红的妆台和这柄翡翠如意了。如意头是呈心形的，腹略宽、有缠枝莲环绕，脚则由荷花、荷叶与荷苞组成，全身碧绿剔透，雕工栩栩如生，取意和和美美。

晨光熹微时，外婆就坐在梳妆台前了。她的净手，照例风扶弱柳般拂过如意。如意在镜前泛着柔和的光。然后，她开始用檀木梳梳理她悠悠长长的头发，像在梳理她悠悠长长的一生。记忆中，外婆的妆台上，还摆着一盒雪花膏，是"上海女人夜来香"牌子的：精致的纸盒包装上，印着一对姐妹花；身穿旧上海的滚边斜襟旗袍；乌云样高耸的发间，斜插着簪珠花；流苏状细长的耳坠，摇曳着说不出的妩媚——那是外婆给自己的奖赏。她始终是爱美的。粗粝的生活，从没夺去她对美好不渝的坚持。

也许正应了如意的祝愿，外婆的一生，虽操劳过度，但确是和和美美的。她与我的外公，夫妻恩爱，多子多孙，人生也大致是圆满的。

一个秋凉似水的晚上，午夜梦回，暗香浮动，古旧的唱机低回。依稀光影间，有位窈窕佳人，手执一柄莲花如意，美目流转，巧笑倩兮，带着民国时期的无限风情，婀娜而来。这分明是外婆未嫁时的闺中模样啊。我满心欢喜地扑过去，大喊着："姥姥，姥姥。"但她并不理睬我，自顾自走得飞快，隐入杏花林中，不见了——醒后，怅然许久。

如今，外婆已不在，但她的如意还在，继续庇佑着她的后辈们安好无恙。

如果，想看如意隆重的盛会，想听如意柔婉地诉衷肠，那么得去京城，得去故宫。紫禁城里云集的如意，方寸之间拿捏着的乾坤世界里，装载的是沉沉的江山与美人、欢爱和阴谋、繁华跟凋敝。

去时，正是北京的暮春。长安街上，落花如雪。迈进前朝皇宫的大门后，只觉一脚踏入迂回曲折的长篇恢宏史诗里。

走在偌大的紫禁城里，仿佛晃悠悠地走在前世长长宽宽的梦里。我更喜把紫禁城叫作紫金城，觉得那"禁"字，帝王一般高高在上，拒人千里，寒气蚀骨；倒不如"金"字更富丽堂皇些：紫气东来、金碧辉煌的浩瀚城池，似乎更贴合此时此处雍容华贵的气场。

殿堂内、寝宫里、几案上、宝座旁，几乎处处可见材质不同、形形色色、异彩纷呈的如意。我和许许多多的如意，邂逅在这个晚春的微雨天。空气有些潮凉，我收起的花伞，还在滴着水珠儿。隔着玻璃橱窗，我和如意，两两相望，默默无语，我的心也是潮凉的。我当她们是历史的见证，是隔世的缱绻；而她们只当我是一个看客，没有半分的亲热。她们在众人潭水一样深的惊艳目光中，静心如兰，安之若素。

浮生一世皆为客。一旦华丽的帷幕落下，任你是主宰江山的天子，抑或倾国倾城的美人，都得灰飞烟灭，转眼成空。只有他们摩挲过的如意，带着他们的体温和体香，还活在这滚滚红尘中，还在遥遥地念着她们的旧主。

从乾隆皇帝所做的诗句"处处座之旁，率陈如意常"，可见这位长寿多福的皇上，是极钟爱如意的。把如意看作是"佳朋"，是"代语不须言"的有情物。在临朝议政或私下与大臣闲谈时，总要握如意在手，如此才会心情舒坦、妙语连珠。

比起君王治国平天下的宏大事业，我更愿嗅一嗅如意上残留的胭脂水粉气。

"天生丽质难自弃，一朝选在君王侧。"幸还是不幸呢？外表看起来锦衣玉食、荣华富贵，但帝王的女人，岂是那么好做的？一群光鲜亮丽的嫔妃，蜜蜂采蜜似的围着一个花心的皇帝团团转，唯恐在此君面前失了分寸；不得不费尽心机，与众姐妹争抢一个国宝级的枕边人，共享这具肉身皮囊的雨露恩泽倒也罢了，更要命的是宫中危机四伏、如履薄冰、步步惊心地过活，说不定哪天就会厄运临头、五雷轰顶。当简单地生存、平安地活命都成了奢侈事时，生命又怎能如意呢？

被爱情蜜汁喂养的女子，大抵都活得珠圆玉润、花红叶绿，人生该是山丰水满、生动如意的。但爱情浓烈了，在皇家也是灾难。光绪帝的宠妃珍妃，只因比同时进宫的姐姐瑾妃多爱了皇帝一些，而得光绪的宠幸也多了一点，使慈禧的侄女隆裕皇后受了冷落，而招来老佛爷的妒恨，先被打入冷宫，最终没能逃过杀身之祸。她留在这尘世的最后动静，便是瞬间坠井时那"咚"的一声闷响儿。二十四岁花枝招展的青春芳华，在一个黑暗的时刻戛然而止。

想珍妃被囚禁在冷宫中的凄苦日子，是如何挨过的？与傀儡的爱人近在咫尺，却不得相见。长夜寂寥，西风吹凉了衣袖，兼逢阴雨滴青阶，偏她又是个长于吟诗作画的才情女子。铺开的脆薄宣纸上，墨迹尚未落下，断肠泪却先自洇开了。晨起试妆，额上贴满梅花点点的花钿，有谁来赏？倚窗描画远山一样细长的黛眉，又是多么的多余。

盛宠时的好日子，如春花锦簇，热热闹闹；失宠时的坏日子，似秋叶枯落，冷冷淡淡，都在如意的身旁，静静地过着。

驻足在珍妃井旁，真为这薄命的人儿掬一捧惋惜的泪。飒飒凉风中，似有一缕倩女幽魂，十指如钩，伸向天空，悲怆地呼喊着："我的如意呢？我的如意在哪里？"

后宫女子们，不过是旧时王朝的悲情遗梦罢了。

光阴绿了又绿、黄了又黄，一剪剪的流光掠过。故宫里的如意，传承至今，早已跳出了痴男怨女、宫廷烟云的狭小天地，而承载着厚重深远的文化底蕴，彰显着浓郁古朴的中国韵味。

　　我将如意安置在阳光灿烂的窗前，也把我的年华妥帖地安放在如意中。如意，映衬着新时代的女子正欢颜如春，将日子修成吉祥如意的正果。若珍妃今生轮回，定然会像我一样，将朵朵称心的笑容，绽放在祥瑞的盛世里。

## 浮情往事

我愿意坦承，在后来变幻莫测的时空光影里，我不止一次地想起你，想起那些凌乱堆放的浮情往事，状如乱麻。

想念你时，处于一种低温潮湿的飞翔状态。身心仿佛突然生出翅膀，沿着你离开的方向，扑扇扑扇地追去。就像一只受惊的掠过水面的火烈鸟，鲜红的羽毛上滴下亮晶晶的水珠。

我想说，思念是痛楚而咸涩的海潮，同时挟裹着几朵快乐与甜蜜的浪花，此起彼伏地击打着心岸。所谓爱情，从来都是五味杂陈的。它给予无数的生命个体，必不相同的独特体验，当然不会整齐划一、单调乏味。它的形式复杂多变，面目阴晴不定，加之路径迂回曲折。曾经，我身陷其中，犹如一个智商不足的小学女生，埋头计算一道高难度的大学数学题，以致焦头烂额，无力应对。终究面红耳赤，羞愧地撒手认输。

也许，爱情本身就是无解的。谁能勇敢地站在它的身旁，底气十足地大声吆喝着：嗨，瞧一瞧，看一看，我给出的答案最正确？

现在，我离你足够遥远，远到隔了二十年的光阴。站在这样长这样宽的距离之间，我可以毫不费力地置身而入，独自翻拣那些日渐腐烂的过往。它们岌岌可危，散发着年久失修的霉味，一经手指触及的瞬间，刹那倾覆、化为乌有，转换成灰尘的格式。如此的不堪触摸，如同我们的青春，抑或情感。

我不知你是否也会打开回忆的相册，偶尔看我一眼。但我知道，你必不会像往日那样毫无节制地想着我。在你新搭建的感情屋檐下，不管前后还是左右，再也没有我立足的方寸之所。

我们的情感，到底经不住岁月逐字逐句的检验。

我没忘记，分手是在春天的花香时节。似乎只有在繁花似锦的春季、姹紫嫣红的表象下，才会遮掩住一些忧伤的气息和郁结的内核。好像蓄意恶作剧的坏孩子，我们联合失手打碎了我们的初恋，水晶般清澈透明的初恋，顷刻间肢体瓦解。那些炸开的细小碎屑，酷似在网中垂死挣扎的鱼儿所撞落的鳞片，闪闪发光，但不可修复，那么决绝。

或许，人是不应多情的。心中盛放的爱意不必太满，满则溢，溢则漏，是浪费，是不舍。从心中漏出的情感越多，越声势浩大，越容易酿成灾患。占有和自私的欲念，不可抑制地膨胀，伤人也伤己。而智者会在适量的情愫里，摇一摇、晃一晃，给对方和自己保留富余的容身之地——可惜，那时的我们，爱的能力和技巧是青绿稚嫩的，尚没长成。

相遇且相爱无疑是幸运的，但不可思议的是，我们有时会互相攻击，挑起唇枪与舌剑的冲突。我们的触觉过分灵敏，自尊过度强烈，擅长在微小的争执中，将各种锋利有力的词语，悉数派遣上阵，刀戟一般掷向对方。我们民族语言的丰富细腻是举世闻名的，后果自然是升级为硝烟弥漫的战斗。而你我是各自战旗下威风凛凛、运筹帷幄的元帅，一心只想英勇将敌杀个片甲不留，如愿戴上胜利的花环——恰似两只靠得太近的刺猬，竖起坚硬的棘刺，毫不留情地刺中对方的要害，针针见血，两败俱伤。过后我们懊悔不已，然后握手言欢。如此循环往复，一轮又一轮，直至无可救药——彼时，情商简单的我们，还没读懂爱情里的深奥哲学，不能游刃有余地操作宽容、忍耐、理解等必要的恋爱工具，因而显得格外的善感、挑剔和冲动。

不可否认，更多时候，我们也像年轻的国槐和紫藤，并肩伫立在太阳暖色的光芒里，心心相印，亲密无间。我们熟稔对方心跳和呼吸的频率，一如熟稔我们自己。我们是彼此的影子，俨然孪生的兄妹。我们有着多么相似的品质：青涩、倔强、腼腆、纯洁……我们相互依傍着生长，从同样的泥土里一起汲取养分，共担风霜冰雪，分享阳光雨露。我们一度深信不疑：相爱便是永恒，此生永不离弃。

我记得，吉林的冬天是漫长而冷彻肺腑的。我们学校露天水池里的水，在呼啸的寒风中冻得缩成一团，凝固成厚厚的冰。我端着盆子去洗漱间洗衣服时，手指也僵硬得缩成一团。而你总会适时出现，把我冰凉通红的小手，合进你宽大的掌心里，慢慢地焐热。随后你挽起袖子，利落地洗好所有的衣物，全然不理睬别人抛来的异样目光。

我还记得，那一年暑假，在夜晚的大连港，我们遭遇了惊心动魄的一刻。这座海滨城市温柔的涛声在我们的耳畔低吟，美丽的星辰在我们的头顶私语。我们端坐在安静的角落里候船回家。有七八个彪形大汉走近，这没引起我们丝毫的警惕。我们相信这座城市里的人们如这座城市一样美好，毋庸置疑。年轻的我们，总是对萍水相逢持有不设防的天然好感。但危险就是那样突如其来的：我们被强行从座位上拽起，理由是我们的行李多占了别人的位子，必须去管理处缴费——这是多么荒唐的借口，可我们信以为真。我们掌握的有限的社会知识，帮助不了我们及时地识破谎言。慌了神的我们，保持着好学生的惯性思维方式，乖乖地跟随他们，离开了人群。我们被簇拥在当中，走向七拐八拐似乎没有尽头的"管理处"。也就在此时，我嗅到了恐惧步步逼近时释放出的可怕气味。我紧紧攥住你的手，开始小声哭泣——你马上意识到情况的危急和自己应有的担当，你挺身而出，将我护在身后。你说，大哥，如果你们求财，我身上还有一点钱，全都给你们。但一定不要伤害我妹妹！求求你们了！你迅速将身上仅有的六百多元钱，全部塞给了他们。但显然这并不能满足他们的胃口。恍惚中有双肮脏的手摸了一下我的脸——你立即像雄狮一样支起全身的毛发咆哮着：要是你们敢胡来，我就跟你们拼命！你从身上掏出一把水果刀，拉开架势。薄薄的刀锋，在黑夜里泛着阴森森的寒光，映照着你愤怒而威严的面孔。宛若天神下凡的你，与平素温文尔雅的书生形象，判若两人——大约你的勇气让他们始料未及，或者闹出人命并不在他们预计的范畴内。总之，他们终于悻悻然地散开，吹响一排极尖锐刺耳的口哨。巨大的气流旋涡在夜空中爆开，如释重负。我们安全了。你瘦削挺拔的身躯，投影在地上，被暗淡的橘色路灯拉得很高很大。我踏实地走在你镇定的身影里。

我也记得，是彼此干净的初吻时，你俯身在我的耳边悄悄地说，好香。你的唇，是娇嫩柔软的玫瑰花瓣。我低下头，羞涩地笑。

这些细节，至今滞留在我的记忆中，久久拂扫不去。生动如昨。

"我是一只迟迟不忍飞去的蝉，留在树上的是我的蝉蜕，我金黄而脆弱的过去依然在阳光里，温柔无比。"——我喜欢这句话，并以此慰藉自己：在青春里踯躅、流浪过的女孩，不止我一人。但我似乎更像一只蝶，奋力地破壳而出后，便振翅腾飞。留在原地的只是我的旧巢。它在风雨中微微地倾斜、战栗，提醒我成长过程中的痛苦蜕变。但我终将忘却。

泥沙俱下的流年里，许多东西会被带走、放逐，最后消失，不见。我们不必是朋友，当然更没理由反目成仇，我们只是熟悉的陌生人而已。确切地说，熟悉是短暂的，而陌生将是长久的。时常，我真疑心我们之间什么都没发生过，那些枝枝蔓蔓的青翠故事，不过是幻境。没有开始，就已永远结束——也许从前，确有一阵风吹皱过一池湖水，但恢复平静后的湖面，已悄然洗去了风路过时的脚印。这是爱情过去式必然的理性法则。

　　我想，终有一天，我们会在摩肩接踵、人头攒动的人海中重逢。你笑容满面地凝望着我，但你已不认得我；而我笑语盈盈地注视着你，我也不再认得你。

## 赶年集

"腊鼓鸣，春草生。"腊八鼓一响，日子好像有层窗户纸被捅破，到了打开天窗说年话的时候了。地皮上隐约有草芽萌动，又一个春节飞身赶来。

大人们过年习以为常。过去的许多个年堆积如山，就像田地里的麦子和玉米，每年到时候就熟了，顺理成章的事情。可孩子们新奇劲十足，他们过的年跟手里的零花钱一样没攒下几个，似乎旧年还在眼前冒着新鲜的香气和热气，一颗期盼新年的心就又开始生芽，春草一般，噌噌地生长。

年关将近，时不时地会有雪花降临。雪不大，轻飘飘地落在地面上，薄薄的一层，风一吹就不见了。如同一种善意的提示，该置办年货了。小时候，赶集置办年货，可是乡下过年的头等大事。

农历逢五的倍数，是周围十里八乡赶集的日子。平日农忙时节一般赶半天集，晌午前就散了。从腊月初十开始，阵势变得无比浩大，占满好几条大街，能赶上一整天的大集。人来人往，川流不息。仿佛这时的东西都是白送的。实际上，农人们面朝黄土背朝天地忙活一年，手里攥紧的皱巴巴的钱，有好几成都花在这个时候的这个地方——腊月的大集。再穷的人家，过年也得像模像样地吃上一回穿上一回笑上一回，扬眉吐气一回。

从外婆的村庄到镇里的集市，大约有五六里路。大路朝天，道路平坦宽阔。两旁是一垄一垄连成片的庄稼地，初夏是翻滚着的金黄色麦浪，过个把月就变成青纱帐般密不透风的玉米林，冬天又换成根根直立的绿油油的麦苗。这条路也通向外婆的娘家，镇子也是外婆从小长大的地方。我想，无论赶集与否，那个方向对外婆都具有足够强大的吸引力，尽管她的父母早已过世。外婆时常领着我在一些老巷子里转悠，用手摸摸这面墙上的石头，再摸摸那面墙上的石头，低低地叹息着说，当年你老姥爷家大业大，这些都是你老姥爷置下的家产，可惜现在房子都被翻新了，换了人家。又用手指给我看，当年她就住在那个位置。我心不在焉，一只耳朵听着，一只耳朵走神，我的魂儿基本都被外面人山人海的集市勾走了。集市上人欢马叫声此起彼伏，数不清的人和动物的声音交织在一起，形成鼎沸的巨大声响，钻进我走神的耳朵里，召唤着我，让我莫名地兴奋。我觉得属于我的一些宝物，都藏身在那些声音里，就等着我去拨开人群，向它们伸出双手，亲热地认领它们，带回家去。

集市中密密麻麻的人群，如移动的树林，遮挡视线。人头攒动，摩肩接踵，脚下的路有点不够用。大人们忙，孩子们也忙。许多只左手和右手，被大大小小的各种材质的袋子和篮子塞满。我跟在外婆的身旁，走走停停。我的眼睛被很多东西吸引着，挪不开。各种气味混杂着，随着叫卖声、讨价还价声、牲口的响鼻声和风声四处游走，充满鼻腔。吃的穿的用的玩的，一应俱全。飘着不同香味的食品，五颜六色的新衣，鲜艳夺目的年画，红彤彤的对联、福字和灯笼，一挂挂的大红鞭炮，东一堆、西一堆，等着被它们的新主人发现、赏识，体面地去往新家过年。

好像这年不是给人过的，而是给这些杂七杂八的物件过的，它们看起来比人更神气活现，兴高采烈。

年前这段时间，外婆几乎逢集必到，总有买不尽的东西。家家户户都一样。每集的行情得摸清，想买的东西，肉呀鱼呀菜呀鞭炮呀，瞅准机会再出手，尽量避免买贵了的遗憾和心疼。集市成了最大的人与物的集结地，像是大型的露天展览会。这是它一年中最红火和风光的时候。阳光稀薄，天气冷冽，但隐藏在棉衣里的心情是火热的，接近沸腾。男女老少，各种各样的物件，参加阅兵式似的，被喜庆的气氛一一检阅。买完活人享用的，也不能忘记孝敬先人。外婆说，他们并没有离开我们多远，就住在临近的土地里，只是平时忘记了回家，但过年时他们肯定会记得回家。我对外婆的话半信半疑，我怎么看不到他们回家过年，莫非他们回家后隐身在供桌上的牌位里？外婆仔细地装好祭祀用的纸钱，黄色的厚厚的一沓，用纸绳捆扎着。香也必不可少，小年和大年时点上几炷，用来祭灶、敬天地、敬祖先。

好吃的好穿的好玩的东西，固然诱惑着我，但我对摆放年画、对联和福字的摊位，特别着迷。那些被挂起和平铺的精美图画与鲜红底色上的醒目字迹，好比一双双小手，拽住我的腿脚，让我迈不动步子。比如："吉庆有余"里游动的活灵活现的大鱼、"松鹤延年"里苍劲挺拔的青松和俊美展翅的白鹤、"凤穿牡丹"里仪态万方的凤凰和红艳艳的牡丹，还有神采奕奕地捧着蟠桃的老寿星、抱着聚宝盆笑眯眯的财神爷等，以及那些写着"喜居宝地千年旺，福照家门万事兴""天增岁月人增寿，春满乾坤福满门"等诸如此类吉利话语的春联，和全身发光、喜气洋洋的大福字，都让我目不暇接、迷恋不已——这些百姓喜闻乐见的民间艺术，散发着浓郁的年味，犹如一道辟邪消灾、迎福纳祥的护身符，给了人们美好生活的信念。大约受了这种启蒙，我自幼就喜爱字画。我心中始终被这种情结占据，成年后，我果真嫁给一位以书画为业的男人。人生仿佛棋局，被安放在哪里，该走哪一步，一切自有定数。

通常，外婆会看我的神色行事。但凡我喜欢的，自然都成了赶集收获的礼物，皆大欢喜。而外婆犒赏自己的东西最少，有时是一块布料，有时是一双袜子，有时是一团花花绿绿的针头线脑。成为家长的大人们，过年不再是为自己过，而是为这个家过，为孩子们过。他们成了衔泥筑巢的老燕子，护着翅膀下的雏儿。他们的快乐建立在孩子们快乐的基础上。而孩子们的年，才是纯粹的年。他们调动全身，尤其是嘴巴、眼睛和手脚的功能，尽情地享受着过年带来的乐趣。

一个人的童年，就在一个接一个的新年中，渐行渐远。

## 外婆的年

在我的记忆里，过年，总有一种让我口舌生津的馨香味道。那来自我的童年，与我的外婆有关。

母亲生，外婆养。父亲在昆明当兵，母亲在广州教书，顾不上我。但外婆不嫌弃。她把这块被丢在乡下的泥当成宝，又浇水，又喂肥。渐渐的，丑泥也有春天眷顾，草色青青，野花烂漫，像别的孩子一样无忧无虑。

小时候的年，是一段贴着对联、年画和窗花的乡村记忆。红彤彤的，笼罩着一团喜气。因为一反常态，而显得不安分。我的心像飘浮的纸鸢似的，晃晃悠悠荡在空中，直到吃了元宵节的汤圆，才肯落地。好在，有外婆站在地上，稳稳地接住。

我今生遇见外婆时，她已五十多岁。她的优雅，在村里无人能及。阳光似乎格外礼遇她，她的面皮白净，晒不黑。说话温和，避开粗口，这得益于她的家教。这位当年镇上有名的"三富堂"掌柜家的四小姐，即便下嫁到庄户人家，即便与粗粝的生活斗争这么多年，依然不落下风。

喝过腊八粥，被红豆、花生、黄豆、大枣、糯米、绿豆、板栗、冰糖等稀罕食物的能量合力架起，我的身心就有了升腾的底气，上蹿下跳，生机勃勃。我人小，但不傻。我眨巴着眼睛，小狗一样摇晃着尾巴尾随在外婆的身后，东走西走。还懂得适时露面，以便第一时间享受外婆制作和买来的美食美物，既饱口福，又饱眼福。我早就发现一个秘密，外婆平日里会把最好的东西，吃的用的穿的，暗藏起来，留到腊月打开，摩挲，配备过年。我为自己的洞悉，暗自得意，并秘而不宣。

外婆忙年，从腊八开始，响亮地奏起了序曲。营生成倍增长，不止在柴米油盐酱醋茶七件事里转悠了，身边总有干不完的活计：清扫卫生，拆洗缝补，剪窗花剪福字，糊顶棚糊窗户；逢五遇十，备好大筐小篓，去赶集置办年货……等到小年祭灶后，还有一拉溜的面食，排队等着她去完成：发糕、年糕、豆包、菜包、馎馎、饺子……外公不会做饭，只会拉着个呼哒呼哒响的风箱，往灶膛里添柴火。但外婆并不慌张。她的双手和双脚各就各位、配合默契，在忙碌的节奏里，保持着忙而不乱的秩序。现在想来，我外婆堪称是优秀的生活家。再忙再累，她也有本事把日子治理得有条不紊。别人有的，她不缺。别人没有的，她不少。不给列祖列宗丢脸。

那些年环境清朗，胶东的冬天很纯粹，比现在冷多了。腊月天常常会下雪。大雪片子扇动着翅膀赶来，院子里、房顶上，白亮亮的，头道面粉似的，扬得到处都是。仿佛也想沾点人间喜庆的年味。天助农人。外婆把那些从集市上买来的年货，鸡鸭鱼肉，分门别类，装进蛇皮袋里，埋进墙根的雪堆中，天然冷冻。就算没雪，数九寒天，滴水成冰，也不必担心食物会腐烂和变质。外公外婆的家境还算殷实。外婆总念叨着，多备点年货，亲朋好友来串门时，让人家吃好喝好。其时，他们的子女、我的妈妈舅舅姨姨，都已经鲤鱼跃龙门，跳出村庄到外地工作了。就算过年，也难得一聚。

对孩子们来说，最关心的排在首位的还是吃食。民以食为天。这话永远不会过时。过了腊八，好日子就来了，饭菜会变得像模像样，流水一样，一直流到正月，比往日丰盛许多。那些平时深藏不露的腌鱼、腌肉、腌蛋，大摇大摆地登堂入室；鲜肉、香肠、豆腐，也时不时地出来露个脸儿；就连潜伏已久的糖果、桃酥、核桃、瓜子，也开始现身溜达。让我疑心，其余的月份好像就是做做样子，用来虚度的，简直白过了。我天真地想，一年里，我只过腊月和正月就好了。

除了吃的，让我惦念的，还有我的新衣服。自然早已准备得一应俱全，外婆从不会忽略。除了母亲从远方寄来的上海产时髦童装，足以让小伙伴们惊得目瞪口呆，外婆亲手给我缝制的棉衣棉裤，内衣内裤，里三层外三层，都会让他们羡慕不已。

外婆掌管的春节，如同开启一个宝物匣子，里面涌出百宝光，让我目不暇接。这时的外婆看上去就像坐在莲花台上的菩萨，慈眉善目，仁爱慷慨，有求必应。

当然，外婆也有她自己的高兴事。最让她盼望的是腊月二十九。每年的这一天上午，约定俗成，村委会的一队人马，会敲锣打鼓，穿越街头巷尾，给军属家贴门对，送慰问信。

外婆一大早就起身，先把屋里屋外打扫得干干净净，再把自己收拾得整整齐齐，油亮圆润的木簪绾着的发髻，温柔地蜷缩在她的脑后。准备过年的新衣也提前穿上了。外婆端端正正地坐在堂屋里，仿佛在等待一个隆重的节日仪式。一听到外面锣鼓喧天，外婆迅速从椅子上跃起到门外，将糖果和瓜子，分发给贴门对和围观的村人。有人挥动一把白毛刷在门上刷上黏稠的糨糊，在旁人的热心指挥下比量好左右上下，将一对红灿灿的对联服帖地贴上；又有人把一张印着陆海空三军战士庄严敬礼的慰问信，恭敬地递到外婆手上。外婆在村里辈分高、威信高，大家都很敬重她。那一刻，阳光伏在新对联上，伏在外婆身上，那么明亮，那么神圣，那么美好。

外婆的三儿子，是她亲自送去参军的。我隐约觉得，作为军人的母亲，这一天，才是外婆精神层面上的过年。

过年，也是孩子们成长中的一个盛大庆典。迈过新年这道门槛就长了一岁，年龄的增减交替与更新，只在一夜之间。新年零点一过，我就迫不及待地张开小嘴，甜甜地向外公外婆拜年。一句简单的"过年好"犹如点金石，外公外婆便笑眯眯地将压岁钱塞到我手里。外婆一边看着我笑，一边抚着我的头说，好蓉儿，又长了一岁，更懂事了，外婆可是又老了一岁，白头发更多了。

外婆的笑容里，依稀透着些伤感。但当时年幼的我，并不理解，老了意味着什么。

长大后，逐渐明了：一个个的年，好比设置在人生沿途的一个个路标。它们追随时间的足音，通往一条命定的道路。它们既照亮年少者的前方，又削减年迈者四周的光亮。年少是出发点，年老是目的地。此长彼消，多么温情而冷酷的平衡哲学。

如今，外婆早已过世，但我知道她一直蛰居在我的体内。她的骨血与我的合而为一，鲜活在我的血脉中。我笑她也笑，我哭她也哭。每当过年时，我会在桌上为外婆摆出一双筷子，然后小声对她说，外婆，我们一起过年了。

# 团圆饽饽

像是对吉祥如意的一种期许，胶东的年味里，团团簇簇的面食里，定然少不了饽饽端庄大气的身影。

饽饽是升级了的馒头，是奢华的馒头。日常的馒头，是平民，实在而淳朴。而过年或喜庆日子才粉墨登场的饽饽，是贵族，兼具食用和观赏的价值。饽饽精工细做，花样繁多，散发着艺术气息。品相比馒头丰满白嫩，造型奇巧，细腻娇美；口感比馒头筋道、香浓，有嚼头，更好吃。

饽饽的来历，相传与祭祀有关，是农人为了纪念我们华夏民族的始祖轩辕黄帝而做的供品，以此拜谢他教导百姓播种五谷的功德。这种民俗文化，在汉朝时已有文字记载，到明代时已经普及，一直传承到现在。年节时，家庭祭财神、祭灶神和祭祖，以及寺庙上供，都离不开高贵华美的饽饽。春节期间，有形有味的饽饽，不仅是自家人舌尖上的美味，也是走亲访友的馈赠佳品，是挣面子的礼物。

艺术来源于生活。在乡村行走的妇人，几乎个个都是诗人，是优秀的生活咏叹者。她们朴素的心灵，懂得感恩麦子的奉献。她们用匠心妙手，创造出巧夺天工的精美面食，书写一行行闪亮的诗歌，赞美土地，致敬麦子。

在乡下，过了小年，冬阳高悬，灶火兴旺，炊烟袅袅，千家万户都要忙忙碌碌地蒸馍馍。平时看起来普普通通的农家妇女，一个个全成了能工巧匠。我外婆围着蓝底白花的棉布围裙，挥动双手，也要做馍馍了。

做馍馍是个手艺活。好馍馍的诞生，既要有炉火纯青的技术，也要有优质的原料。用的是自家产的头道面和老面引子。头道面，就是精粉，是把小麦碾碎后从箩网筛下来的第一道面粉，产量少，颜色雪白，粉质细致，有丝绸一般光滑的手感；而老面引子，是用温水把面粉搅拌成面团状，用盖子密封，放置两三天后，面团长大，有酸味了，这自行发酵的面引子就做成了。用手揪成几份，在阴凉处晾干，收起存放。其作用与酵母一样，但做出的面食，麦香更纯粹浓郁。

外婆过年做得最多的是枣馍馍。她把面团按需分成不同的大小，暂时不用的放进面盆扣住。她说，这细皮嫩肉的，不抗干燥。外婆将一块揉好的面，以她的右手为轴心，团团转，快速旋转成隆起的圆形体，小山丘似的。她开始做枣馍馍了。当枣遇上发面馍馍，寓意是早发，朝气蓬勃，预示来年的日子红红火火。枣已提前备好，均匀切成几瓣。我热衷于给枣安家。这活儿我抢着干，拦不住。我左看右看，上看下看，目测比量，胸有成竹，然后用干净消毒过的硬币作工具，先在顶端正中央下手，用硬币划出三道相同长度的短杠，再依次一路往下走，在馍馍全身划出十五道印痕，这是五个面鼻子的雏形。用双手小拇指小心地提起三道杠的面鼻子，等到两个小拇指在贯通的面鼻子中胜利会合，将枣瓣横穿进去，顿时觉得枣像我一样，也有一个可以遮风挡雨的窝了，我乐不可支，忍不住拍手笑出声来。等我卖力地安顿好一个馍馍里的枣，外婆已娴熟地完成好几个枣馍馍了。她把做好的枣馍馍用一个个干净的玉米叶垫上，放在铺开的白棉布上，再用棉被虚掩上，让它们在梦中睡一会儿。

接着是饽饽桃，也有称饽饽奶的。做法比较简易。外婆在饽饽的顶部让它鼓出一个小嘴，如乳头，含苞待放一样，整体形似蟠桃。外婆做的饽饽桃数量也很多。有长寿多福的含义；随后做葫芦和元宝。葫芦前后身的鼻子里，分别放一颗囫囵的红枣，元宝则在中间放一颗。这两样面食用来放在窗台上，一边一对。除夕夜，这活儿就交给我了。我口中念念有词，虔诚地念叨三遍：丫丫葫芦压窗台，金银财宝滚进来——眼前仿佛出现年画中的情景，好像财神他老人家大发慈悲，在墙壁上用手一指，那些金呀银呀珠宝呀，骨碌碌地就滚进了外婆家中的大门。大人们通常认为，小孩子纯洁，有天眼，许愿更灵验。

垫底压轴的是花饽饽，外婆像雕塑家一样，面塑的题材以吉利的动植物花卉为主，譬如五谷丰登，鲤鱼戏水，凤穿牡丹，龙凤呈祥，神虫相会，并蒂莲开，蟠桃圣会等，塑出动物造型，捏出面花，再用小剪刀和小刀辅助，修剪和刻画细节，比如鳞片，羽毛，枝叶等，工程复杂繁琐，费时间、费精力。因而外婆过年做花饽饽，相对简单，数量不多，图个吉庆有余、富贵荣华、蒸蒸日上的好彩头。一个精品花饽饽，就是一件美轮美奂的工艺品，有时要精雕细琢好几天，因此在婚礼、看喜、百岁、祝寿、上梁、温锅等隆重喜庆的场合，现身的机会较多。外婆因为心灵手巧，常常会被请去帮忙。

万事俱备，只欠东风。东风就是那灶膛里的柴火。饽饽胚子做好了，期盼一把热情的火让它成熟。外婆一边分批分期地做着饽饽，一边指挥我外公生火。炕上的饽饽已睡醒，体积增大，白净的面皮撑得透亮。得赶紧上锅。胶东农村的大锅，直径大如磨盘，架在水泥或泥坯砌成的灶台上，灶面贴着瓷砖或大理石。热气腾腾的乡间烟火，通过锅灶弥散出来。外婆家使用的是八印锅。在锅底添上适量的水，再放上带孔的铝蒸格，盖上专门用来蒸饽饽的锅盖。这种锅盖是高粱秆子做的，遇到蒸汽不往下滴水，不用担心淋湿饽饽。用麦秆点燃火后，渐次往里添加树枝，木头，火苗越来越大，灶火越来越旺。锅热后，把玉米叶连带饽饽一同放入锅中，保持适当的间距，重新盖锅。红彤彤的火苗舔着灶膛，木头在里面噼啪噼啪地欢唱，热气氤氲而上，屋里很快弥漫着麦香。大约蒸三十分钟左右停火，余火再煨五分钟，饽饽就可以出锅了。

揭开锅盖，一柱蒸汽扑出，腾空而起。那些瓷白的大饽饽，豁然天开，探出脸儿，像新媳妇揭开了红盖头。外婆脸上绽开一朵牡丹花，笑逐颜开。热气像薄雾，外婆的笑容像阳光，阳光很快驱散了雾气。就连家中的犄角旮旯儿，也挤满了馥郁的面香味。

出锅后，还有最后一道程序要做，就是给饽饽化妆，好比给爱美的女子擦上胭脂，点上红唇。外婆拿出食用染料，红的绿的黄的紫的棕的，画家一样将各种色彩调配适当，然后拨动小刷子，快速喷洒，栩栩如生的动植物立刻呈现在眼前，风吹草动，活了似的。然后，外婆像盖印章似的，在每个饽饽桃、葫芦、元宝和卡花饽饽上，分别盖上团花、寿字或福字，并随手在我的眉心也印上一朵红花。后来，读到"花钿，眉间一点相思红"的句子，怦然心动。想来，幼时点在我眉间的那朵梅花，多么像旧时女孩儿贴着的明艳的花钿啊。

从大地上金黄的麦穗，到桌面上的白面饽饽，麦子历经收割、脱粒、粉碎、揉搓、蒸烤等种种酷刑，它被反复地折磨、摧残，每一次都是如凤凰涅槃，浴火重生。仿佛是它，又仿佛不是。这种繁复而艰难的蜕变过程，是麦子前生后世的沧海桑田。如同信守神谕，它报以仁慈地宽恕，并全心全意地付出与给予。

人间的面作，是人与粮食隐秘的沟通途径，是彼此相认的身份验证。外婆常告诫我，浪费口粮是可耻的。在粒粒皆辛苦的粮食面前，在尊贵的麦子面前，我们除了俯首，低下身子，恭敬地礼赞，还能怎样呢？它当然不该被轻视、被辜负！如今，胶东花饽饽，已成为省级非物质文化遗产。这是麦子和民间匠人理应享有的礼遇和尊重。

不管是枣饽饽、花饽饽，还是卡花饽饽，外婆把所有种类的过年饽饽，统称为团圆饽饽。外婆命名的团圆饽饽，多么好。朴实的团圆，千金难买啊。在外婆看来，团圆就是最大的幸福。金山银山，不如过年时一家人团团圆圆、喜气洋洋地围坐在一起，互报平安。掰开一个大饽饽，你一块，我一块，好年景在一双双有情的手中传递着。窗外有北风吹过，有雪花飘过，但一室暖意融融。好日子在团圆饽饽的身旁，在团圆饽饽的清香中，静静地流淌着。

# 胶东大馅儿饺子

"白马入芦花，银碗里盛雪"，从清净的禅意偈子中，我隐约看到一种食物：饺子。它如同是对雪白的饺子身处两种状态时的诗性写意：在沸水花中翻滚；端坐在白瓷碗里。

过年吃饺子。在胶东饮食的喜庆篇章中，饺子是淡妆浓抹总相宜的点睛之笔。

莹白如玉的饺子，肚大浑圆，宽厚包容，憨态可掬。我与它亲热得很，百吃不腻：饺子可当饭，可当菜，可佐餐，可下酒，一身多用——有肚量，有气派。食之，乃赏心乐事。

"清水飘芙蓉，元宝落玉盘。饕餮世间味，最是此物鲜"。胶东人对形似元宝的饺子，青睐有加，情深义重。小年大年，春分秋分，夏至冬至……胶东人顺天而为，依时令和节气而动，把四时冷暖和昼夜更替的兴味，把一脉喜气和好心情，悉数安放在饺子中。有滋有味的饺子，倾吐馨香之气，传承着祖先生活的智慧。

饺子鲜香，馅儿最关键。我们这地界，地处平原，又依山傍海。山珍海味，应有尽有。从菌类、野菜、蔬菜，到海鲜，都可做馅。花样繁多。常见的有香菇、木耳、荠菜、山麻楂、白菜、萝卜、韭菜、芹菜、青椒、豆腐等素馅水饺，也有猪肉、牛肉、羊肉、驴肉等纯肉水饺，还有鲅鱼、虾仁、海参、海肠、贝丁等海鲜水饺，或者将荤、素、腥三味按比例搭配，此多彼少，或此少彼多，依据个人的喜好口味取舍。百搭的是物美价廉的猪肉和韭菜。巴掌大的鲅鱼水饺，皮薄馅多，是我们本地的特色，就靠韭菜来提味，无韭不欢。外地人来了，看到这么大个儿的饺子，惊诧不已，疑惑地询问，这不是包子么？当然不是。包子靠汽蒸熟，饺子靠水煮熟。这一蒸一煮，锅灶上使用的招式不同，口感就迥然不同。

胶东人和馅，大多不喜把肉剁成泥，而愿把肉切成小丁，其他食材也是如此。切丁，可最大限度地保留材质的营养结构和原汁原味，佐料放得也少，彰显本色，口感实诚，像胶东人的性格一样。调馅时，要顺着同一个方向搅拌，牵着各个成员一起走，手拉手，别掉队，这样才会彼此亲密无间，你中有我，我中有你，融为一体。普通的家庭手作者，在长期的实践中，也练就了一颗巧妙的匠心，善于制作，嗅觉灵敏，只闻一下盆里弥散出来的馅料香味，大致就可以判断出鲜美和咸淡度了。

擀皮，考验人的双手协调和灵活性。我外婆是高手，有绝活。尺把长的一根擀面杖，在她手里柔若扁担，一头担着一个面皮。面杖快速地来回滚动，两端的两张面皮，跟着节奏飞快地旋转。眨眼之间，两张质量上乘的圆形面皮就完成了，中心比外端稍厚，这样包起馅来更安全稳妥。外婆的一双巧手，似乎十指分身有术，看得人目瞪口呆。

包饺子，衡量人的审美趣味。可简单，可复杂。胶东人淳朴，包出的饺子也朴实。个大，馅多，形如半轮弯月，大多不带花式，少有麦穗花边，朴素，实在。喜气洋洋的饺子，老辈子的人，比如我外公外婆，称其为箍扎。这种叫法，就是对包饺子手法的简要注释。将馅儿放进皮里，捏上边，两手大拇指对接，其余手指一心一意，劲往中间一处使，一挤一拱，馅儿在里面被箍住，鼓起圆滚滚的肚皮，像上了道紧箍咒似的，两头扎紧。任你是七十二变的孙悟空，也动弹不得，逃不出一叶掌心，乖乖地听话吧。

我小的时候，饺子是稀罕物。总盼着能吃上灌浆的肉蛋饺子，一咬一包汁一团肉，满口香。记得有一回，外婆包了纯驴肉饺子。"天上龙肉，地下驴肉"，意为驴肉是天下第一肉。迫不及待地一口咬下去，浆汁迸流，浓香飘逸，粉红的肉质细嫩肥美，真好吃。小小的心思里，荡漾着俗世的欢喜和天真，心满意足。年岁愈长，愈喜欢素淡和贞静，随之喜欢吃素，绿叶菜是我的心头爱。素饺，也成了很多时候的选择。平淡之中有真味，素净之中滋味长。人生的阅历和沉积，会于无形中改变许多东西，包括口味。

包饺子时，家家户户往往都要多包一些，一顿吃不了，有剩余才好。这叫有余头，表示过日子吉庆有余，讨个称心如意的彩头。吃剩的饺子，自然是舍不得丢弃的。高贵的口粮里，饱含着农人和手工者的爱心与汗水，带着手指一遍遍摩挲过的温度和深情，必得珍惜。只有懂得尊重，才会有相应的福报。

我偏爱把回锅饺子油煎。在平底锅里，将饺子投入七八成热的花生油中，在三者热情相拥、耳鬓厮磨的嘶嘶欢叫声中，将饺子翻来覆去，正反两面煎得金黄油亮。那香喷喷的口感，外焦里嫩，基本不逊色于头道饺子，类似锅贴的味道。

母亲的做法不同，她嫌煎饺油腻。也或因从过去拮据的年代过来，她已养成节俭的习惯了。老人们常说，春雨贵如油。可见滴滴澄澈黄亮的花生油，在昔日身价不菲，能省一点是一点。母亲将二遍饺子重新开水下锅，待饺子浮起后，打捞出来，盛入事先备好葱花、香菜、枸杞、大枣、香油、盐末的白瓷碗中，再注入滚烫的开水，有点水泼饺的意思。碗中顿时繁华热闹，歌舞升平，翠红二色，捧着白生生的饺子，色彩分明，颇有"白毛浮绿水，红掌拨清波"的意味。连汤带料一起入腹，清清爽爽，胃肠无负担，另有一番动人滋味。

如今，品种繁多的速冻水饺能让人们天天都过年，但胶东人依然热爱自己动手，慢条斯理地享受着手工劳动的生活乐趣。在我们的心目中，饺子就是一种符号、一种图腾。热气腾腾的饺子，散发着家的味道、母亲的味道。幸福触手可及，如此的真实，如此的简单。

过年的饺子与往常相比，被赋予更多的美好寓意和愿望。年夜饭的饺子，具有庄重的仪式感。讲究的人家，吃全素饺子，连葱、蒜、韭也是不放的，这三者是荤菜，有浊味。也不以醋调味，因醋在我们当地还有个小名，叫忌讳。若有忌讳的事，难免让人心生不安。都得避开。以此期盼来年的日子清净无瑕，无烦事侵扰。我们华夏民族有慎终追远的传统习俗。新鲜的饺子出锅后，要放在供桌上，作为供品，用来祭祀。祭天神，祭地神，祭祖。祈求得到神灵和先人的庇护，生活安康。通常供放一个晚上。其时，旁边正有守岁的红烛高照，远远望去，真应了"寒辞去冬雪，暖带入春风。阶馥舒梅素，盘花卷烛红"的景象。等诸神和先祖享用后，才能撤下供品。撤下的供品，小孩子是不能吃的。据说小孩子吃了会昏头昏脑，不聪慧。大约是为表达祭拜的虔诚和敬畏吧。

春节早晨的饺子，是大家争相追逐的乐趣。里面藏着吉祥物：消毒过的硬币和红枣。宝藏像未知的秘密，捉迷藏似的，诱惑着众人的好奇心。若吃到钱，预示财源滚滚，眉开眼笑；如吃到枣，表示甜甜蜜蜜，亦眉飞色舞。都是好兆头。至于灵验与否，没人探究，图个开心而已。一家老少，团团围坐，在不时响起的金属和枣核的落盘声中，互相打趣，欢声笑语。

一方水土，养一方美食。每方地域的饮食，都贴着独特的属性标签。像胎记一样，无法泯灭。胶东饺子，以其超越自身面貌的样式，成为承载乡情、乡愁之舟，支撑起人们关于家乡、亲人、祝福等情感和精神需求，漂流在时间的河流中。

# 油饺弯弯

广东馥郁的年味里，油饺是不可缺席的美食。

食在广东。广东多美食。广东美食之繁多之精巧，是非常有名的。以编撰《清稗类钞》传世的徐珂曾说："吾嗜粤之点心。"油饺便是广东点心之一种，是当地的特色小吃，逢年过节时，备受钟爱。

每种食物的创造，背后都隐藏着旧年故事。油饺年代久远，传说与月亮有关，起源于中秋佳节。广东人信奉神明，月亮在他们的心目中是月娘的形象——美丽的月神。中秋时节，月在天心，月光皎洁，分外的亮堂与圆满。他们会备好香案，拜祭月娘。由此发明了油饺，其形似弯月，其皮如月光。到后来，油饺的身形，更多地出现在春节，用作拜神和祭祀，也可作为茶配，招待和馈赠亲友。

油饺，与北方肉菜馅的水饺不同，是一种素馅的面点。制作前备足上好的食材，用筋道面粉做皮儿，花生、芝麻和白糖做馅儿。一种美食的形成，如同一首好诗的诞生，离不开诗人的构思、酝酿、遣词、造句和推敲，油饺的成材，也离不开手工劳动者每道扎实的工序，马虎不得。

首先调馅。将炒熟的剥去红衣的肥胖花生仁，用碾子或擀面杖一遍遍碾过，细细地粉碎成末，拌入黑亮的熟芝麻和绵白糖，再沿同一个方向搅拌均匀，传统正宗的馅儿就成了（感觉后来创新出的豆沙、椰蓉、莲蓉之类的馅儿，都不如悠久的老味道香醇）；然后和面。面得硬实一些。这种饺子皮的和面，可是很讲究的。不用水，用花生油。母亲取出一个白瓷盆，在麦芯粉中，打入两个鸡蛋，混合到一起，而后凭花生油调整干湿度，很奢侈。食材们相遇是欣喜的，简直欢呼雀跃起来，你碰碰我，我撞撞你，心甘情愿地被一双灵巧的手反复地揉搓、黏合，最后交融在一起，浑然一体。就像音符遇见音符，被排列谱写，演奏出动听的交响乐；继而是醒面，过程相对简单。靠面粉自己觉悟。母亲用稍有点湿气的白纱布敷在浸满油的面团上，盖上高粱秆做的筢子。不着急。耐心地等一等。大约一个小时后，揭开盖帘一看，面团柔顺光滑，肌肤细腻若凝脂，好像刚落地的胖娃娃一样，伸开胳膊伸开腿，这是面粉的好性情被激活了，容光焕发。

做油饺的饺子皮，不像水饺那样用刀切或用手揪成一个个面剂子，而是如擀面条一样，擀成一大张厚度适宜的面皮。母亲用双手推着擀面杖来回滚动，身子在面案上空跌宕起伏，头部随着动作节奏晃动着，进进退退，直到摊开的面皮适用为止。接着用口径圆圆的酒盅或茶杯，倒扣过来，在面皮上一按，轻微旋转，上下贯通，一个个麦黄的满月似的饺子皮就制成了。这样制成的皮儿外观更圆满，包出的饺子更规整，隐含家肥人润、富足美满之意。加入馅料，将两边对齐捏拢，再将边角折起，连绵折叠，节节相扣，一圈波浪起伏的花边，犹如漂亮的发饰，戴在了饺子的头顶上。只在视觉上，就已先声夺人了。

生胚子做好后，需要最后一道油炸程序的淬炼，方可功成。火候很关键。锅中的油升温后，以中慢火为宜，待黄澄澄的油冒出细密的小泡后，即可将饺子下锅，热油浸炸，过一会儿用筷子轻轻翻动，让两面着色均匀。等到饺子略微上浮、饺子皮鼓起，改成小火，炸至表皮泛黄稍硬后，再转为大火。此时，满锅生机勃勃，俨然风吹湖水，颇有"莲动下渔舟"的景致，欢声喧闹，似有许多尾金色的小鱼在水面上嬉戏，穿梭，再打个滚儿，便可被打捞上岸，控油。顷刻之间，油光可鉴的油饺，通体装扮得金灿灿，明艳艳。摆入白底子的碗碟中，宛若"玉碗盛来琥珀光"，秀色可餐。

心急吃不了热豆腐，心急也吃不了热油饺。新鲜出锅后的油饺，要慢慢降温。等待降温的过程，是一种时间的沉淀。好东西都是需要时间成全的。如此，油饺的口感才会更美妙。品尝一口，只觉蜜汁流溢，香、酥、脆、甜。几味浓郁的甘美，在口腔里交汇，在舌齿间流转，萦绕，吐气如兰。味蕾之殊妙的享受，比起香喷喷的水饺，犹要胜上几分。

油饺，又叫油角，肚圆似荷包，是钱包的象征。广东人有"油角弯弯，家财百万"的说法。过年吃油饺，有钱包鼓胀、招财进宝的美好寓意。

天下之口，喜好不同。广东人素来不喜面食，却偏爱肚中有料的油饺面点。仿佛只有吃过油饺，这个年节才会过得完整和踏实。也算是一种信念吧。人在天地间走着，大约都不能脱俗，总需要一些凭证作为支撑，比如祖辈传承下来的久经考验的风俗习惯，那是祖先生活智慧的体现，是立足于地气中的根脉。只有守住根脉，日子才会过得有底气，有信心。

如今，离开广州很多年了，但我家的餐桌上，仍带有在粤地生活多年熏染的印记。除夕夜的饺子，也兼具两地特点，台面上有两种饺子现身：有鲁地咸鲜口的水饺，还有粤地香甜口的油饺。人生旧时的足迹，已消失不见了，但它会以另外一种形式返回，不动声色地重现。

# 巧果

从前，在胶东农村，巧果的身份毫不含糊，只在农历七月初七露面。

到了这一天，巧果会按时出现在外婆的食单中。确切地说，巧果是我的专属品，就是为我这个小孩子做的。早早晚晚，它们都会被潜伏在我口边的谗虫逮住，押进我的腹中，成为我身体的一部分。

论长相，巧果跟过年的卡花馉馉，有几分相似，都是携带各种图案和花纹的面食，属于近亲。不同的是，巧果身量稍小，我们又称为"小果"，是烙熟的，外表酥黄，内里白嫩。而卡花馉馉身量较大，是蒸熟的，表里如一，通体白瓷一般。

"纤云弄巧，飞星传恨，银汉迢迢暗度。金风玉露一相逢，便胜却人间无数。"巧果对应的七夕节的文化背景，年少的我们，似懂非懂。牛郎织女的传说，早就听说过。但我们的心思，放在天上的时候不多，仙人离我们太远，像缥缈的歌声一样，可闻而不可见。至于两人相见的鹊桥，我们亦看不真切，只搭建在我们的想象中。年幼的我们，尚没有多少浪漫主义的情怀，比如对爱情和心灵手巧的祈愿。我们是现实主义者，更愿意把心思放在地上，放在灶台间。看得见摸得着的巧果，好看又好吃。它对我们的吸引力，显而易见，远胜过节日本身。

我外婆是讲究人。春夏秋冬，但凡节日，不论高矮胖瘦，都在她的心里装着，排着队，一个都不少。她说，过日子嘛，该论的规矩得论。她信任那些由来已久的陈规。在她看来，节日就是一个个驿站，让人来歇歇脚，补充一下能量供给。她需要给家中的日子打气，增加好的新气象。

巧果和面，得比馒头硬实许多，用手戳不透。外婆取出一个大瓷碗，把干面起子用温水溶化，和入面粉中，再按比例加入猪油、牛奶、鸡蛋、白糖，把它们混合在一个白瓷盆里，揉好。待其醒发膨胀后，移到面案上。

接下来的守面，见不得风。风会将面吹干吹皱。因而，家中门窗得关上，避风。守面，就是揉面。将发好的一坨面放到面板上，不停地揉搓，还得时不时地饸点干面粉进去，一为避免沾板，二为加强面团硬度。相当费力气。我干不了这活儿，力气不足。那时，年幼的我，比锅台高不了多少，揉一会儿就腰酸背痛手抽筋，吃不得苦，只好羞愧地退下。外婆笑着说，你还没长成，劲头还没练出来呢。是啊，常年劳作的外婆总有用不完的劲儿，她的双手团结合作，劲往一处使，很快将面团揉到光滑白润，全身密布透明的小泡，不时发出"扑哧"的声响。这个时候，她松口气，抬起头说，行了。

激动我心的时刻，做巧果的时刻，天使般张开翅膀，温暖地朝我笑笑，正式降临了。

外婆取出一堆巧果卡子（卡子大部分是木制的模具，内容丰富多样），把面团均匀地塞进卡子里，平整密实地压紧后，倒扣过来，用力地朝面板上一磕，一个个的鱼虫鸟兽、莲子花果、福禄寿喜等巧果生胚，就出现在面前，活灵活现，甚是可爱。

风箱响起，巧果在热锅中不停地翻着跟头，被拿着一双筷子的手，勤快地呵护着。灶膛的火苗不大不小，舔着锅底。烙制过程中，须全神贯注，一不留神，稍有懈怠，会使局部过火发黑，影响巧果的颜值，就不俊俏了。不一会儿，面香盛满屋里，又从门窗缝隙溢出。出落得如花似玉的小果，出锅了。不等凉透，就被迫不及待的小手抓起，来回掂着，在左右手中穿梭。嘴唇也不闲着，帮着吹气降温，协助完成味蕾的美妙旅行。

好吃的巧果，是舍不得一下子消灭的。那么精美的手工艺品，还要发挥一下被观赏的功能，才不枉做一回巧果。央求外婆用针线，把巧果穿成一串，首尾相连，打成活结，挂在墙上，就像颗粒饱满的珍珠项链一样。挂在墙上的巧果，渐渐变得又干又硬。想吃的时候，解开活结，取下一个来。咬一口，干硬的面屑，冰碴子似的崩落，味同嚼蜡，已失去了初始香喷喷的口感。但为了美，我可以忍耐，并尽最大力量，将它们美丽的身体标本，保存到最久的期限，等待与下一个七夕会合。

我的童年，就在一个个首尾衔接的七夕中，拔节生长，慢慢远去。

我的巧果，也渐渐离开我，远去了。自从外婆离世后，再也没人为我做了。那些旧时挂在墙上的巧果，如同干透开裂的往事，存在于我的回忆中，让我可望而不可即。它不言不语，像一把梳子，泛着柔光，将遥远凌乱的童年场景，梳理得明净，整齐。

我不知，现在的乡村，是否还保留着巧果的一席之地。一些老旧的风俗习惯，似乎已没多少人重视了。曾经看重的老一辈人，许多已被风搬走，消弭。就连乡村的地理属性，也在通往模糊的走向。许多乡村，正在纳入拆迁或划归城市的进程中。或许，在将来，终有一天，乡村连同巧果，都会成为历史的记忆，从现实中消失吧？谁知道呢？

第二辑　声声慢

## 乡村夏日童话

生逢荷月，这是我命定的季节。窗外花木扶疏，藤蔓葳蕤，香远益清。夏天摊开热情的双手，接纳了我。我对它的迷恋，与生俱来。

孙过庭在《书谱》中云："带燥方润，将浓遂枯"，是说书法用墨的技巧。我总是从中联想到夏日。燥、润、浓、枯，正是夏天走过的途径。仿佛气韵贯通的用笔，层次丰富的墨色和线条变化，呈现出烈日之灼、雨水之丰、草木之饶的夏天性情，酣畅至极。用枯笔来收尾，就像花朵萎谢，为的是奉天承运，向秋天过渡。

大丽花、凤仙花、荷花、蜀葵、粉豆花、葫芦花、牵牛花、打碗花、田旋花……这些嫣妍的花仙子，天天忙着绣花，在绿锦一样的枝叶间，锦上添花。它们盛开在我童年的乡村夏天。多少年了，依然散发着鲜甜的气息，让我惦念。除了荷花，其他的草本小花，我已多年没见。城里多的是紫薇、木槿、月季、凤尾兰等木本夏花。长大后，有些东西，连同当年的心境和乐趣，再也找不到了，真个是"流光容易把人抛"。

童年的乡村夏日，让我着迷。它会变魔术。变出好多好东西来，有漂亮的花看，有好果子吃，有好看的裙子穿，有清凉的水玩，像童话里的情节。

夏天是生长的季节。如同有人喊出"芝麻开门"的灵验咒语，大地打开了宝藏的洞口。各种形态的绿色植物，生长值达到巅峰，如火如荼。村庄是开放的百草园，房前屋后、田间地头、大小路边，甚至犄角旮旯，但凡有点空地，都可以成为草本植物的乐园，有人工种养的，但更多盛大绚烂的美色，来自野生。

小暑大暑，小热大热。村庄像一叶扁舟卧在蝉叫蛙鸣鸟语之中。村前蜿蜒的小河、村头的荷花湾、村西的水库，还有村南的老井，是载它的水。每个繁衍生息的村子，都会有一口老井。有年头的老井，担负起一个村庄的命脉。水声水色，让不大的村庄显得灵气十足。从水面送来的风，带着水的凉意，正好避暑降温。

"夏天就要有夏天的样子。热有热的好。出汗能排毒。汗水是最好的滋养。"这是外婆的名言。她在灶台边煮绿豆汤。我拿蒲扇给她扇风。沸水在锅里打滚，冒着细密的白花。几个浪头翻腾过后，原本青碧的绿豆汤，变成了奇怪的棕红色。绿豆出落成了绿豆花，头上绽放娇嫩的花朵，仿佛时间和火候把青涩的小女孩，熬成了情窦已开的大姑娘。

一碗清热解毒的绿豆汤里，也蕴含着人生的哲学。但那时我还小，不太懂。我的注意力在于，一只青绿色的波刺毛，为什么会让我受伤。我只是跟它打个招呼，用树枝轻轻地拨了它一下，它却非常不友好地暗算了我，我的右胳膊忽然就又疼又痒起来。外婆说，它的刺有毒，会飞。她用温碱水治愈了我的痛苦。我想，这样好看的虫子，怎么会表里不一，心里装着害人的主意呢。当然，很快我又开始关心，一只白色的冰块是怎样转变成黄色冰棍的。

外婆担心我苦夏、食欲不振的状况，始终没发生。相反，我容光焕发。粗茶淡饭，弥散着外婆的味道，带给我巨大而简单的快乐。夏天像一条丰沛的河流，流经我的身体，供给充足的养分。因为有一茬茬甜蜜的瓜果接济，我的胃口大开，脸胖得跟发面馒头似的。

我是多么的贪玩、贪吃。乡间的孩子，犹如自由的野草。见风见日，不圈养在条条框框里。生命力强，长得皮实。偶尔有个头痛脑热，大人们随手从路边和田间拔点野菜煮水喝，好使。记得有一回我感冒了，外婆便用新鲜的蹿出绿穗的车前子煮水给我喝。喝个三五天就好了。在乡村，草就是药、药就是草，草药不分家。

冷血的昆虫是不怕热的。越热越欢实。无蝉不夏，蝉排首席。它是树上兴奋的歌者，夜以继日、孜孜不倦地高歌。不唱不足以表达它对生命和夏日的热爱。也难怪，经过漫长黑暗的地下蛰伏，它格外珍惜站在高枝上的机会。是夏天给了它破土蜕变的新生，让它得见天日和光明。我见过的三种蝉，唱法迥异：大马知了，体型大，是蝉中的高头大马，一身黑铠甲，薄亮的翅翼带有黄色的纹路，豪迈高亢的男高音似的，一根筋地唱着"知、知"，不停顿，节奏单一，没有高低起伏变化，从单一的歌唱技法就可知其憨厚老实，因而时常成为孩子们捕捉的目标；哇又哇，像缩小版的大马知了，张开口就是"哇又哇"的咏叹调，抑扬顿挫，富有韵律，歌声婉转嘹亮，算得上美声唱法。它的智商很高，警惕性也高，不待猎手靠近，倏地喷出一阵水雾飞走，另择良枝而栖，向人示威一般地继续欢唱；福得喽，长相最俊秀，如翩翩美少年，暗绿的身子，精致玲珑，披着月光般透明的纱质长翅，吐出"福得喽"的音符，组成骄傲的旋律，自出机杼，音色清脆明亮，仿佛一支优美的柳笛飘出树林、掠过水面，清澈动听。

当树上的蝉突然噤声沉默，地上成群的蚂蚁往树上攀爬，外婆说，暴风雨要来了。

外婆的预言，往往应验。夏天的雨，性子急，精力充沛，说下就下。刚刚晴蓝的天空，忽地飘来几片乌云，打个响雷，大雨珠子就噼里啪啦地砸下来，迅速倾盆。让人措手不及。孩子们是不怕雨的，雨会让我们感到凉快。赤着脚跑去荷花湾。雨中的荷花湾，生动活泼，意趣盎然。盛极的粉色荷花、碧绿的荷叶和蒲草，理所当然地占领了几乎全部的水面。湾比塘大一些，但不能与湖比，不足以载舟，李清照"兴尽晚回舟，误入藕花深处"的景象，是看不到的。但鱼戏莲叶间，足可让我们雀跃了。无所顾忌地掐下散着清新薄荷味的大荷叶，戴在头上。笔直地站在风雨中的荷花倾斜了，又反复地站直，尽力维持着天女下凡的仙容。原本立在上头亲近芳泽的蜻蜓，却不知去向了。

骤雨撤退得也快，抬腿就走。洗净的天空，像倒扣的幽蓝的大海。只小半天的工夫，小河泛滥起来。咆哮的河水远比平静的河水富有魅力，我们知道，上游水库泄流的大水会携带肥美的库鱼进入小河。河床浅而窄，不必担心安全。迎着浑浊的急流逆行，心情比在清亮的河水中洗澡还要畅快。一些大人们也加入捕捞行列。我的能力只够捉到几条小鲢鱼。用塑料袋兜着，兴冲冲地跑回家。眼巴巴盼着外婆把它们做成炸鱼给我吃。可外婆说，鱼太小了，先养着吧。过几天再去看，盆里的鱼已消失了。外婆把它们放生了。

雨一场接一场。我贪心捉到的小鱼，总是被外婆重复地放生。我渴望把它们变成油光可鉴的炸鱼的心愿，一直没实现。我兴高采烈捉鱼的兴趣，终于被消耗殆尽。

从我记事起，没看到外婆养猪和猫狗。"猪膘肥体壮后就得被宰掉"，外婆说，她见不得。猫狗不被她待见，她喜欢干净。她养鸡养花养我养日子。

繁茂的花草们占据着院里院外，与我们群居。有些花香是护卫我们的屏障。万寿菊在白天为我们驱蝇，夜来香在夜间替纳凉的我们赶走蚊虫。花草的叶子上，常会看到鲜艳的七星瓢虫，爬上爬下。我们叫它巧媳妇。外婆说，它巧就巧在会捕食蚜虫之类的害虫。

受外婆影响，我从小就有浪漫主义情结。我喜欢站在平房顶上，看斜阳收敛最后一缕光芒，晚霞拖着慵懒的长尾巴，天边是绛红色的。像日出时一样美。黄昏时分，风变得比白日里勤快许多，时不时送来一些凉爽之意。许多花朵接到了指令，有的按时合拢，有的守时打开，有的允许一直开放。它们享受的权利不同。

那时候，我总不解，为什么大地上许多花朵的形状是朝天的喇叭状。仿佛随时可以吹响。我想，或许这样便于交谈，它们像我们一样，也有话要讲，要倾诉和交流，表达心中的爱。喇叭口像扩音器，会将声音放大传远吧。

每个季节都是一只候鸟，飞来飞去、飞去飞来。它们在岁月中筑巢。我们在大地上仰望。不知不觉地长大，成熟，老去。

生当如夏花，生当如夏蝉，尽心尽力，开得圆满，唱得无憾。

# 春宴

    盛春的烟台，犹如盛装的美人，披红挂绿，穿金戴银。许是偷饮了几盏花雕酒吧，只见她桃腮飞霞、杏眼流光，越过早春和仲春，一路娉婷而行，那么的光彩照人、倾城倾池。

    然而这满城春色，虽容貌妍丽，却是不足以尽兴的。好似长在深闺欲语还羞的女孩儿，美是极美的，可终究少了些奔放撩人的意味。于是我们驱车郊外，追逐那漫山遍野的芳菲。我想，趁春光灿烂，得向天蓬元帅学习一回，放肆地浏览美色，任性地吃花吃草。

    沿着阳光雀跃的金光大道，途经草长莺飞的指引，我们的车，像只黑色的大鸟，扑闪着翅膀，向前飞去。

    车出市区后，视线瞬间被拉长拉宽了，丹青妙手恣意绘就的一把巨扇，哗啦一下从天而降，迎风打开，色彩斑斓流溢：天空是那么的高远湛蓝，透亮而轻盈。原野是那么的广阔丰盈，绿莹莹地流淌向远方。看上一眼，心就泡软了明净了。

    那春草，成片地匍匐在地，谦卑地生长，静寂地茂盛。

那春树，碧玉雕成，枝叶葱郁，青翠玲珑，婆娑弄姿。

那春水，卧成了一湾绿绸缎，温润剔透，波光潋滟，身披清凌凌的衣衫。

还有那春山，山色青青，松涛阵阵。满眼皆是良辰美景。离开尘嚣的山中春天，身姿婀娜，举步曼妙地走来：繁花欲燃，鸟鸣呖呖，泉声潺潺……空寂的山里，是草木和飞鸟的乐园，分工均衡，条理井然。草木分管颜值，鸟儿分管声乐。它们自编自演，声色并茂，繁荣昌盛。山里的春光，纯粹浓郁，仿佛一本不加修饰的原生态册页，入目的都是令人莞尔的好画好词好句。一页一页翻开，总也不忍心读完。

群鸟演奏，曲调天真、欢快、婉转。山中的鸟雀，见人落落大方，并不胆怯惊慌。体量大的山雀由远及近，有强烈的表演欲，在附近俯冲，滑翔，盘桓，与人擦肩而过，耳畔可闻它们振动羽翼的声响。个头小的柳莺，像谁随意敲下的棋子，散落在近前的草地上，向人一点点跳跃着、靠拢着，完全不设防的样子。它们没见过世面，对人类有着天然友善亲近的初衷。一粒粒长短错落、高低起伏、音域不同的鸟啼声，划破空气，如飞瀑击石，如珠玉落盘，滴落在山涧中，滴落在我们的心尖上。说不出的欢欣。

有那么一阵子，我们坐在石阶上，背靠着背，闭上眼睛，全神贯注地聆听山鸟的鸣啾声。雄鸟召唤，雌鸟呼应。悠扬清越，煞是动听。如同对唱山歌的小儿女，这边有诉不完的衷肠，那边有唱不尽的缠绵。这山谷中的爱情，或许寂寞，或许渺小，但同样值得尊敬。

更有那春花，举起姹紫嫣红的旗帜，云栖霞落，呼蜂唤蝶，呼啦啦夺目而来。

这些绚烂的百花，手握春风的请柬，倾力赶赴一年一度的技艺比拼宴会：鹅黄的迎春和连翘到了，粉白的杏花和梨花到了，嫣红的桃花和海棠到了，紫色的玉兰和樱花到了，还有一些唤不出名的花儿也到了。

它们排着队，依约而来，欢聚一堂。在高处，在低处，在平地，在一切可以落脚的土地上，施展拳脚，风云际会，锅碗瓢盆，叮叮当当，竭尽全力地露一手，开出色香味俱全的盛宴。

开，便要开得激情澎湃，势不可挡，没遮没拦。十八般武艺，悉数展现。它们拼命把自己的容颜，开到最美，美到无憾。每一朵花，都开得那么毫无保留，那么义无反顾，那么无怨无悔。这弥漫在天地间声势浩大、隆重至极的花事，就像一场摧枯拉朽的起义或暴动，推翻暗淡枯萎的冬日旧世界，建立生机勃勃的春日新秩序。让人触目惊心，莫可名状。

每个花开鼎沸的春天，都明艳得让人惊叹。宛如用尽力气付出的母亲，母爱是如此的庞大、浩瀚、繁复。此起彼伏的花开，日复一日地荣华，像逗号、顿号、分号，着急地赶着路，向前走啊走啊，停不下来，仿佛没有尽头，总也开不完似的。日子全是满的好的。美好的情思会在春天醒来，分娩。所以林徽因在春天温柔的目光中，发出"你是爱，是暖，是希望"的感慨。

我是个爱花人。家里的阳台、飘窗，以及客厅、餐厅、茶室和过道的角落里，都被我养育的形形色色的花草们占据着，我们同居，像血脉相连的亲人。胡红掌、胡凤梨、胡长寿、胡多肉们，都随了我的姓氏，让我感知另一种温情，体味另一种生命形式表达的爱意。一直以来，我做得最多的梦，就是在大片的山野中找花看花，移花接木，想将它们的姣好，自私贪婪地据为己有。但醒来后的失落，又让我清醒地意识到，这些草木尤物们的美丽，是阔大无边的。我能拥有小如微尘的一部分，已是荣幸。它们理应属于公共的辽阔的大自然，成为和谐生态环境的构建分子，得到人类的礼遇，不遭受伤害和破坏。

感受自然美景，我们的心情会有自然而然的愉悦。这种有益的磁场，引领人类与天地万物保持着相近的律动，内心安详、润泽而幸福。或如吉米·哈利在《万物有灵且美》中所言：这种自我享受的方式，一直是我生活的一部分。这时，我暂时步出了生命的洪流，像一艘偷偷靠岸游玩的小船，让自己与那滚滚的世俗之流完全脱离了关系。

想起梭罗在《瓦尔登湖》中所呈现的安宁、静美与自由的自然景象。沉浸在美妙的文字中，我们会被梭罗远离喧嚣、热爱大自然、自耕自种的生活方式所感动，陷入对生活和生命意义的思考中。我们身心需要的，同样是像瓦尔登湖湖畔一样的净土。人类必须学会保护生态环境，感恩大自然馈赠给我们的礼物。

临近一座村庄时，在路边，每隔几步，便会看到有中年农妇，面前摆着个柳条篮子，上面搭着白色粗布。见有车辆驶来，她们便扯高嗓门，叫卖着香椿。下车细看，嫩小的香椿芽，拥挤在一起，被一束束细麻绳捆扎着。有一股浓烈的草木香气，径直扑鼻扑面而来。卖家介绍说，这是刚摘下的凉地里的头道香椿。我说，那就多买一些吧。我把这种红褐色的植物嫩叶，是当作祥瑞之物的。春天怎能不吃香椿呢？如同要吃春卷和春饼一样。闻过吃过了这种奇香，沾了春的好气息，日子仿佛才会过得吉祥如意。

那妇人清点着纸币，脸上荡漾着收获的欣喜。我忽然很羡慕这些皮肤黝黑的农家妇人。她们得天独厚，无拘无束，承接着自然的恩泽，有着健康硬朗的体魄。比起我这般白皙文弱的城里女子，是不是要快乐很多呢？体力劳动的荣光和价值，在此时此地，带着田野的芳香，清晰确切地凸现出来。

和煦的春风，轻轻地软软地，吹拂着人间的希望，吹拂着深情的大地。一路行来，山河锦绣，遇见的所有都是芬芳的。兴之所至，浑然不觉，此身在何处。

春深如许，秀色可餐。多么丰盛的春天宴席。且以春山为樽，春水为酒，繁花为馔，饮食十分春色。

来，开宴，干杯。

# 琥珀般的盛夏

"赤日炎炎似火烧"。入伏后，酷暑游走，遍地流火。走在街头，汗流浃背，人像汤圆一样，在热汤里煮着。空气中似有一张滚烫、黏稠、湿重的大网，将人的整个身体裹挟进去，令人无法挣脱。就算躲入空调房中，虽体表温度下降，却难解内心的灼热，口干舌燥。不如与童年的夏天相遇，回忆那些早已消失的童趣，以期具有消夏清心的功效。

夏天是我们返回童年的通道。但凡美好，都是记忆的必争之地。

"池塘边的榕树上，知了在声声叫着夏天"，罗大佑关于《童年》的歌谣中，开头呈现的就是夏日景象。

小时候，并不觉得盛夏有多难过，反倒觉得它是收纳快乐的容器。也许储存在里面的影像，自动使用了滤镜，只保留理想的蜜糖的光泽，凝结成琥珀般的样貌。

三伏天，蝉声不绝于耳。村里的水库、小河和荷塘，水波温柔，带着迷人的表情，会被我们挨个光临和亲近一番。凉丝丝的静水或流水，溅起透明的水花，包容我们年幼的顽皮和汗珠，成为我们肌肤相亲的亲密玩具。

　　小鱼在脚趾缝间穿梭，机灵得很，一旦有个风吹草动，就敏捷地逃走了；顶着大脑袋的小蝌蚪，如墨色的豆芽，在浅浅的河沙处摇头摆尾，最易被捕捞；点水的蜻蜓，展开塑料糖纸一样薄的翅翼，在我们的眼皮底下掠过，飞去亲吻荷花，让人羡慕不已；而翠衣粉裙、正大仙容的荷花，最让女孩子们倾心，却又触手不及——深水处，自然是不敢去的。大人们一再叮嘱说，水鬼就藏在深不可测的地方，会抓住小孩子的手脚，吃掉。我们半信半疑，有时信，有时不信，但到底没人敢去冒险。我们有幼小的小聪明和小算盘。从大人们敬天地的虔诚礼仪中，我们隐约觉察到，大自然隐藏着某些神秘的力量，有着神秘的禁区，大人们尚且敬畏，我们更无能为力。

　　门前的大树底下，浓阴匝地。有四通八达的凉风汇集或路过，树叶摇动小扇子，沙啦啦响。树阴处，就是天然的空调和风扇，消暑，止汗。吃过午饭后，大人们在草席上歇晌。孩子们集结到树阴下，三五成群，玩各种各样的游戏：老鹰抓小鸡、跳皮筋、打泥炮、翻绳、踢毽子等。我最喜欢的是打宝和跳方格，玩法简单，其乐无穷。

　　打宝，先要叠宝，把纸张对折成正方形，每个角都不外露，妥帖地插入中间的缝里。有接缝的那面，是正面。无接缝的那面，是反面。把宝的正面放在地上，另一人用自己的宝，往地上的宝身上用力打。倘若能把地上的宝的正面掀翻，反面朝上，那么打宝的人就赢了，地上的宝，就归赢家了。我常常赢，很少输过。赚了一堆宝，放在纸缸里。我取胜的秘诀，在于我叠宝的纸质好，别人比不了。我妈从广州寄来的招人稀罕的挂历和画报，全被我折叠成又大又厚又沉的宝了。别人轻飘飘的宝，哪里是我的宝中宝的对手呢？因为赢宝，我俨然成了孩子王，有被人簇拥的小虚荣。有时也会大方地赠送小伙伴几个宝，让他们心悦诚服。

　　我想，我性格中带有的豪爽和讲义气的成分，大约就是在那时养成的。儿时的某些影子，会随身携带，跟随一生。

跳方格，也叫跳房子。先用粉笔或树枝在地面上划出房子。房子的形状，通常有圆顶和方形的。我们图省事，一般画十个格子（格子就是房间，大小均等）：先画一个正方形的九格，再在右下角格子的外侧延伸出去一格，叫做入户门。接着，从下往上，按路线依次在每个房间里标上数字：1 至 9。

起跳前，须将一块平整的厚薄适宜的瓦片，掷到房间 1 格里，以入户门为起点，然后单脚着地（另一条腿弯在空中，中途不能落地，落地算输），跳进 1 格，用脚尖将里面的瓦片，平稳地踢到 2 格里（不能压线，不能出界，也不能越格，否则就是犯规，得下场，让别人跳），再单腿跳进瓦片所在的 2 格……依此类推，按序号循序渐进，脚跟着瓦片走，准确地将瓦片踢到下一格里，等到顺利踢进左上角的第 9 格时，另一只脚才可以落地。将瓦片捡起来，背对着格子，向身后扔，扔到哪个格子里，哪个格子就成了自己的房子，等于宣告归属权。下一轮再跳，经过自己的房子时，就可以在里面双脚落地，歇会儿。最后挣的房子最多的人，理所当然是赢家。

这个好玩的游戏，锻炼人的弹跳力、平衡力和身体协调性。传说起源于两千多年前的古罗马，用于罗马步兵的军事训练。后来，罗马的孩子们开始模仿军队的这种训练，在球场上划线扔石，增加了新的游戏规则。至于又是怎样流传到中国乃至胶东内陆的这个村庄，已无可考了。或许，聚集人类智慧和文明的好东西，都会自己长着腿，随风到处跑吧——不分国界，不分肤色，不分贵贱，无分别心——那时，年幼的我们，还没能力思考这些问题。我们只顾全身心地投入，喜怒形于色，好恶言于表，因为失败而斗志昂扬，嘴里不停地嘟哝着："哼，我就不信我赢不了。"也因为胜利而欢呼雀跃，神采飞扬。至于到处流窜的暑热，对不起，我们视而不见，扰乱不了我们的心神。

正要得热闹呢，耳边忽然传来"咚啷啷咚"滚雷似的声音，是熟悉的拨浪鼓的响声，邻村卖冰棍的孙大叔来了。轰的一下，孩子们作鸟兽散，各自回家要钱去了。我跑回家，从外婆平时放零钱的陶罐里，叮叮当当，掏出八分钱，握在手心里，兴高采烈地跑到大街上。孙大叔戴着淡黄色的草帽，锅盖似的帽檐在他的脸上投下一片阴影，笼罩在阴影中的脸上，汗水密布。他低着头，忙着取冰棍，找零钱，热情地招呼每一个大人和孩子。他能准确地叫出每个人的名字。冰棍的品种单调，用厚布包裹的简陋的冰棍保温箱里，只有两种。我轮换着买，有时买绿豆的，有时买奶油的。硬邦邦的冰棍拿在手里，冷气扑面。一口咬下去，冰碴在牙齿的搅拌下，迅速地消融。凉气像一脉潺潺的清泉浸漫在口腔里，再流入腹内，荡气回肠，经久不散，那么的畅快。

有些时候，两个人会凑钱合买一根冰棍，你一口，我一口，冰棒在两个孩子的小手里来回转移。融化的汁液，顺着木棍滴在手上和地上，来不及吃，就浪费掉了，眼巴巴地瞅着，让人心疼。七十年代末八十年代初，八分钱，大概能买两盒实用的火柴，许多家长把钱袋子捂得很紧。但物质的匮乏，并不能阻挡我们单纯却富足的欢乐。

到了晚上，暗藏无限生机的乡村，好像一枚黑色的弹丸，被夜色的口袋收纳。"水天清话，院静人消夏。蜡炬风摇帘不下，竹影半墙如画。"草木吐露芬芳，气息分外浓郁，四处弥漫着悠闲祥和的氛围。从井水中捞出来的花皮大西瓜被切开，街坊邻居们分着吃。自然熟的沙瓤西瓜，可真甜啊（现在，再也找不到那么好吃的西瓜了）。东家西家聚在一起，摇着蒲扇，说着闲话。孩子们不闲着，一会儿追赶飞舞的流萤，一会儿在蓬松的麦草垛里打洞，玩捉迷藏，累了就倚在大人的身旁，抬头望天。

天真大啊，没边没沿。夜空透着深邃的幽蓝，星子提着灯笼，闪闪发亮。晶莹的月亮，被众星拥护在中间，犹如一枚邮戳盖在天上，发出银色的光芒。月光倾盆而下，径直流进我的喉咙里，有薄荷的清幽味道。

从前的星星，比现在的多，也亮；从前的月亮，比现在的圆，也大。

张爱玲说："回忆这东西若是有气味的话，那就是樟脑的香，甜而稳妥，像记得分明的快乐，甜而怅惘，像忘却了的忧愁。"——我觉得，回忆有着清甜的薄荷香气，那是童年夏日带给我的欢愉。

彼时富得流油的欢愉，日后无法复制。成长这件事情，时间有意或无意馈赠给我们的物品，是好还是不好呢？那些曾经与我们密不可分的亲人，被动地承受时光的收割，丝毫没有协商的余地。他们去了哪里呢？谁能给出确切的答案呢？

在这个炎热的深夜里，人到中年的我，在远离地气的城市高楼里，仰望着窗口上方模糊的星空，思索着自己莫名其妙的提问，身心渐入清凉之境。

## 清秋

九月，清和，明净。秋林尚好，秋水仍盛。天地有清平意。

"宿雨朝来歇，空山秋气清。"一夜风骤雨疏后，秋便紧贴着青碧的桐叶，清亮亮地来了。空气像披上了清凉的纱衣，退却了浮躁的暑热，人心顿时清宁沉敛下来。云游多日的精气神，终于寻到了回家的路，重新聚集在凡胎肉身，可劲地舒坦和熨帖着。

秋步入这一段落时，不冷不热、不温不火，最惹人怜惜。恰似一个温婉的女子，乌云般高耸的右鬓边，别着一枝娇红的秋海棠。

仍是盛开的时节，浅秋在枝头上婆娑弄姿。玫紫的木槿，金黄的菊花，橘红的倒金钟，五色的四季梅，一重重、一叠叠，挤满了园圃；红彤彤的凌霄花，黄澄澄的丝瓜花，一簇簇、一蓬蓬，缠满了廊架和木栅栏。我踩着一地馥郁的花影，行走在清秋的花气里。

神清气爽，风烟俱净。这是清秋的气场。是秋胜于其他季节的厉害手段。

清秋，是一杯刚刚氧化了的红酒，滤去了春的酸、夏的涩，正有甘醇的好味。那滑舌而入的温煦阳光、清甜月色，让人顿生微醺的情思；清秋，也是一道上好的普洱茶，经过春夏的发酵沉积后，有了清香悠然的韵味。浅尝一口，便有清心润肺的功效。

我在清秋的扉页上，写下我的名字，盖一枚艳若红唇的印章，我得占住它。它是我的，如斯淡泊闲适的时光，我怎舍得罢手？我得把它捧在手心里，好生地支配和享用。

我家可算得观景台，被阳光月光下的大地托起。南可观山，北可望水。七分眉黛秋山远，九分双瞳剪水近。依山稍远，傍海极近。一片绿浪涌动的防护林和几户红瓦粉墙的人家，点缀其间，将我与海相连，颇有古意。山水疏散，凉风习习，让人恍若步入元初，走进赵孟頫秀逸的《鹊华秋色图》中，不禁心生清凉、润泽、旷达之感，甚是受用。

若想尽兴，须去海边看落日。一向以为，夕阳与清秋，有着最相似的静美气质。于是，穿一双绣着缠枝莲的缎花鞋，搭一袭月白的镂空披肩，一个人开车去栈桥。栈桥如垂虹，铺垫在海上。人行其上，步履轻盈，只觉天人合一，似染几分仙气在身。时近黄昏，绛红的秋阳，又大又圆，垂挂在西山尖上，一会儿，便已沉落海底。海面上荡漾着清凌凌的波光。海天共色，不分彼此，彻头彻尾的一蓝到底；追逐嬉戏的海浪，犹如一层比一层高的梯田，开着朵朵蓝莲花，没边没沿，闪烁着纯净晶莹的光泽；雪色的蓬松云朵，恣意地绽放在头顶上，千姿百态，如花似玉，清白无瑕；天色向晚，秋虫喧哗，吹拉弹唱。一支支抒情小夜曲，在高处和低处婉转地流荡；薄薄的秋风，徐徐地吹拂着，像小猫的舌头，舔过身心。所有的生命，都变得干净、水润和舒展起来。

有两只灰褐的雀儿，入秋后在我的露台做了窝。每日清晨，它们披着万道霞光，从容地站在我的窗沿上，引颈高歌。啾啾唧唧的鸣叫声，如佛鼓的清音，警醒沉睡的我，抖擞精神去应对，不辜负新的一天。想来这对小情侣，必是贪着秋凉，好似我和他一样，在屋檐下过着自己安稳的小日子吧。

"风定小轩无落叶，青虫相对吐秋丝。"清秋，是气定神闲的。山里的果子，几乎都羞红了脸蛋。脆生生地咬一口苹果、大枣和柿子，那个香甜劲呀，直沁心脾。所以苏轼说，"一年好景君须记，最是橙黄橘绿时。"是啊，有什么景色，能比丰收更动人呢？如同莫奈油画里那些金色的草垛，无一例外，皆在尽情地袒露着收获的喜悦，那么饱满，那么明亮。

每个秋天如我，长了一岁，是新的，也是旧的。秋再往前，走得多些，是李璟的惆怅："菡萏香销翠叶残，西风愁起绿波间"；再走得深些，就是张炎有愁难诉的悲凉："只有一枝梧叶，不知多少秋声。"但不管走到哪步，深一脚浅一脚，到了刘禹锡那儿，都是"自古逢秋悲寂寥，我言秋日胜春朝"的欢欣。繁盛固然美，萎谢未必不美，甚至更美。各有各的气象。季节仿佛人生，有一言难尽的况味。

那么便趁这火候正好的清秋，卧在午后的躺椅里，与时间把盏言欢吧。把自己开成一朵鹅黄的桂花，清贞更造清芬境。

此时，我只需耽溺于恬淡秋光，陷落于二十年前的春闺梦中：那开遍十里山坡的野菊花啊，浩浩荡荡，灿若云霞。那个凝望着我的戴眼镜的白皙青年，牵着我的手，在我的黑发间插满了花朵。我在白色黄色紫色的花丛中，嗅着浓郁的山菊香，追着飞舞的小花蝶，打着滚儿，撒着欢儿……那时，愚钝的我，尚不知，被鲜美娇嫩的青春汁液喂养的我，在光阴的掌心里，是一朵多么鲜艳多么曼妙的花儿。

每个人生，都只有一条向前的路，路过即是挥手告别。这条路，是由这样的瞬间铺成的：过去不曾有，现在正好有，以后再也不会有。每个瞬间都是唯一的，不会有相同的第二次。人生是由所有转瞬即逝的发生构成的，譬如年华。觉得怅然若失么？其实，失去未必不好。有失有得，推陈出新。新里总有新希望。

季节兜兜转转，许多旧去的美好，被时间的大浪淘过后，一些如浮沙漂流不见，而又有一些如金子般沉淀静默。一路上，不慌不忙地前行，还会有新的美好滋生，蔓延。在岁月深处，总有一处生命的绿洲，草长莺飞、花红柳绿，生机勃勃地滋养着心田。

有友多年不见，每到秋声鹊起的九月，总会记得互发一条短信：秋安。淡淡的问候，带着薄荷糖的清甜，轻轻盈盈，幽香满怀。

清秋，如此清净地笼罩着我，陪伴着我，予我温情——良辰美景，赏心乐事，只系于眼前一念取舍之间。

九月，我也成了如清秋一样温婉的女子，浅浅地笑着。

## 我开始思念雪花

春天已至，春花妩媚，我却开始思念雪花。

雪花是洁白的信笺，上面写着天书。天气一冷，掌管信笺的上天便蓄势待发，准备将雪花配发给人间。小雪节气动静不够，只配一点零星的雪屑，沉住气。大雪节气声势浩荡，是时候让铺天盖地的大雪出场了。

天幕低垂，天地间的距离缩短。光线由明转暗，有些暧昧的混沌气氛浮动。新物登场，总是需要旧物的铺垫和过渡，需要一种严密奇异的衔接。大雪穿着白裙子，适时地现身，飘落而下。它酝酿已久，就等着这样庄重的氛围衬托。风缠绕着它。风有时大，有时小。风大的时候，雪看不清自己，它被吹得摇摇晃晃、东倒西歪。风小的时候，雪就清楚地看到自己开放的六角花朵，撑着一顶降落伞。

人只有等一朵雪花落下，才看得清它的面貌，标致、蓬松，像白梨花。小时候，我喜欢站在雪地里，仰面等待雪花滑落我的唇中，品尝它的滋味，入口即化。舌尖有点凉，有点麻，萦绕淡淡的清香。那种清香，与人间所有的草木花香都不同。怎么会相同呢？地上的草木都沾了尘世气息，而它没有。它是天外之花，那么新颖，那么清冽，不染凡尘。

雪花开呀开，北风吹呀吹。挤在一起的雪花，队伍壮大，花片肥大，更像飞落的仙鹤和天鹅，或者是一群从天空迁徙而来的绵羊，毛茸茸的。我无法追寻每片雪花的轨迹，但它有着自己认定的方向，与水类似，从上而下，往低处流。这种不思攀登的行动方式，与人多么不同。人的一生，总在算计着怎样从低处往高处走，总在谋划着征服一个又一个高度。——雪花不，它的眼里只有低处的事物，与低眉俯瞰众生的佛菩萨相似。就算被风吹疼，保持倾斜的姿势，但它仍然是下沉的，换个角度落下而已。但凡大地上的一山一水、一房一舍、一草一木、一路一径，所有低处的事物，哪怕微小的尘埃，都是它亲近的目标，靠哪里近就落在哪里。一片一片的信笺，渐渐地连接成一整块一整块的宣纸，很大、很白。没结冰的深邃的大海，是流动的墨水，飞奔着变化莫测、多姿多彩的线条。人也是墨水，很小的一滴墨。在无垠的披着洁白盛装的大雪面前，人只是一滴淡墨，微不足道。

一场大雪的到来，掩埋了大地上辽阔的枯萎和绝望，一切回到了清白的原点，回到了同一起跑线上。在原野上，白色的火焰，不动声色地点燃新的希望。

在我们当地，有时也会下暴雪，雪流湍急，瀑布一样倾泻而下，大地被迅速淹没。到处弥漫着燃放鞭炮一样迸裂开来的白色烟雾，迷人眼。人们敬畏地躲进温室，劳作，或者喝茶、闲聊，把舞台留给雪，这天地间唯一的舞者，穿着古老的舞鞋，载歌载舞、衣袂飘飘。

江河湖泊结冰了，手脚冻得紧缩在一起，伸不开，但它们体内的血管潜伏在冰层下面，并没有停止流淌。那些涌动的暗流，明显感到冰层肌肤在惊喜地颤动，一层温暖的厚厚的白雪，覆盖了它们的家园；高处与低处的草木，长青的枯败的，挺拔的匍匐的，在雪中变换着琼枝的姿态。雪有些重，压得枝条下垂，甚至断裂。但这是甜蜜的负担，它们更喜欢被雪滋养的感觉。它们借此在白色的信笺上画下自己的形状，写上一些深情的话语。每年只有在寒冷的日子里才能久别重逢，见上几面。这个冬天见过，下个冬天还能不能相见？谁知道呢。除了每年返回的雪是永生的，大地上的万物都不能永生，随时可能消弭。生命有时是脆弱的，似乎不堪一击。

飞鸟呢，大部分藏到安全的巢里去了，从缝隙间露出个小脑袋，赏雪。偶尔低头啄一下羽毛，再啄一下。只有喜鹊依然欢呼雀跃，我常在大雪时看到两只或三只喜鹊穿着黑白相间的衣服，喳喳叫着，掠过我十七楼高的窗口，有时在南面向阳处，有时在北面背阴处。它们经过我的窗口时，快如一道闪电，我只来得及看清它们白净的肚腹，像雪那么白。我不知道，喜鹊为什么要费力地穿越风雪，觅食，还是只为展示一种力量？生命的力量。

我外婆是这样形容大雪的：雪直堆直堆地下。没有"燕山雪花大如席"之类的比喻，很朴素，却很形象。想一想，雪大了自然就成堆了，成堆的径直落下的雪，当然就是大雪。——外婆说这话时，我年纪还小。记忆中那时的大雪，似乎都是在晚上蹑手蹑脚潜来的，选个月黑风高夜。但我能敏锐地捕捉到它们行走时细小微弱的声响，沙沙、簌簌。过一阵子，树枝、房顶和院落就都白了头，发出强烈的银白的光，反射入屋，使熄灭灯火的屋内亮如白昼。我和小弟，通常会坐在热炕头上，借着白雪赐予的比月光更亮堂的光线，玩手影游戏。灵活自如的手指成了放映器，白墙成了幕布，我们的十指维持弯曲和直立、合拢和拆分，变化出狗、兔、鹰、象、狼、羊等多种动物影像。我们为我们丰富的创造力，兴奋不已。雪夜带给我们乐不可支的乐趣。

一夜大雪过后，乡村被深深地埋藏，静寂而深沉。打破这种静寂和深沉、唤醒一座村庄的，先是鸡叫，鸡有五德，再怎么也不会耽误忠于报晓的职守，接着是狗吠。醒来的狗，在雪地上团团转，拓下五瓣梅花蹄印。它饿了。可主人的家门已被积雪封堵，狗用爪子东一下西一下胡乱地刨着，连滚带爬地蹭过去，索性直起身子将冰凉柔软的蹄子搭上门板，上上下下地抓挠着。然后人的声音响起，好像一张充满生气的大网，荡来荡去，罩在村子的上空。柴火烧旺、炊烟升起，烟火让村庄在皑皑白雪中抬起头，重新热气腾腾起来。甜得流油的地瓜、金黄的玉米饼子和大白菜、萝卜条，被端上了炕桌，这是冬日养人的农家饭。

雪霁天晴，明亮的阳光在田野上奔流。雪消融成润物无声的雨水，为丰收埋下伏笔。贴近地面，你会听到葱绿的麦苗根部强健的奔跑声，但人们忘了表达对雪的感激。

雪，是固态的雨，属于雨族。还有大气中的雾、雹、露、霜等，都是雨族成员。《说文解字》曰："雪，凝雨说物者。从雨，彗声。"意思是说：雪，乃凝结雨水而成、从天上飘落并带给天下万物喜悦的美丽冰晶。字形采用"雨"字头，用"彗"作声旁。

带给天下万物喜悦，我喜爱如此对雪的赞美。冬若失雪，犹如花无蝶、山无泉、石无苔、水无藻、人无癖，未免单调无趣，少了活泼的兴味。

从雪的字源可辨出，先人造字充满智慧。甲骨文的雪，字形是"羽"的中间和两边有四滴水环绕，这水滴应是雨点的象征。羽和水的组合，代表雨变成的飘落而下的纷纷扬扬的羽状物。金文的雪，是上雨和下彗的组合，表示雪是可以清扫的凝固的冰晶。篆文则继承了金文字形，笔画摇曳，具有雪花飘逸的美感。

我想，雪来自一个奇妙的世界。那个世界，我们虽无法涉足，但可以凭借想象，假设它就是高高在上的天界，远远高出我们头顶的上天。雪是上天派来送鸡毛信鹅毛信羊毛信的信使，上天那些高尚的神仙们，他们通过这种形式来表明善意和悲悯，来接济冬日贫瘠灰暗的人间，指派雪代替雨行使职权，恩赐大地——纯洁、润泽、收获、安详。

下雪时，喜欢煮杯热茶捧在手心。茶是经年发酵过的熟普洱，汤色深红，味道醇厚，有岁月沉积的芳香。我的心中，也会悄然盛开清悠悠的雪花，一朵、两朵、三朵……它们让我在世俗的热情里，保持着必要的洁净、清醒和冷静。

# 春雨沙沙沙

在春天里走着走着，总会碰上一场雨的。

"细雨鱼儿出，微风燕子斜"，轰隆隆的雷声响过，春雨像小蛇一样苏醒，翻着柔柔软软的身子。它是惹人怜爱的：脚步轻轻缓缓，情丝洋洋洒洒。引得水中的鱼儿忍不住探出身子，撮起嘴唇，吻一下这细柔的雨丝；燕子也在风中振动羽翼，倾斜着飞过天空，剪开灰蒙蒙的雨雾。多么悠闲清美的景象。

出生在新年轮的春雨，像新发的叶子一样，闪着嫩绿年轻的光泽。它不急，还有那么多的好日子可以随意地过；它也不惊人，和颜悦色的，宛如那低眉浅笑的女孩儿，温柔地伏在一片又一片生机盎然的花草树木上。它知道它的使命，是来这世间增光添色，让春天更生动、润泽与蓬勃的。

"沾衣欲湿杏花雨"，南宋僧人志南，把春雨唤作杏花雨。想那一剪剪春雨，呼啦啦扑到开得粉汪汪的杏花身上，沾上了拂不去的杏花香，可不就是杏花雨么？身处佛门净地的人，咏叹春雨，便是如此的雅致。

近读黄永玉的《这些忧郁的碎屑——回忆沈从文表叔》一文，里面有这么一段："三月间杏花开了，下点毛毛雨，白天晚上，远近都是杜鹃叫，哪儿都不想去了……我总想邀一些好朋友远远地来看杏花，听杜鹃叫。有点小题大做……"我说。

"懂得的就值得！"他闭着眼睛，躺在竹椅上说。

浸泡在这样的文字里，心似惊鸿照影来。一时间，只觉得，有无边的春雨，沙沙沙地飘落在纸间，飘落在我的窗前。叔侄俩一个是名作家，一个是名画家，皆非俗人，脱了俗心，都懂得春日的好，春雨的好。就这么慢悠悠地享用着春天，享用着春雨，不慌也不忙。这一世，这样的好时节，这样的好心境，又会有多少个呢？

春雨入诗书，是常见不鲜的。但若用来入画，用笔却是极难的。它是灵动变幻的，你看得见它，摸得到它，但却拢不住它。吴冠中在彩墨画《春如线》中，运用了大量繁杂的线条：横的，竖的，直的，斜的，弯的，曲的。它们在欢快地舞动着，摇荡着，传递着春天绚烂饱满的讯息——看那春色袅袅似线，晴光缕缕如烟啊！那些纷繁的难以计数的线条，也许是柳条，是东风，是流水……而我从中，也读出了春雨隐约的消息。

"密雨如散丝"，蒙蒙的春雨，就是这样含蓄地漾在画间的。它似线，如丝，缠缠绕绕，游动在天地间织锦，添花。

霏霏春雨，将远远近近的景物一并收入怀中。有时，看那凉凉薄薄铺开的一层雨雾，恰似一张针脚细密的大网，网中笼住的是岁月中积攒下的思念与惆怅呀，绵绵不绝、幽幽萦怀。

抑或，仿佛一段懵懂无知的初恋，月光般朦胧而迷茫。回望时怎么看也看不真切，但却真实地存在过。

想起《红楼梦》里宝黛的爱情。第六回：贾宝玉初试云雨情。说的是宝玉梦游太虚幻境，受了警幻仙姑的指点，懂得了男女欢爱。于是耐不住性子，"遂强袭人同领警幻所训云雨之事"。我从字里行间，分明看到的是一场春雨，纷纷扬扬的，从一个少年的天空沙沙沙地落下。

到底是年少轻薄啊，有借口荒唐啊，就那么任性地放纵自己，把人生的第一场春雨，最珍贵最美好的第一场春雨，稀里糊涂地给了一个大他两岁的丫鬟。也不怕糟蹋了他和黛玉纯真的爱。我真替黛玉感到委屈。

也许，在宝玉的地盘里，雨露之欢，并不能等同于爱情之爱。他的心中藏着个小算盘，十指如飞，把那些个算珠子拨拉得噼里啪啦响，可以让它们分站两旁，区别对待。既然连醋意十足的黛玉都不去计较，我们又何必认真呢？

不过是一场幼稚的春雨而已。难免偶尔乱了分寸。撞了南墙终究要回头的。谁不是从羞涩得说不出口的青春雨季，一路跌跌撞撞摸爬着走过来的呀？只是许多年后，遁入空门的宝玉，在古刹幽寂的木鱼声中，抬头望向窗外白茫茫一片真干净的大地时，是不是会忽有斯人可想可念？如有，斯人，那心中掠过的一道旧影儿，是黛玉，是宝钗，还是袭人呢？

但终究，从前金粉浮华的红楼春雨梦，离昔日豪门里的怡红公子是越来越远了。渐至面目全非，遥不可及了。于他，那是真的修炼得道了。

而身在红尘的我们，也在修炼着。修的无非是个安好的现实罢了。期盼在微润如酥的雨地里，洗去匆忙浮躁的尘色，慢慢沉下的，是宁静澄澈的身心。

# 清明

二十四节气中，清明颇有意味。它集扫墓、踏青于一身。它的手里，捧着生死荣枯，托着阴阳两界。既是人间的节日，也是冥界的节日。

"慎终追远，民德归厚"，我们华夏子孙一向尊崇孝德。扫墓祭祖，缅怀先人，可长驱直入清明的主题，也可顺道踏青游玩，赏春和景明，上下天光，一碧万顷。别有一番韵味。

离离墓上草，一岁一枯荣。人间过了一年，冥界也走了一年。清明如打开一条通道，让生者与亡者建立一种隐秘的联系。绵延不绝、汩汩流淌的血脉，就是连接两者的密语。

在清明，生死的界线显得如此明晰。生者低下身子，跪拜面前的坟茔黄土，祭奠祖先，神情黯淡；掸掸身上的尘土，转身而去，与桃红柳绿打个照面，满目生机，伤感顿时被一路花开稀释，只觉得春风扑面，全身筋骨撑起的鲜活生命，是多么的美好。

在我们当地，旧时的民间习俗，扫墓始于清明的前四日，止于清明中午的十二点。据说，一到清明的正午时分，鬼门就关闭了。送给亡人的纸钱、冥币，纸扎的花圈、房子、牛马就收不到了。这五天去扫墓，是有说道的，依次排开为新、旧、百、寒、清。新，指新亡者墓祭日；旧，指祖墓祭日；百，即五百日；寒，为寒食节；清，就是清明节。五天之内皆可上坟，因此，有"上新坟""上旧坟""上百日坟""上寒食坟"和"上清明坟"一说。沿袭至今，已经简化，大部分祭祀都集中在清明当日了。如今，讲究文明上坟，护林防火。烧纸等旧习就免了。扫墓，就是清除坟上丛生的杂草后，在坟头添一抔新土。摆上花束以及新鲜的瓜果蔬菜、面点等供品。再点燃三炷香，放入香炉中。香火的青烟袅袅升起，在风中聚聚散散。这是我们对祖先情感的释放，是我们礼敬祖先的仪式。

其时，小径上鹅黄的连翘花开得正烈。绽放的花朵，灼灼明亮的生命力，与沉寂的墓地，形成鲜明的对比与反差。如同生命的两端：绚烂如斯，枯萎如斯。

我们在地上，先祖在地下，我们仅隔着一座坟丘。距离如此之近。他们的归处，也是我们的去处。人生如寄，绚烂终究是短暂的，墓地里的沉寂才是漫长的。

有一年去广西，在一个村庄里，看到阳光映照的清明墓碑上，贴着醒目的红彤彤的纸片，像人间过年时的喜庆春联，伫立在许多人家的门口。询问后得知，这是当地的传统习俗，用来辟邪，也有祈求子嗣兴旺，后继有人的含义。——彼时彼地，阴阳两界的亲人，相隔仅有一扇形同虚设的家门，咫尺之间，俨然从未分离。恍然让人觉得，死与生一样，并没有多大的分别，似乎是同等重量的喜事。

逝者已矣，生者珍重。在我的家乡，清明的早上一定要吃鸡蛋。热乎乎的鸡蛋出锅后，在桌上磕破，来回滚动几下，剥下壳，露出里面鱼肚白的蛋清，一口咬下，有吉祥如意、健康平安的寓意。"鸡"与"吉"谐音，金鸡报晓，早晨食用正适宜。还要吃面塑的燕子，意为召唤南飞的燕子，北方已经万物生发，春暖花开，收收那颗在外贪玩的候鸟心吧，该归来了。这里才是你的家啊。漂泊在外的游子呀，外面千好万好，不如自家屋檐下的一方老巢温暖。这儿有你解不开的根脉。

"樱花红陌上，柳叶绿池边。燕子声声里，相思又一年。"清明复清明。年年岁岁花相似，岁岁年年人不同。那花前的新人，渐渐地成了旧人，成了古人。

## 忽而秋至

时逢八月，夏与秋邂逅，冷暖交锋，分外眼红。天气变得稀里糊涂。空气擦着湿漉漉的眼眸，时不时地哭泣。接二连三的雨水，压迫着静默的城池。季节的转换，向来离不开战争，胜负其实早有定论。我们只需站在窗前，静静地观望，用清亮的目光，看秋天上演一场攻城掠寨的好戏。

几番疾风劲雨较量之后，夏招架不住，败下阵来。天空放晴，弥漫的硝烟尘埃落定。蝉鸣渐稀，花红日疏，都患上了懒散人的习气。其实山还是那重山，只是憔悴了一些；水还是那道水，不过消瘦了一点，换了个主人而已。夏虽败犹荣，她深知命册的深奥玄机。想来她是归心似箭，无意恋战了。莫如乘一叶温暖的扁舟归去，载着人世间眷恋的情意，告别这一季的荣耀。

夏天从尘世间剥落，她带着滚烫的气息，从我的屋里撤出。我注视着她离去的背影，实际是在注视着我离去而不回的年华。耳畔听到时间碾过的沉重巨响。心里忽然没着没落，有了空荡荡的秋意。开始想念威廉·富克纳，那个害怕时光流逝、担忧女孩变成女人的美国作家。他得出这样的结论——人与时光，是一种亦悲亦喜的纠结关系：明知人被时光的洪流冲走，却无法向时光报复的悲剧性；人虽被时光的洪流冲走，却可以尽情享用时光的喜剧性。

悲剧或喜剧，只是人的心境使然，但我固执地以为喜剧更高明。那着实需要征服时光的勇气和力量。人生太短，岁月太长。许多时候，我们不得不臣服于岁月，看岁月忽喜忽忧的脸色，俯首听命。若说生命如戏，那么戏中的人生，与时光耳鬓厮磨，不停地纠缠在一起。我们照例幼稚、率真、光彩和年轻过，也按律生长着皱纹、白发、谎言和圆滑。我们逃不出时光的掌心，她从容地掌控着世间所有生命的生死与悲欢。

我宠爱的一条鱼儿，在八月的一个深夜里走了。来不及跟我打招呼。我发现的时候，它已翻着白色的肚皮，轻飘飘地浮在水面上，像一片安静的落叶，或像一朵疲惫的月色花。它多么乖巧，曾带给我那么多的欢喜。当我给它喂食时，它会像海豚一样站立起来，摇头摆尾，旋转着跳舞，以讨得我的欢心。如今，它尘缘已了，与我的情分已尽。我把它与一朵落花，一同葬在冬青树下。今生，它已演完作为鱼儿的角色，来生它会诠释什么身份呢？无从知晓。当我们再次重逢的时候，是否还会认得彼此的容颜？它可会记得，我曾是前生呵护它的主人？我们又会接续怎样的因缘？此等天机，平凡如我，委实无法识破。无债不来，无缘不聚——今生今世，我们经历恩怨情仇，有不同交集，皆为来了缘。《红楼梦》中情痴抱恨的贾宝玉和林黛玉，前世本有浇灌和被浇灌之缘。宝玉前身是赤瑕宫的神瑛侍者，黛玉前身是西方灵河岸上三生石畔的绛珠草，因时得神瑛侍者甘露灌溉滋养，日久修成绛珠仙子。后神瑛侍者动了凡心欲下凡尘，绛珠仙子为报被灌溉之恩，遂发愿："他是甘露之惠，我并无此水可还。他既下世为人，我也去下世为人，但把我一生所有的眼泪还他，也偿还得过他了。"于是，神瑛侍者转世成宝玉，绛珠仙子转世成黛玉，黛玉终为宝玉泪尽而亡。此为前世种因，今世受果。

世间所有的相遇，都是久别重逢。那么在生命这出大戏中，你来我往，聚散无常，情分深浅，都是前世因果注定的。在万籁俱寂的深夜里，会不会有一些未知的灵魂，悄悄地徘徊在我的窗前，痴痴地注视着我，只是久久不忍惊醒我悠长的尘世梦？心中似乎有个低低的声音在问道：你是谁前世明亮的烛光？谁又是你前世温暖的灯火？

这个月份，日光底下，还有着许多新鲜事儿。

前几日，小区里一条猝死的宠物犬，引发了几户居民的连环纠葛，原因便在于捕风捉影的猜疑。为给离世的狗一个交代，活着的人们，从唇枪舌剑，升级至动手动脚。物业只得报了警。最后的结论却是：这条趁主人不备私自出逃的狗，误食了垃圾箱里中毒的老鼠，因而小命不保。与人无关。

为什么人与人之间的信任，已变得这么凉这么薄？凉薄得仿佛一张米纸，一吹即破。人们已习惯用一双狐疑的眼神，打量着日月星辰下所有的发生。何不以一颗慈悲宽容的心，给自己也给别人一些欢愉？说到底，这世界不过是一个大戏台，总有人在上面卖力地表演。他们姑且演着，我们姑且瞧着。或许，你可以按照自己的标准，不动声色地划定生、旦、净、末、丑。就像现在，我姑且说着，你姑且听着。

八月蜷缩在墙上的钟表里，不紧不慢地走着，很快便会吐净最后一口气。秋风踮起脚尖从树梢上扑过来，准备摧毁所有盛开的绚烂。那些我热爱的花朵呀，即将凋零颓败。它们美艳盛大的演出，不久便会谢幕。

曹雪芹有诗云："浮生着甚苦奔忙，盛席华筵终散场。"季节亦如斯。总有散场的人生，总有散场的季节。一滴藏了很久的泪珠，终究从我细密的睫毛间，跌入手心。如同骨碌碌滚过荷叶的露珠，溅落池中，发出"吧嗒"的声响。

忽而秋至，与夏成陌路。

但纵然眼前繁华笙歌落尽、孤云凉月，这世间到底还是不缺热闹的。还有季节和生机轮回，隐隐可期。总会有新的百媚千红，尽生辉，尽欢颜，足慰风华流光罢。

## 那年那月

　　晚上十时，只我一人，站在楼下的花园里，仰望着浩瀚的夜空：蓝灰色的苍穹上，粘贴着一轮上弦月，像是哪个巧手女子，用毛边纸细心剪出来的。月光太满，周边溢出淡淡的光晕，轻纱般笼罩着朦胧夜色。

　　月影如颓败的花絮，在我轻薄的丝裙上，不断地蹭来蹭去。花草树木睁着怪诞的眼睛，夜里的它们是静敛的，只是一团团飘忽模糊的影子，多么像记忆的姿态。

　　三十多年前那轮暗黄的月亮，从心底爬出来，旧灯笼般悬浮在树梢上。

　　那时，我家住在广州麓湖旁的空军大院里。房前有排成队的香蕉树，在月光下婆娑弄姿，摇晃着我青翠欲滴的童年；屋后辽阔的湖水里，常年葱郁的水浮莲，在碧绿通透的水面上探头探脑；晨暮时分，无数只灰褐的小螃蟹，会大摇大摆地爬上岸边，旁若无人地散步。每次台风过后，母亲会把落在地上一嘟噜一嘟噜的青香蕉捡起，储存在米缸里。过不多久，那些青绿便会褪去，变成神奇的金黄色。我擎起一瓣香甜的香蕉心，如同擎起一枚月牙儿，在阳光下久久端详着，探寻隐藏其中的奥秘。

直到有一天，二姨从山东来了。她拍着我的粉红脸蛋说，蓉儿，我带你回老家去。那年，我六岁。父亲换防至昆明。母亲一人带我很吃力，决意把我送回外婆家。那个下午，我哭闹着不肯走，母亲硬着心肠推我上车。泪眼蒙眬中，忽然瞥见香蕉树下站着一个白衣少年，如我一般哭得稀里哗啦。是毛毛，那个待我特别好的男孩儿，在向我挥手。

毛毛高我半个头，大我一两岁的光景，生得唇红齿白，长着一双好看的大眼睛。当我被人揪疼青草一样茂盛的辫子时，毛毛会毫不犹豫地挺身而出，打跑那些流鼻涕的邋遢家伙。记得有一个傍晚，我们去菜园子玩耍。一个开口的锋利铁盒，割破了我的指肚。鲜红的液体，像拧不紧的水龙头，滴滴答答流个不停。哧啦一声，毛毛撕裂了他白色棉衬衣的袖子，当作绷带，包扎了我的伤口。他轻轻吹着我的手指说，乖，不痛不痛。然后他紧紧牵着我的手，慢慢回家去。

月亮升起来了。银色的光华，从高大的棕榈树枝叶间漏下来，溅落在并肩行走的两个小人儿的脸上、身上。毛毛如椰子树般笔直健壮的身躯，给了我向前走的胆量和劲头。我们一起走过了很长很长的一段夜路。温柔的白月光，用它纤巧的手，为我梳洗、画眉。渐渐的，我的脸，有了与它相同的色泽：白生生的、亮晶晶的、嫩汪汪的；我的眉，也成了与它相似的模样：弯弯的、细细的、翘翘的……

穿着洁白铁皮外套的客车，拉着二姨和我，毫不留情地奔向火车站。我望着窗口中愈小愈远的毛毛，从那时起，便懂得了离愁的滋味，小小地心痛着，隐隐地惆怅着。一弯明月，跟随着哐当哐当响的火车车厢，一路向北急驰，到达了胶东半岛，幽幽地挂在了蓝莹莹的天幕上。从此我像被风吹来的种子，在这里萌芽，生长，扎下了深根。只是我的已愈合的左手无名指上，永久留下了一道月牙儿，那么苍白，好像我受伤的童年。

月儿阴了，晴了，圆了，缺了。我在阴晴圆缺的月色中，打着朵儿，舒着瓣儿，结着果儿，承受着成长中的伤痛抑或欢喜。当我到了怀旧的年纪后，我时常用一双被光阴过滤了的目光，打量那年那月。繁华如织的广州，明媚如春的毛毛，宛若恣意的野草，长满了无数个荒凉的夜晚，侵占了许多个忧伤而迷茫的梦境——当年幼小的我，又怎会知道，生命沿途的诸多风景，都是不可把握的，又岂能尽遂人意？有时，悲欢离合不由我，起起落落亦不由我。

我永远地失去了我的小伙伴，毛毛。甚至我已不记得他的大名。在静静的流年里，在熙熙攘攘的人海中，我们曾错过的，或正在错过的又有多少个呢？或许，正如席慕蓉诗中所说：我并不是立意要错过，可是我，一直都在这样做，错过那花满枝丫的昨日，又要错过今朝……

回到家中，我的他，已安然睡熟。我的前半生，几乎没干过什么漂亮事情。聊以自慰的，便是凑巧没有错过这么一个懂得怜惜我的爱人。此时，他卧在一床潋滟的月色中，打着均匀的鼾声。他的头颅微微地前倾，双脚微微地前弓，像极了一尾鱼，游弋在月华如水的波光中。我滑进他伸开的臂弯里。在没有阳光朗照的黑夜里，在浅浅的月光中，他像毛毛一样庇护我，使我不再恐慌。

## 素心女子

窗外细雨连绵。平素静极的廊下，因了不肯停歇的雨声，骤然生动起来。

她在橙黄的光线里，翻阅古色的线装书。暖旧的光影，缓缓地爬满页面和纤指。从书里款款走出的来自久远年代的公子佳人古朴的爱情故事，撩拨着一颗素闲的心；间或，她侧耳听雨，喝盏清茶，轻拈一些窸窸窣窣的思绪。

心如青莲，在如此静寂清淡的时光里，徐徐舒展着、摇曳着。

她钟情如许恬淡闲适的时光，脱了万丈红尘喧嚣的骨，只留一身柔软散漫女子的胎。

我心素已闲，清川澹如此。生命抵达此处，渐渐收了锋，敛了芒，镇定了，从容了。就像他画在月白宣纸上的那朵水墨兰花，幽幽地开着，淡淡地散发清芬。

许多时候，她会推开觥筹交错的繁华酒席，自甘寂寞地在家为他熬一锅糯软养生的粥。她熬粥的技术一流，细火慢炖，不急不躁。如同她熬制的婚姻，经年累月，熬去了多余的水分，黏稠适度，满口盈香，滋补肺腑。

她也心甘情愿弯下腰去，低眉垂眼，为他递一支烟，陪他喝一杯酒，听他绘声绘色地讲山南海北的典故。他放声哈哈大笑，她也细眉细眼微笑。

夜深人静时，她会与他挤在一张沙发上，一起看一部电影或电视剧，然后相偎着睡熟。像无忧无虑的猫，或猪。

这便是岁月奖赏她的烟火人间，是她命里的福分，她爱惜着。

她治理的日子，波澜不惊，简单清爽。生活的滋味，亦是不浓不烈、不油不腻，入口刚好。

当然也有不称心，但她气定神闲地收着。她懂得取悦自己。她挂在粉嘟嘟的唇边的口头禅是：别跟自己过不去！她的处世策略是：别抢着去做完美的又大又圆的苹果，因为目标显眼，往往被蛀虫们攻陷；不妨做有缺憾的歪瓜裂枣，因为不起眼，反倒多了安全感，并会给味蕾带来甜美的享受。

有时瞄着墙上的老照片，她会有片刻的恍惚：那明丽鲜嫩的少女是我吗？幽深的春闺梦里，也曾有鲜衣怒马少年郎，英姿翩翩照人来。

风吹动着她青色的衣衫。她看到十年前的自己，站在繁花簇拥的丁香树下。那个戴眼镜的白衣青年，笑眯眯地立在她的身旁。他嗅着她的长发，一遍又一遍地说着三个字。他说话时的热气，像只小飞虫，扑到她的脸上，又酥又麻。她被蛊惑了，一句话，攻克了她葱绿的青春。末了他们走失了。他的脸，慢慢地混沌不清，化为一只掠树飞过的燕子，衔走那枝开累了的爱情。那颓败了的爱情，那些腐枝乱叶，有时在她的梦中重生，灿若春花。它轻易获得她的怜悯，她宽恕了年轻时所有的肤浅和轻狂。

往事如烟。曾炽热的爱恨情仇，曾灼灼的青春年华，都似凋零的烟花，凉了散了。不经意间，却淬炼打磨成她的一颗素心，琉璃般澄明。

守着一份素颜爱情，她是洗却红粉浮华的素心女子，自有一番净水洗尘的清丽。她只珍惜当下的美好。就像现在，听着窗外嘈杂的雨声，她读她的书，他画他的画。偶尔，两人同时抬头，相视一笑。心中有温润的清泉，舒缓流过。

光阴的花儿盛开，她在丛中笑。

素心女子，栖身在安静但不寂寥的角落里。她与世无争，与生活相亲相爱。她时常停下脚步，俯下身去，擦拭岁月熏染的烟尘，露出洁净的底子，她只做纯粹的本色女子。好似小巷深处清幽的小花，不骄不媚、朴素雅致、怡然自得。

素心女子，弃了华衣美服奢侈的累，存着布衣敝屣朴实的暖。她安于一隅，所求不多。她想要的，就是眼前的小快乐、小幸福。她知足，并感恩。

# 世有清欢

　　人间的光阴，夜以继日。繁复，而又深重。有时温暖，有时薄凉，牵引着尘世里行色匆匆的脚步。你是否愿意停歇一下，把疲惫的身心，安顿在有味的清欢里？

　　清欢的味道，是幽香盈怀的。就像隐藏在墙角处迎风独自妩媚的一株茉莉花，蘸着露水的澄澈，开得素心素面、干净绝伦，散发着轻盈淡雅的芬芳，不动声色地映衬着老墙上丛生的青苔。

　　世有清欢，是陶渊明看破名利归隐田园，持"采菊东篱下，悠然见南山"的怡然淡泊情怀；是刘禹锡身处陋室，仍"谈笑有鸿儒，往来无白丁"的高贵儒雅心境；也是范仲淹阅遍人世沧桑后，却"不以物喜，不以己悲"的旷世达观境界。

　　识得清欢，爱清欢。就说清欢的倡导者苏东坡吧：某日与友人同游南山。打眼望去，斜风细雨，柳色如烟，风景喜人。午间在农家小院里，喝一杯漂浮着雪沫乳花的清茶，尝一下山里鲜嫩的野菜，顿觉心情舒畅，神清气爽。禁不住生发感慨：人间有味是清欢。正因他懂得享受清欢，善于采撷生活乐趣，所以在仕途屡遭贬谪的境遇中，并不怨天尤人、沮丧懊恼，而是依然淡定从容，为官一方，造福百姓。从而流芳千古。

清欢在哪里？清欢，在自得其乐的人心里。

一次友人聚会。有一友，开名车，住豪宅，腰缠万贯，能呼风唤雨。但席间，时见他眉头深锁，面露霜色。酒过三巡，只听他幽幽地叹口气说：唉，这日子呢，是越过越好，什么都不缺，整日里山珍海味地吃着喝着，却味同嚼蜡，没滋没味，烦心的事儿一桩接一桩地来：银行里的贷款，月月到期得还；妻子害怕我在外拈花惹草，时刻像防贼似的盯着我；手下的百十来号员工，也不让人省心……倒真羡慕那些坐在路边摊上的农民工们，无所顾忌地开怀畅饮。廉价的扎啤，粗糙的饭菜，照样能品出人生的好滋味来。他们的脸上，有毫不掩饰的欢乐，那么简单，又那么纯粹。

是的，许多时候，红尘中的我们，被金粉浮华所累，反倒丢失了生命的纯朴和本真。原来，人生在世，须要学会做一个精明的园艺师，懂得适时舍弃，挥一挥剪刀，修剪掉那些因欲望和贪念生出的多余枝杈。只有心灵的花园纯净素洁了，才不会花开无香，水沸茶凉。才可以留得清欢在，悠远地暖着心底。

人生需要一味清欢来润泽心田。陶公说：结庐在人境，而无车马喧。问君何能尔，心远地自偏。只要心怀宁静和坦荡，那么人间处处有清欢。一株草木，一处山川，拈来即清风，挥去则明月。谁都可以立地成佛，成为一个饱满丰盈的精神富贵者。

喜欢就这样安静地端坐在浩荡的光阴里，阅诗书，调素琴，吟一首春江花月夜，弹一曲云水禅心，生一份恬淡的悲悯和欢喜心。如此，就算是淡淡的清欢，也会甘香浓美，分外动人。

# 看海

半春。我在的北方之城，草色渐青，花木日隆。有友自远方传信：备好酒菜，某要去讨扰几日，看海！末了，又絮叨一句：真羡慕你，住在海边。

这样郑重的口吻，倒使我恍若梦醒，原来，我是依海而居的教人艳羡的女子。平素自己是浑然不知的。人大约都是如此吧，对于置身其中的城，以及附属的风景，许多时候习以为常，常到忽略它的俊与丑，好或坏。只觉得她亲切如家人，相守时视若无睹，理所当然地依赖着她的操持和衣食供奉，但一朝离去，一定是牵心扯肺、伤筋动骨的痛。

我的城——山东半岛上的烟台，仿佛一粒硕大的明珠，被上天随手掷在了海之湄。她圆润饱满、晶莹剔透，日夜守望着浩瀚的海。

友来自太行山下。久居内陆，入眼的都是苍翠的崇山峻岭，对碧波万顷的大海自是无比神往。我少不得要殷勤地尽一番主人之谊。于是选了个风和日丽的晴天，带她去看海。

这片海，奇美。清澈、蔚蓝、辽阔。像绸缎，若碧玉，似水晶，一望无垠，与天相连。航船在海面上，鱼儿般滑翔；成群的鸥鸟追逐着浪花，时时引颈欢歌；清新的海风吹啊吹，是大海入世的灵动的舞者。

春水泱泱，暖风熏熏。打眼望去，绿如蓝的大海，恰似戏台上挂头牌的端庄青衣，卸去了冬日里寂寞和萧瑟的残妆，摇摆着装扮一新的丰盈和碧柔身段，撩开幕布的一角，只待紧密的锣鼓点儿一响，就要开戏纳客，迎来它人声鼎沸的佳期。要知道，它的倾慕者众多。到了夏天，沙滩上狂欢的拥趸，花花绿绿的帐篷，乌压压盖过牛毛，简直不把这座城、这片海掀个底朝天就不甘心似的。

我和琳并肩坐在沙滩上白色的音乐亭中，如同从前坐在校园里的紫藤花架下。一晃眼，我们已路过枝叶葱郁的青春，直奔黄花残败的中年了。

给你添麻烦了吧？琳说。

哪会呢？我笑。

其实，虽然我家离海边不足千米之遥，但我也有很久没来看海了。除却冬天里海风刺骨，大半原因也是惰性在作祟。整日拥着海洋这个天然氧吧的宝藏，却不懂得惜福。

音箱里飘荡出韩红的《那片海》。总以为，她的歌声是闪着冷色调金属光泽的。好像一个伤心的失恋女子，在如泣如诉地说着她的情感故事，"曾经的海枯石烂一转眼就上云天，何必再想何必再说那一段沉冤？曾经的忧伤寂寞一转眼就上云天，何必再想何必再说那一个冬天？你看那花儿都谢了，你看那海儿都哭了。你知道我会永远永远等你给我的回答。让我们忘了那片海，让我们来世再重来，让我们一生一世、生生世世永不再分开。"

琳的眼里，有大而沉的泪滴掉下，砸在了脚上。

果然，琳此行是来疗伤的。她的丈夫，犯了当下很时髦的错误：偷采了路边的野花和果子。百转千回后，他的情人于心不甘，闹上门来，索求名分。男人还是爱着这个家的，所以痛哭流涕地乞求她的宽恕，并发誓改过自新。但她的心已被划破，很难再缝上了。夫妻一番冷战后，她离家远行。

她低低地说，就想来看看海。你看，海有多么宽阔的胸怀。在日夜流淌的大海面前，无论心中有多少杂质和灰尘，都会被冲洗得干干净净，变得心平气和。我，是不是该原谅他？

日子过得长了，就像水壶和暖瓶用久了一样，是需要清污除垢的。得缓一缓节奏，停一停步子，除一除里面堆积的污渍和水垢，把日子重新擦拭得洁净、锃亮，这样才能有益身心健康。那么为了身心健康，就去看海吧。

是的，看海也是一种修行。向"海纳百川，有容乃大"的大海，借点宽广的胸襟和坚守的精神吧。只有包容他人的一时过错，给他一个重生的机会，才能度人度己快乐，才会修得一世悠长的圆满。

我们又谈起海子那首著名的诗歌《面朝大海，春暖花开》："从明天起，做一个幸福的人／喂马、劈柴，周游世界／从明天起，关心粮食和蔬菜／我有一所房子，面朝大海，春暖花开／从明天起，和每一个亲人通信／告诉他们我的幸福／……愿你有情人终成眷属／愿你在尘世获得幸福／我只愿面朝大海，春暖花开。"谁能料到，在寒冷的冬日里，写下这些温暖、馨香文字的人，仅仅两个月后，就纵身跳进他为自己挖好的黑洞里。他的生命，像一粒粉尘，瞬间消散在山海关铁轨上呼啸而去的飓风中。

年轻的诗人，没来得及等到春暖花开。

他该去北戴河，看看海。山海关离北戴河那么近，他走错了路。

琳叹息着，大海已经上亿岁了，尚且生生不息，奔腾不止。人生不过百年，晨露般稍纵即逝的生命，有什么理由不好好珍惜呢？

我想，海子是曾经怀着朝圣的心情，参拜过大海的。就连他的名字，都沾着温润、湛蓝的海洋气息。他的悲剧在于：他的眼中和笔下虽有海，但他的心中没有海。因而当他背对大海时，便像孩子似的迷路了。不可自制地坠落黑暗中。

琳归家后不久，从邮箱里发来了一家三口甜蜜的合影。

对着屏幕，我微笑。

我知道，她的心中，有了一片广阔的海，成功地容纳了人生旅程中潜伏的暗流，宽待了爱情有拐弯的时候。

想来，又有几日未去看海了。海边沙滩上，那些枯枝败叶的沙柳，在沉寂了一个长冬后，也该被春风叫醒、泛绿拔节了吧？我一直纳闷，在没有泥土养育的沙砾里，那些低矮的草木，是以怎样一种顽强不屈的品格、坚韧不拔的气节，傲然生长在蓝天白云下的。

或许，这将是我下一次看海时的收获。

看海，不仅仅是看在眼里，也要收在心里，你的面前就会海阔天空、万里无云。

## 衣香丽影

盛春，日暖，芳草碧连天。几个十七八岁的女孩子，聚在海边青青的草地上放纸鸢。风扬起她们的长发和欢颜，她们也像蓝天白云下的纸鸢一样，正待乘着青春的翅膀，轻盈地飞走。

一同要飞走的，还有包裹她们曼妙躯体的衣衫。那一抹抹飘荡的丽影，鹅黄的、粉红的、洁白的、玫紫的……五颜六色，托起了一段段亭亭玉立的身姿。如同春天的花儿，迎春、桃花、梨花、玉兰……朵朵簇簇热热闹闹地开着，浸染了韶光的味道。

只觉衣香袅袅，扑面而来，教人沉醉。

这么粉嫩的年华，正是最好的衣架子，任什么颜色、什么款式的衣服搭在上面，都是那么的好看啊——旁观的我，这样想着叹着。

我是极贪恋衣影婆娑的女子。不管何时何地，眼中的风景，目力所及，总也离不开衣袂翩翩的牵引。

也许，世间大半的女子，都患了与我相仿的病症吧。

聪慧绝伦如张爱玲，亦不能超脱。她喜欢奇装异服，甚或有恋衣癖。

时常亲手为自己设计服装，以至"仿佛穿着博物院的名画到处走"一般洋洋得意。可最后送她离世的只是一件磨破衣领的赫红色旗袍。除了她自己，没人说得清这件衣裳，与她温软的身子缠绵着一起度过了多少繁华或荒寒的日子。爱情不在了，可它一直在，默默地守护着她，山重水复地，赶了一程又一程。

"云想衣裳花想容"，唐时的杨玉环，也为我们铺好了路子。李白曾把云霞比作杨贵妃的盛装。她的霓裳羽衣传说，辗转千年，至今不衰。从古到今，尚美的女子心，从来都是灵犀相通，抱成一团的。

看看那些流连穿梭在服装店里的女子们，一根柔肠，百转千回。深情款款的目光，犹如水底的鱼儿，在衣丛中游来游去。她们挑选着衣服，其实衣服也在挑选和考量着她们的身材和气质。好比一次相亲，暗藏无法预知的风险。只有彼此心领神会的人与衣，才能成为和谐融洽的一对，才会互利双赢。

而立在商家衣架上和橱窗里的冰冷服饰，只有等来了合适的主子，它们的生命，才会焕发出夺目的光彩，才能物尽其用。

适宜的着装，就是女子风度的标签，或者说，是女子的另一张俏丽的脸庞。远远望去，未识其容，先见其衣。

女人这一生，说到底，最爱的无非两样东西：衣裳和爱情。二者都有着近似罂粟的妖娆与蛊惑。让人轻易上瘾，飘飘欲仙，欲罢不能，爱不释身。我想，女人对衣服的垂爱，更胜于爱情。因为前者，是忠诚可靠的，它可以陪伴我们，迈过长长久久的岁月，安抚受凉的身心；而后者，则有可能背叛我们，半路便分道扬镳，或形同陌路，或反目成仇。那些看似绚烂若樱花的隆重爱情，没准会在一瞬间飞花离枝，化为乌有。只有衣服依然留在原地，不离不弃，那么乖巧那么贴心地侍奉着我们。

除非你嫌弃它。是的，只有我们辜负它的份儿。在衣服的世界里，免不了改朝换代，新欢替旧人。恰似落魄的爱情，从辉煌到暗淡，浓情蜜意渐渐消散成了碎屑，终是无法改变的冷酷现实。新宠上身，敲锣打鼓，欢天喜地，旧爱黯然退场，落寞地让位。但它悄然站在时光背后，无怨亦无悔。

于是，旧衣的去处与安置，也成为我们美丽的哀愁。偶尔想起，不免心中隐隐作痛。

但下回遇到可人的衣裙时，还是忍不住要买、要穿，奋不顾身的。在华衣美服面前，女子的免疫力基本为零。

华衣美服，向来都是每一场盛会登台亮相的主角儿。凝望那些春色荡漾、风情万种、一路逶迤着走红毯的女明星们，她们的旖旎风光、孔雀开屏似的张扬美感，哪一个气场不是靠馥郁的装扮撑出来的呢？

身为女子，虽有这样或那样的不如意，但有衣香丽影可追、可念，也是幸事，是尘世赐予我们的一份安暖吧。

第三辑　满庭芳

# 葫芦花开的时节

## 1

我记得那时遥远的黄昏：风从河边吹来几缕凉意，随手收走一些夏日里漫漶混沌的暑热。几朵葫芦状的白云，来回游荡在天心，迟迟不肯离去。绯红的晚霞，雾气似的弥漫在天边，掩盖了原本海蓝的底色。淡青色的炊烟，冉冉升起，飘向高处的天空。宁静像落日一样垂落而下，笼罩了整个村庄。

彼时，仿佛有号角吹响，葫芦花睁开眼睛，醒来了，蠢蠢欲动。它探出手脚，打开门窗，袒露出自己的全部。它看到自己洁白安静的身体，在风中摇曳，轻如一朵白云。也看到几只飞鸟迅疾地掠过，成双成对的翅翼带动的气流，弹落到它白嫩的身上。那是拖家带口的喜鹊们，急于在夜幕降临前归巢。它们的家，筑在村头那棵高高的老梧桐树上。

这种傍晚开花的葫芦，结出的果实颈细肚大，形似梨状，个头较高，叫做匏瓜。《国风·邶风》中曰：匏有苦叶。匏瓜又叫苦匏，俗称"瓢葫芦"。《大雅·公刘》里云：执豕于牢，酌之用匏。——那时宴席上用来饮酒的瓢，就是用瓢葫芦做成的。

葫芦，别名腰舟。这名起得风雅，顾名思义，是说古人涉水时腰间佩戴葫芦以防沉溺，其用途可与小船类比。古时最早称葫芦为瓠、匏、壶，一物三名。瓠、匏、壶的区别在于外形。瓠即可用来做菜吃的瓠子，味甘，形如丝瓜，身条细长；壶是扁圆形的葫芦。另有可做装饰或绘画用的亚腰葫芦等品种。

瓢葫芦，这种一年生的草本爬行植物，每个夏天，都不遗余力地敞开自己，向夜晚盛开。

葫芦花，也叫夜开花，在日本叫夕颜。《源氏物语》第四卷《夕颜》中相关的注释是（丰子恺译本）："瓠花或葫芦花，日本称为夕颜。"夕颜，一夕之容颜，夕开朝谢，恰似小说中源氏与命薄的夕颜之间一段短暂而深情、风吹便凋零的爱情故事，但我不喜欢这个洋气却冰凉的名字。我喜欢葫芦花这个带着土气和喜气的俗名，很亲。

夏夜是葫芦花的坐标。黑夜是黑色的，却给了它一双天生白色的眼睛，它用它们去寻找光明——左眼看天，右眼看地，把视力范围内的风吹草动，看得一清二楚、明明白白：天上洁净的白月亮，尽职尽责，看管着昏昏欲睡的苍穹。捧着月亮的云彩和星星，也在四周站岗，值勤；地上南墙根的鸡窝，偶尔会传出几声大花鸡的梦呓声。门口的枣树和刺槐，用四散的树梢，触碰挨近头顶的灰蓝色夜空，掉落地上一截一截的模糊影子。它们躲在斑驳陆离的模糊影子中，做着梦。近处，夏虫在草丛中唧唧吱吱。邻家的大黄狗有时晃动尾巴，吠叫几声。远处，蝉鸣如雨，蛙鸣若鼓。各种动物的声响与植物生长的声音交汇在一起，宛如一支轻快的田园牧歌，浮动在夜晚的幽香里。

葫芦花们是村庄的守夜者。它们用朵朵花盘，抚慰着乡村寂寞的夜晚。它们端坐在外婆家的草棚上，清醒着。当月光从月亮里走下来时，葫芦花也发散着白色的朦胧的光晕，轻盈柔软的唇瓣，白里透一点粉的脸蛋，清澈无瑕的眼神，向上张开的喇叭嘴巴，那么的甜美乖巧。几滴不知来自哪里的大水珠，咚咚地落在墨绿的叶子上，溅到葫芦花上。它们吃了一惊，哆嗦了一下。刚刚站稳，又有一阵风跑过来，它们被拥抱了一会儿，晃晃悠悠。淡淡的体香在夜风中弥散。

没有月亮的夜晚，繁星荡漾。葫芦花充当了白色的灯盏，用身体将夜色切开一道道纤细的口子，露出一点点微光，照亮自己，也照亮身旁微小的世界。与天上的星光遥相呼应。

有没有月光，它们都这么雪白。生来素朴清淡，自带纯洁的光亮。

## 2

葫芦花栖身在一个高台上。台子周身用青石砌成，圆柱形，一米多高，一米多宽。中间的空心里装满了深厚的泥土。那些黑油油的泥土，是外公用小推车从菜园里一筐筐推回来的，之后又被外婆每年用蛋皮、豆饼、鸡肥发酵沤熟，很肥沃。远看，像一个巨大的石花盆。不过，这个石花盆没底部。它空着的底部，与脚下的大地连成一体，接受着大地无尽的能量。这样巧妙的设计，是为避免葫芦茎叶被地上的鸡群啄食。院子南面的一个角落里，养着几只鸡。公鸡管打鸣，母鸡管下蛋，鸡肥用来喂花草和瓜蔬。同处一个院落，它们相安无事。

清明与谷雨之间，外婆像只亢奋的陀螺，停不下步子，忙里忙外：拣种、育苗、种瓜种豆。外婆兴致勃勃，笑容如春风般和煦。我不知道每个春天对她意味着什么，似乎就是永远不厌其烦地耕种。外婆成了温柔的助产士，她从放在炕上的盆中细沙里，小心翼翼地取出那些顶着瓜壳露出小脑袋的嫩绿的瓜苗，帮助它们呱呱落地，进入泥坑，逐一安顿好它们在大地中的位置。她给了它们比我少不了多少的疼爱。她从劳作中获得了无穷的乐趣，当然，也有无穷的期待。

她莳养着它们，它们用丰满的血肉之躯回报她。葫芦逐年结出的丰盛的果子，渐渐地供大于求，已超出了这个家庭对它们的需要。但外婆依然向它们示好，表达着源源不断的热情。——是出于对劳动本身的尊敬，还是对土地惯性的眷恋，抑或是享受瓜熟蒂落漫长等待过程中的欣喜？我从没问过外婆，她也从没向我解释过。我只知，自家用不完的瓢葫芦，会被外婆送给笑逐颜开的街坊四邻。它们不白长。

葫芦苗顺利地乔迁新居，它们有固定生长的地盘，那个巨型的石盆中。如同世袭的植物部落，它们安居于此。它们在春风中闻到了泥土的芳菲，欢呼雀跃。阳光和雨露是可爱的帮手，友好地协助外婆照看着它们，为它们提供必要的生长养分。还有我，时不时地给它们喝水。几棵纤细娇嫩的葫芦苗子抱成一团，互帮互助地成长壮大。拧在一起的粗壮油绿的藤蔓，很快就沿着木棍搭起的梯子爬到了它们头顶上的草棚。那个塔形的有尖顶的草棚，搭在墙头上，表层是用散发着麦香的麦秸草整齐排列而成的，内里用坚硬的木材和铁丝做成的框架支撑起来，地上堆放着铁锨、铁耙、镢头、锄头、犁铧等农用工具。草棚与上面下面的它们保持着极为亲密的友谊：上为葫芦提供宽广的攀缘空间，下为耕种农具宽厚地遮风挡雨。这种和平共处的美好秩序，从未被打乱过。

夏天到了。光天化日，万物自由生长，阳光茂盛辉煌。繁花锦簇。高高的向日葵仰起圆圆的脸庞，追逐太阳的脚步，举起明艳的金黄。浓绿的葫芦藤条匍匐前进，全身披满白色的花蕾，发出沙沙的声响。它在庄重宣告，它积蓄已久的花骨朵就要喷薄绽放了——一朵朵带着细小绒毛的葫芦花潜入黑夜，追随月亮的足音。它们向夜晚呈现洁白的芬芳，用不随波逐流的盛开方式，做出它自己的选择。

在那些葫芦花开的热烈夏夜，盘踞在草棚上的葫芦花们点燃白色的火炬，萤火虫提着小灯笼，在它们的身旁飞来飞去，一闪一闪地发光。临近的黑猫、白猫和花猫们有时会踩着墙头、爬过屋瓦、飞檐走壁来探望它们。乡村奏响舒缓的小夜曲。它们并不孤独。

外婆说，葫芦花雌雄同株。它们的长相不同，一眼便能认出。毛茸茸的小葫芦雏形，头顶着穿小白裙的有花蕊的雌花。而碧绿笔直的梗子上，则站着穿白色 T 恤衫的有黄色花粉的雄花。雄花的数量，明显多于雌花。尊贵的雌花，被众多的雄花护卫着。藤蔓犹如一条蜿蜒的河流，将性别不同的它们，分隔在两端。雄花多生在河流的中下游，雌花则多见于河流的上游。让人想起"我住长江头，君住长江尾。日日思君不见君，共饮长江水"的古诗词。或许，这也是葫芦花们的相思和爱情吧。我爱你，但不必耳鬓厮磨，只需感知你的存在和气息就行了。葫芦蜂穿梭其间，用长长的须子牵起姻缘，做了它们贴心的红娘。

## 3

蜂蝶总是贪恋花蜜的。葫芦花开的时节，许多个薄暮时分，我手忙脚乱，阴险地做着一件事情。

我踮起脚跟，从纷披而下的藤蔓中，摘下最大的一朵葫芦花。然后用手虚掩在花的底部，我在守花待蜂。一张蓄意已久的充满恶意的大网，已悄悄地张开。一只葫芦蜂，被我摘下的这朵葫芦花诱惑，那么轻易。它扇动着翅膀赶来，沉浸在对美味的美妙幻想中，丝毫没有察觉到这朵离开绿藤的孤零零花朵的异常。也许因为孤立，反而格外显眼。它看不见花后的那个小女孩，它的眼中只有那朵白色的花儿，那朵白色的火焰。它的身份只是一只趋光和采蜜的飞蛾，它只知靠近再靠近，贴上去，全然不计后果，那么傻。

它越来越近。小小的胸腔里，发动出嗡嗡的轰鸣声，像一架小飞机。

我看得清它灰褐色翅膀上的花纹，黑色的，一圈一圈的，水波一样荡着涟漪。快要抵达目的地了，它看起来有些兴奋，迅速加快了降落的速度。随后为了保持身体的平衡，它振动双翼的频率，变得越来越慢。它凌空而立，将细长的须子探进花粉中，用力地吸吮着甜蜜的花蜜，尽情而忘我。它没有意识到，危险藏在甜蜜的背面，正在一点一点地蚕食它，它小小的身体正在一步一步地滑向深渊——年幼的女猎手，自然不肯轻易放弃唾手可得的猎物，尽管猎物那么小，还不及一只蚂蚱大。我沉着而冷静，甚至有一些莫名的紧张的快乐。我开始慢慢地小心地收网，捏紧外围的花蒂。它长长的触须，陷入可怖的圈套中，再也抽不出来。我攥着那朵充当诱饵的葫芦花，得意扬扬，全然不顾吊在上面的葫芦蜂有多么惶恐。它拼命地挣扎，扑棱棱抖落掉身上的绒毛。一些分不清是黑色还是灰色的小绒毛，沸沸扬扬地钻进我的鼻孔，让我打了个喷嚏。我生气地拍打一下这个不老实的家伙，这个还没我大拇指大的小东西，想跟我斗？不自量力，逃得出我手掌心么。

葫芦蜂真的逃不出，被我用白瓷碗扣住。它在暗无天日的巴掌大的空间里，左冲右突，勇往直前，妄想突围。它的奋力一搏，当然是白费力气。白瓷碗纹丝不动，因为被撞击而发出砰砰的清脆声响。这种动听的冷酷的奇妙声音，让我着迷。幼小的我，不肯把怜悯之心分配给昆虫们。田间的蚂蚱、促织和螳螂，都曾落入我的手中，成为战利品，不得善终。它们被残忍地用草梗穿透脖颈，串成一串。黑色的血液滴落在草尖上。直到它们失去抗争的能力，身体慢慢变得僵硬，一动不动。那个邪恶的我、年幼的刽子手面露纯真的微笑，怀揣着胜利者巨大的喜悦。

屡试屡中后，我开始怀疑葫芦蜂的视力。——如此盲目地坠落简单的陷阱中送命。它们是不是眼睛近视，该戴上一幅看得清真相的保命的眼镜；还是它们的视力水平，只能认识花，而不能认识人。人对于它们来说，莫非是看不见的神一样的存在？看不见的神一样存在的人，却给了它们致命一击。或者是它们一厢情愿，被想象的庞大的幸福，蒙蔽了眼睛。——不管怎样，我是赢家。我想，它们的生命那么渺小，微不足道，不配与我的快乐相提并论。它们生来就是供人掌控和消遣的。我眯缝着眼睛，仰起高傲的头颅。

4

养育葫芦的土地，还会捎带着养育一些别的植物，比如一些小野花和青草。外婆视若无睹，她像大地一样宽容地给予它们生存的权利。万物杂居，相亲相爱，才是土地该有的模样。对美貌养眼的野花，我不去计较。但我不能容忍野草。我义愤填膺，认为它们无耻地入侵了葫芦的家园，掠夺了葫芦花需要的营养。我爬上窗台，再跳上石台，打量着那些环绕左右的无名青草。事实上，除了有明显特征的谷穗一样蓬松的狗尾巴草，对其他繁杂的草类，我都缺乏分辨知识，也缺乏为它们分门别类命名的能力，只好简单地统称它们为青草。这些与我斗争过许多个回合的厚脸皮的野草，它们的茎秆和叶子呈扁平形，颜色青绿中掺杂一点灰白。看起来缺乏足够葱茏的生机。但这只是欺骗眼睛的表象。实际上，这种草，根深而坚固，有着与它柔弱的外表不对等的韧劲。我薅过好多次，但没有一次能彻底地征服它们，让它们屈服。多次较量之后，斩草不能除根，我终于失去耐心，也终于失去信心，只好听之任之了。也许它们觉得——它们有资格在此落脚，土地敞开无私的怀抱，接纳所有的居民，一视同仁，不会厚此薄彼。大地从无关于门户的偏见，自然也不独属于哪门哪派。作为人类，我并没有理直气壮剥夺它们生命的权力。后来我知道，这种草叫牛筋草，它们在葫芦藤下默默地开花、结籽。它们的穗子窄小，只有我的中指那么高，不像光彩的狗尾巴草那样能编出松鼠、兔子和猴子等有趣的花样。一些小鸟飞来，偷食牛筋草的草籽。

它们并不在意，似乎还很欢喜，它们的种子，会跟随风的手和鸟的排泄物，飘到很远的地方，开阔眼界，增长见识，然后重新回归辽阔的大地，认祖归宗。

有些时候，我会自作主张地用小铲子给葫芦花松土。其实，我的劳动是多余的。蚯蚓早已抢先自觉地承包了这个活计，却不声张。这种从头到尾藏匿在泥土中的环节动物，会跟随着我的铲子，突然暴露在翻开的新土里，蛇一样蠕动着，吓我一跳。它嗅到了阳光的气味。阳光的明亮和灼热让它感到强烈的不适和不安。它仓皇地扭动着无骨的躯体逃窜，它感受到危机四伏。果然，从我体内飘出另一个恶毒的我，它不同于平日里那个同情弱者、随外婆给乞讨者送饭的善良温情的我。眼前的另一个我挥起铲子，残忍地将它拦腰斩掉，我觉得它长得很丑陋，碍我眼。断成两截的细小的粉红色肉体，痛苦地收缩在一起，痉挛着，接着又抖落开，抽搐着。他们（我的小伙伴小刚和小华）说，蚯蚓被斩断后照样能活。我不信，我要亲自拿它们卑贱的身体实验一下。事实证明，他们说的是正确的。这没骨头的家伙命很硬、很强，比有骨头的动物更坚强不屈。只要一息尚存，它就会连滚带爬，聚集残缺的生命力量，重生，开始另外两个新的一生。

蚯蚓获得新生的超常本领，让我感到惊奇。它们柔软的身体里隐藏着怎样的秘密，能够起死回生？与人类相比，它们更有自信，身怀拯救自我的绝技。它们携带更多的性命基因秘诀。从此，我在蚯蚓面前抬不起头来，我不敢跟它们比赛顽强的生命力。

我至今搞不清楚，有多少这样懂得破译生命密码的动物种类，像春风吹又生的野草一样，被宽厚的大地哺育着。在大地面前，我是多么的肤浅。

# 5

漫长的夏季里，我亲眼看见，葫芦花很忙。忙着每天开花、每天凋谢，忙着一次次生、一次次死。死去活来，前赴后继。它的日子被开花、落花和结果塞满，孜孜不倦。一朵葫芦花的生命很短，短到只有十几个小时。它短暂的一生，甚至来不及看到白天的太阳，只看见晚上的月亮或星辰就很知足了。没时间去疼痛、抱怨和遗憾。它简短的生命，一枚小小的句号里，只容得下欢愉。欢愉地开始，欢愉地收尾。

藤条葱郁弯曲的卷须，犹如翡翠玉带，在坐住果的青梨似的小葫芦跟前晃动。小葫芦的个头蹿出不少了，很秀气，年轻嫩绿的身体，闪着蜡质的油光。它的头上仍顶着一朵枯萎变色的花，舍不得掸掉。它收拢的干枯的花瓣里，还藏着雄花的气息。它能成材，离不开雄花的花粉、它的成全。虽然雄花无法看到这一天，但它早已预见。葫芦们背负着许多葫芦花的使命，寂静地生长，逐日强大。果皮由青变白，渐至最后的金黄色。

成熟后的木质瓢葫芦，被对半剖开、挖净瓜瓤和瓜子，成为大大小小的瓢：水瓢、米瓢、面瓢、饲料瓢等。充当各种用途的容器，走进烟火人间的深处，是瓢葫芦的归宿。它对它的去处和前程，无能为力。高高在上的人类，男人和女人，主宰了它的命运。这是它的命数，它心知肚明。既然无能为力，不如愉快地接受。随遇而安，这是葫芦花和瓢葫芦告诉我的生存之道。

十二岁时，我被父母接回城里，从此离开了外婆的村庄。城里人不用瓢。他们使用塑料、玻璃、金属等闪着美丽光泽的化学制品，不需要留给葫芦生长的土地。城里的土地很金贵，基本没有瓜果蔬菜的容身之地，主要生长着坚硬的人造楼房。这些年来，楼房越长越密，越长越高，有种密不透风的感觉，让人闷得慌。我不明白，这是不是对土地使用持有的一种偏见。——我是多么想念那些散发着自然草木清气的葫芦花和瓢葫芦啊。

聊以慰藉的是，可以从墨宝中看到葫芦的身影。葫芦谐音"福禄""护禄"，自带吉祥的气场，是很多画家们钟情的创作题材。国画名家吴昌硕、齐白石、陈半丁、朱屺瞻、刘海粟、赵少昂、程十发等都有关于葫芦的画作传世。纸上的葫芦比纸下的葫芦，可要名贵得多，也长寿得多。这或可从另一角度诠释"艺术来源于生活而又高于生活"地说法吧。纸上呈现的多是色调鹅黄明丽、情趣各异的秋日葫芦，衬托葫芦的则是笔墨淋漓的藤蔓、叶子或生动活泼的昆虫、金鸡、菊花等，却鲜少见到有画葫芦花之作。俨然只见得眼前宝葫芦笑，而忘却昔日葫芦花开的辛苦了。不免让人心生遗憾。

一朵朵暮生朝死的葫芦花，开在我童年的旧年月，静静地看着我。我羞愧地低下头去。多想跟随在它们的身后回去，向我伤害过的那些美好生命，奉上我迟到的忏悔。

晚风中有超度的经声和安魂曲响起，告慰着亡灵，那些逝去的平等生命。

# 桃花春

当细细的杨柳风徐徐拂面时，从冬眠里被吹醒的心思，开始活络起来，整日里盘算着，与一种花朵相遇。

是桃花。

春天是桃花的故乡。众芳中，桃花的人缘是最好的，堪称亲民第一花。只有温柔得让人心疼的桃花，才配得起尘世里那么多、那么热的惦念。

只要桃树站立着，只要还有绿色的呼吸，它就会喊桃花回来。桃花听力好，记性好，无论走得多远，都能听见桃树的召唤，也会记得回家的路。

桃花是装点在春天额头上的古典流苏。它从诗经篇章里、从秦文汉赋里、从唐诗宋词里、从明清小说里，风雨兼程，一年又一年，按时往回赶，赶了几千年的路。

桃花该露脸时就露脸了。地气回暖，春风过境，夜雨小湿。拂晓的桃花，沾着星星点点的水珠，打开蜷缩的蓓蕾，不等叶发便盛开了。这一开，满城桃红如潮。桃花划一叶小舟，行走在旖旎的花海中。

春日融融。霓裳袭袭，羽衣片片。桃花朵朵开，或单瓣，或复瓣，团团簇簇。粉里透红的肌肤，水嫩、柔软、明媚、吹弹即破，惹人怜惜。花开浩荡，声势如瀑，从树冠一路飞流而下。凝神之间，依稀可闻可辨桃花流动的声响。忍不住掐下一朵来，指甲缝里霎时沁着一汪水儿，是浅红的胭脂色。放入口中，初时攻占味蕾的是几缕苦涩，之后似有淡淡的甘醇回旋、萦绕，仿佛人生或者爱情的况味，苦尽甘来。

外婆在世时，会摘下桃花煮粥，名曰：采春。粉嫩的小花朵在汤汤水水中驾着筋斗云，浸透民间烟火，素朴近人，暖胃暖心。杏仁般微苦的滋味里，藏着医者仁心，可活血化瘀，疏通经络，"令人好颜色"。桃花在医典中，也占有一席之位。

桃花亦是缠绵物。林徽因写桃花，是"一瞥多情的痕迹"。《红楼梦》中，"花谢花飞花满天"，林黛玉葬花，葬的是飘落的桃花，桃花没少陪着黛玉落泪，见证了宝黛之间纯真而忧伤的爱情。仰望桃花时，总会想起《花一开满就相爱》这首歌："春的风，绕过我裙摆。雨停了，天显得好空。那爱呢，它在热闹什么？回忆它留下了指纹，并没有给生活淹没，幸福是否会开花结果……"人这一辈子，大约都会像桃花一样，至少开过一回，甚或几回明艳的情爱吧。爱过了就好，别问结局。就算最后开败，零落成泥，也总是个念想。不至于让生命虚空，留白很多。

万物有情、有灵。在水畔，柳绿桃红，含雾凝露，云蒸霞蔚。柳树垂下万千情丝。碧绿的丝绦，临风探水。桃花则身披一袭粉红的春衫，将娉婷的花影，映照在水中，如同临水照花的女子，楚楚动人。胡兰成称张爱玲是"民国世界的临水照花人"。是啊，从来桃花似佳人，人面桃花相映红。

张爱玲的散文《爱》，以桃树为背景，铺开一个唯美凄凉的爱情故事。这个她从胡兰成那里听来的真事，在胡兰成的自传《今生今世》中得到印证。据他说，文中的女子为胡兰成发妻唐玉凤的庶母。张爱玲一向擅长用工笔细腻地打磨作品细节，但在《爱》中她用了简笔写意的技法勾勒出这样的场景：一个春风沉醉的晚上，只有十五六岁的她，立在后门口，手扶着桃树。之后她看到了对门的年轻人。此前他们从没打过招呼。但就在那天晚上，"他走了过来。离得不远，站定了，轻轻地说了一声：'哦，你也在这里吗？'她没有说什么，他也没有再说什么，站了一会，各自走开了。"后来这女孩子被拐卖到外地做妾，又被多次转卖，尝尽生活的苦痛。但在她的心底，一直深藏着那年桃树下情窦初开时的那点微甜的爱意，"老了的时候她还记得从前那一回事，常常说起，在那春天的晚上，在后门口的桃树下，那年轻人"。

想来那个春天晚上的桃树，定然满身繁花吧。我在文字中捕捉到的，是来回放映在眼前的一组镜头：穿着月白衫子、手扶桃树的少女，被头顶上嫣红的桃花映衬着，粉面桃花，美得令人心酸。花是开了，但没结果，怅然若失。她终究与想要的爱情，背道而驰，南辕北辙。遗憾，也不遗憾，毕竟她在桃花下遇见了她想遇见的人，而遇见本身就很美丽，好像桃花一瓣一瓣地打开，让她时常走进记忆里，无数次地看到那树，那花，那人。聊以取暖，驱赶漫长岁月里的寒意。

灿然的桃花，成了衬托故事中朦胧纯洁爱情的一抹亮色。我想，没有什么花朵，比桃花更适合站在爱情的身旁。甚或，桃花与爱情，就是一朵双生花儿，结成一体，不分彼此。

电影《无极》吸引我的，是爱情的百转千回，与刻意营造的精致瑰丽的画面意境。夺目的是桃花出场的一个片段（抑或是我的幻觉）：在一池碧绿的春水中，王妃倾城沐浴着。夹岸的桃花，开得熙熙攘攘，像大片的火焰，烧得人心旌摇曳。粉红的桃花瓣儿，随风泱泱泱地漂浮在水面上，荡荡漾漾，覆盖住她白生生的肌肤和黑乌乌的长发。最震撼的一幕出现在结尾：落花如雨。昆仑穿上黑袍子，死而复生，电闪雷鸣中，河水咆哮着倒流。昆仑抱起倾城，深情地对她说："我要给你另外一次选择的机会，命运可以改变。倾城，就像时光有时倒转，春天雪花飘飘，生命可以从头来。"然后他背负倾城，腾空而起，好像一对比翼鸟儿翩然飞向光明美好的新天地。只留下一树孤独鼎盛的桃花，在风中久久地伫立着，飞舞着，四散飘逸的细碎花瓣与晚霞一道，染红了无涯的天边……

多么惊心动魄！最美的倾城，终于得到了最真的爱。昆仑爱她，胜过爱自己。桃花在最后适时出现，恰到好处地渲染了爱和生命的璀璨，真挚的爱情终于战胜了万劫不复的命运的魔咒。桃花是拯救灾难的天使的象征。

桃花有着古老而鲜活的心跳，爱情亦有着古老而鲜活的心跳。两者置身在天地间，遵循天道和人道固有的法则。

桃花有道。它是春天唇边扬起的明亮的微笑。我们都应取桃花之道，做自己生命城堡中的君王。以仁爱之心，爱人，爱己。江山永固。

冰心说："有了爱就有了一切。"博爱之爱也好，爱情之爱也好，其面目的本色都应该是纯粹而高尚的，不应该有额外的低俗的添加剂。桃花与人间之爱结伴而行，是来这红尘深处慰人疾苦、予人温暖的。值得我们热爱终生。

认识桃花很多年了。但年复一年，每次与她重逢，都如初见般怦然心动，胸口涌动着新鲜的欣喜和感动。

陌上花似锦，采撷一枝春。我以为，春色十分，桃花可独占七分。其余三分，就留给热热闹闹的迎春、连翘、杏花、梨花、樱花、玉兰、海棠等演奏着春天美妙交响的群芳乐队吧。暗香疏影，春华妍妍。也不可怠慢了其他花朵，紧赶着它们绽放的脚步，走马观花，殷勤探看。

春风得意马蹄疾，春来访遍陌上花。风过花头，人行花下，鸟啼不惊。远远近近，出门都是看花人。"一春无事，只为花忙"。这闲真好，这忙真好，这盛情也真好。

## 桃花灼灼

桃花生北地。

三月尾，四月头，北方春正早。女子弄新妆。画眉弯，扑胭脂，点朱唇。还要试春衫。这样隆重地装扮，干什么去呢？为的是呀，出门看桃花，也让桃花看。

桃花美人两相宜。桃花灼灼啊，当然要有美人配。就像，一定要用"灼灼"，来衬托桃花。

这不赖我。要怪，就怪《诗经》吧。两千多年前，老祖宗就说了，"桃之夭夭，灼灼其华"。《桃夭》一诗，哗啦一下，迷倒了人山人海，旧一茬新一茬的。想一想哟，那个出嫁的姑娘，羞答答的面庞，美得像红彤彤的桃花。桃叶油绿茂盛，她去夫家后的日子呀，必会像桃树一样结满了果子。那么曼妙的情景，任你是女子，还是男子，都会心旌摇动。

小时候，长在粤地。不识桃花。那时，我的父母，是背井离乡的浮尘。父亲在广州空军服役，母亲随军。岭南的春天，多的是木棉花，红扑扑的脸蛋，高高地挂在飞翘的枝端。阵势蔚为壮观，如烈焰喷吐。花开硕大，远看形似玉兰。但走近了，树下仰头望着，"啪"地掉下一朵来，捡起来细嗅，却没玉兰的香气。死了也跟活着似的，花瓣血红，数日方枯。艳而不香，端庄大方，不怨不艾，也是生命的一种活法，仿佛豪情的巾帼英雄。

桃花蛰居乡野。一点泥、一点土，就能立足，就能在空中支撑住身子。它身躯矮小，小花小朵，细眉细眼，小女儿家一般的纤瘦。绿衩粉裙，俏立在横出斜逸的枝条上。香味清淡，绝不扰人。不似大家闺秀的雍容，却有小家碧玉的清秀。它只做默然的自己，不与它花攀比。蜂来蝶往，它亦不理睬。它只管低头开自己的花，结自己的果。

大约是六岁半时，我回到了故乡。在外婆的村庄里，始与桃花相识。一见倾心。从此便觉得，与木棉花相比，桃花的气质，似乎更像我。

那一年，是青春年少啊，春色正多情。他带我去看桃花。山路弯弯又曲曲，心思飘飘又荡荡。顺流而下的溪水里，坐着三三两两的桃花瓣儿，宛如一枚枚红唇，风情万种地漂浮向远方。桃林辽阔，像没边没沿的海。小桃花成株成片欢实地开着，摇着灿然的小船，俏皮地嬉笑。花开灼灼，朵朵娇滴滴、嫩汪汪，如同花下人粉嫩的脸儿。这样的氛围，极易衍生浪漫，也会长出诗歌。他在温柔地吟诵着：胭脂鲜艳何相类，花之颜色人之媚。若将人面比桃花，面自桃红花自美——依稀觉得是《红楼梦》里黛玉所做的《桃花行》，但也不完全是。大约年轻时的爱情，就是这么的似是而非吧。后来，他又唱起了《天仙配》，"随手摘下花一朵，我与娘子戴发间"。花是真的摘下来了，也真的戴在了我的发间。但到底，我没真的成了他的娘子，他也没真的成了我的董郎。

花开着开着就谢了，人走着走着就散了。不过是顺应了自然和天意而已。留下的粉红的往事，有的埋在了昔年的桃花下，有的飘在了昔年的清风里，有的藏在了昔年的心窝里，发酵着。

那个人，曾带我去看桃花的那个人，偶尔还会站在桃花下想起我么？

碧桃花下感流年，不及初开一朵鲜。纯真的初心，渐成了旧年的暗疾，有时在胸口隐隐作痛。

一日，闺蜜青发来一条语音微信：There is something which dwells in deep of my heart. It hurts whenever I see anything. 译来便是：有一些东西，住在心底，永远也忘不了。风吹吹，都疼——真喜欢。于我，那些住在心底的东西，就有桃花。也有，桃花背后的那个人，模糊不清的身影。

春风一吹，桃花复灼灼。

如今，偶居在南方。在我幼时的旧地，木棉花红灿灿地一直燃到了天边。我却在树下怀想着桃花。千里之外，故乡的桃花，应该花意十足，开到绚烂极致了吧。

# 杏花盛开

"杏花"一词，自带画面感，与木与口与草与人，都有关系。人在干吗？人在杏花下站着，占一小块侧面位置，抬头看花呢。人并不闲着，赏花的同时，随身携带着一张口，垂涎着日后杏子的美味。

沉睡的杏花是被什么东西惊醒的。什么东西呢？也许是一阵风，也许是一阵雨。它隐约听到一个声音对它说："醒醒，咱们是同乡。"——春风也好，春雨也罢，杏花对它们都有好感，信赖它们。于是，它睁开蒙眬的眼睛，伸伸胳膊伸伸腿，打开五瓣花朵，像摇曳在绢帛上的绣品——十分美好的事物，总是让我们在现实生活中存有疑虑和警惕，仿佛是一个虚构的不真实的比喻。但实际上，它真的存在，富有生机，以活生生水灵灵的生命样式存活着，轻盈而坚韧。

杏花粉桃花红梨花白，作为春天的代言人，三芳中，杏花是开路的先锋，需要它在料峭春寒中适时地挺身而出，奋力撕破黎明前的黑暗，让光亮照进来。它是探索者，它献出的淡粉和粉白的花朵，就是让温暖的光亮照进来的一道口子。它是柔软的，也是坚硬的。它像火种，以一己之力，点燃花木的春天，势如燎原。

杏花一开，春天就有底气了，得寸进尺，一朵接一朵，停不下来的样子。光秃秃的枝丫相继失陷，被喧闹的花团锦簇占领了。"日日春光斗日光，山城斜路杏花香。"随着杏花消息的传播，日渐深浓的春光，才有了跟温煦的阳光一比高下的信心。

盛放的杏花，穿戴一新。道白非真白，言红不若红。清秀，典雅，大方。底部的花蒂呈深红色，像唇红点染的樱桃小口，把吐出的花瓣衬托得愈发素净。花开满枝，一层层，一叠叠，堆砌成壮观的花帘，从顶峰倾泻而下，若飞流直下三千尺的花瀑，声势浩大，独占春风。

"屋上春鸠鸣，村边杏花白""歌声春草露，门掩杏花丛"。古往今来，杏花是守村花、家常花。在乡村人家的墙里墙外，时常可见安静的杏花，鲜少见到热烈的桃花。杏花是内敛的懂事的。即便"一枝红杏出墙来"，它的心也没走远，在墙外探头探脑地替主人看家呢。杏花树下，常会看到一条摇头摆尾的看门狗。它们彼此懂得，彼此欣赏。因为杏与"幸"谐音，也因为杏花又叫"及第花"（古时一年一度的进士考试，恰逢农历二月杏花开放时），所以人们愿意相信它是幸运花，能给居家带来幸福吉祥。

桃花则不同，长相妖娆多情。桃花离人家远。它的心是野性的，热情奔放，不喜欢被拘禁，追逐随心所欲。赏桃花，得专门出去看。许多人认为桃花生性不安分，浮花浪蕊。房前屋后，门里门外，通常不养桃花，免得家门出风流浪荡子孙，随了桃花的心性。

看来，人有人相，树有树相。杏花因品相端庄高洁，倾慕者众多。人们把感受和意识倾注其中，赋予它一些象征意义。比如：杏坛、杏林、杏眼之说。杏坛，因为曾是孔子聚众讲学之地，从而引申为教育的代称。《庄子·渔父》中曰："孔子游乎缁帷之林，休坐乎杏坛之上。弟子读书，孔子弦歌鼓琴。"圣人也以幽芳自持的杏花为友，观照内心，清心养性；

杏林，则因为三国时期"董仙杏林"的典故而闻名。据说，吴国名医董奉治病救人，从不收取报酬，只要求被治好的病人在其园中栽杏，久而汇聚成林。凝结医者仁心的杏林，后来成为中医的别称；杏眼，是女子温润明亮的美眸的借指。《平鬼传》第三回有云："幸遇着这个小低搭柳眉杏眼，唇红齿白，处处可人。"同时拥有杏眼、桃腮、柳眉和葱指、藕臂，当是美丽清纯女子的理想吧。

作为中医之花，杏花有美容养颜的功效，可治痤疮、祛斑，令人肌肤红润细腻。据宋时医典《太平圣惠方》记载，用杏花和桃花洗脸，能祛雀斑。传说执掌杏花的二月花神杨玉环，幼时姿色平庸，脸色白而不嫩，肌肤细而不润，但因每年食用她家庭院中的一棵杏树的杏花、杏子和杏仁，日后竟出落得冰肌玉肤，美若仙子。在她成为贵妃之后，这种杏儿的身价倍增，有"贵妃杏"的美誉。她和它，互相成就了彼此。

在我读过的古诗词中，没人比宋徽宗描写杏花更细致的了，"裁剪冰绡，轻叠数重，淡著燕脂匀注。新样靓装，艳溢香融，羞煞蕊珠宫女"。富有画家敏锐的审美。词中的杏花，俨然有工笔画感，由近及远，被画帝一遍遍精细地勾线、敷色、渲染。前面细腻地刻画近处花瓣的白绸质地、重叠姿态和胭脂色泽，后面则精巧地整体表现杏花飘逸清香的衣饰容貌，犹如赛过仙女的美人。如此一来，超凡脱俗的杏花神韵，从字词中跃出，生动逼真地浮现在眼前，清晰地摇曳在春风中，多么迷人。

宋徽宗对杏花的钟爱，还体现在他的绢本设色国画《五色鹦鹉图》中。陪衬五色鹦鹉的，正是杏花。从卷上的题诗中可知，这只来自岭南的珍禽贡品，趁春光明媚，侧立在御花园盛放的杏花间。赵佶见此"非凡质"的异种鹦鹉，龙颜大悦，认为是预示江山社稷稳固的吉兆，因而彩绘并赋诗其上。画法工笔，重彩，却无呆板涩滞之感，厚薄适宜，观之有沉着清透之气。鹦鹉深沉的眼神、层染变化的羽毛和健硕的体态，以及婀娜多姿的杏花和花苞，苍劲瘦硬的枝条，像他自创的瘦金体一样，用笔细劲巧妙，风姿绰约。杏花先勾后染，层次分明。在华丽的绢质画本中，花鸟搭配，两枝盛开的杏花比气定神闲的鹦鹉占据着更多的比例，有些喧宾夺主的感觉。但又恰到好处地传达了欣欣向荣的春信，正是人间好时节啊。只可惜，这位极有艺术天赋和造诣的帝王，治国平天下的能力实在糟糕，最终成为受尽屈辱的亡国之君。但杏花和鹦鹉，却因他高超的绘画才能，得以传世，备受赞誉。

"失之东隅，收之桑榆"。或许，历史是借杏花之口告诉我们，人生天地间，并没有真正的赢家或输家。

我书房的地毯上，绽放着永不凋谢的杏花。这是我特意挑选的图案，因为喜欢，因为没法不被打动，因为它是梵高所绘的《盛开的杏花》的工艺复制品。那些恣意繁茂的花朵，每天与我对视，毫无保留地呈现着向上的生命力量，永不屈服。

1890年春天，梵高生命的最后一个春天。他的弟弟提奥的儿子威廉姆出生了，这带给精神疾病缠身的梵高极大的惊喜。在法国圣雷米精神病院里，这个怀才不遇的荷兰画家决定创作《盛开的杏花》，给纯洁的新生命一个贺礼。他在给弟弟的信中写道："我已经开始画一幅画了，可以挂在婴儿的卧室里：大幅白色的杏花盛放在蓝天下……工作进展不错，很快你就会看到这幅画，盛开的杏树枝条，这也许是我最好、最细心的作品，画画时我感到很平静，下笔也没有丝毫的犹疑……"（见《梵高手稿》一书）。

与梵高以往色彩明艳喧哗的向日葵不同，布面油画中的杏花，淡米色的着装，镇静而坚定，朝气蓬勃地盛开在湖蓝色的天空底色下。虬枝盘曲，铁骨铮铮，举起大片洁净的花盏。三三两两的杏花，生机盎然，展翅欲飞。旺盛的生命气韵，无法抑制地充溢其间。寂静的天幕，留白的空间，将生命之心带向深邃、辽阔和永恒。整幅画面，像悬挂的镜子，照射出画家内心对生命的热爱，对美好生活的渴望，意境幽深淡远。

梵高绘画的杏花，是送给侄子的，也是送给世界的。它是每个人的杏花。

同年七月，梵高三十七岁的生命，被来路不明的子弹终结。世上已无梵高，世上依然有梵高。他的名字在《盛开的杏花》中，获得永生。

农历二月是杏月。杏花是二月封面的花魁。杏花开了，天地间仿佛发出一声响亮的指令，打破田野的寂静。麦苗神采飞扬，相互追赶着拔节生长。歇了一个正月的农人，开始在田间耕耘，忙碌，浑身是劲儿。沉闷了一个冬天的孩子们，吹着柳笛，你追我赶，在田埂上踩出杂乱的一长串脚印。春日的生命河流，在他们幼小的体内涨起，欢快地流淌着。

# 行走的蔷薇

多年前，我还是十二岁的少年时，独自一人走在乡间金黄的麦田里。蝉在远处树枝的暗影里不停地聒噪。

翻滚的麦浪发出噼噼啪啪的脆响，仿佛琵琶滴落的动听弦音。麦黄的月光清凉地照在脸上，成熟的麦穗针尖似的划过掌心，有微微的痛楚。初夏的风一寸寸地侵略着肌肤，我知道自己是鲜嫩纯洁美丽的，但我不怕，一点也不怕。我与大自然和谐地交融。田野打开了它所有的芳香，托起一个少女黑夜的行程。

那一年，我刚从乡村回到城里。朝朝暮暮的身边人，由慈祥的外公外婆换成了陌生的父亲母亲。孤独和忧伤，像黑压压的羽毛似的，纷纷扬扬地占领了我的天空。不喜笑，也不愿与人语。母亲总是担忧地注视着我，她无法洞悉这个沉默寡言的孩子，内心里隐藏着怎样浓郁的恐慌和脆弱。

时常悄无声息地穿过风和田野，去往外婆的村庄。沉迷于一个人的旅程。安静地行走，以野生花朵一样自由的姿态。脚上穿的是轻软的黑球鞋，一身棉质的 T 恤和天蓝色的牛仔裤，梳着高高的马尾辫。全身生着蔷薇似的毛刺，有少年的锋利尖锐，小刀似的绝不妥协。

在一个人的行走中，滴嗒滴嗒响的时间，渐渐为我打开了另一扇门。那扇神奇的门，径直通向我的心灵深处，让我遇见另一个自己。她笑逐颜开，端坐在年画中的莲花上。我与另一个自己惊喜地相逢，掏心掏肺地交谈，一会儿泪流满面，一会儿破涕为笑，直到明媚的朝阳一点点散开，将自己温暖地覆盖。

在一次次的孤单旅程中，我看到了生命中的热火和亮光。于是，仿佛地里嘎吱嘎吱拔节的禾苗一样，迅速地生长起来，学会了快乐，学会了宽容，学会与家人相亲相爱。

也曾与人结伴同行过，瞒着父母，有冒险得逞的兴奋和愉悦。

十六岁时，与同桌华密谋策划了一次暑期里的远行。没有多余的行李和盘缠，只有两个干净清爽的女孩儿，骑着旧单车，摇着一路叮当叮当响的铃声，没有目的地，只奔向远方的青山绿水。两旁葱绿的庄稼和树木飞快地向后倾倒，风声在耳畔呼啦啦地响，我们笑嘻嘻地唱着嘹亮的歌曲。刚刚开始萌芽的青春，悄然破土拱出一颗颗青春痘，伏在两张年青的神采飞扬的脸上。一种饱满激昂的情绪，撞痛了胸口，那是对成熟的渴望和探索。

路边开着团团簇簇的野蔷薇，白的黄的粉的紫的小小花朵，坚韧繁茂地缠满了路基和树梢，瞬间惊艳了眼眸。我们小心翼翼地走过去，生怕踩碎了碧玉的光阴，或惊扰了一个美好的幻境。

但还是忍不住摘下几朵蔷薇花，用柔软的柳条编成花环，戴在发间。青春放纵着我们，丝毫不觉得愧疚和脸红。记得那天的华，上身穿着一件白色的确良衬衣，下身是一条缀着蕾丝的黑纱裙，修长的身躯，宛如才露尖尖角的小荷，亭亭玉立。她娇嫩的白里透红的脸庞，在阳光斑驳的影子中，发着柔和的光，清秀动人。

入夜后，我们在水库边一处废弃的农家小屋里栖身。宽阔的河水泛着层层的涟漪，仿若我们不安分的心事。我们面对面坐在一起，仰望着满天的星辰。四周空旷朦胧，时有光影坠落，稀疏地掠过我们，飘远，好似年华。

华说，她的理想是当老师，像她的父亲一样，教书育人，桃李满天下。而我含糊其词，觉得遥远的前途是那么的缥缈。她忽然问："多年以后长大的你，还会记得我和这个夜晚么？"

"当然会。"我望向华。她长长的眼睫毛在星光的影子中，像翕动的蝴蝶翅膀，一开一合。

那阵子，我们紧赶慢赶，一心想早早地踏上成年盛大的岁月，急急地想在脸颊上描出一抹青春的胭脂红来。满心欢喜的我们，又哪里会知晓，在人生崎岖的路途上，还有深不可测的黑洞，正阴森森地张大了嘴巴，等待伺机猎杀。

只过了两年，华便消失在时间的海里，像一滴安静的水珠。在一个霞光万道的早晨，十八岁的她，带着绚丽的只露了一小点影子的青春，遁入了那个黑洞。她走不下去了。她患了可恶的白血病。病毒毫不留情地摧毁了一朵在晨露中将开未开的花苞。

我第一次站在时光的岸边，静静地打量着同类的死亡，散发出恐怖的令人窒息的气味。是的，同类，就像那些恣意野生的蔷薇，我们都是热爱自由行走的蔷薇少年，将带刺的触角伸向天空和云朵，拖着满身的枝枝蔓蔓，无所畏惧地奔走在原野上，向着光明，向着温暖，向着梦想。

光阴将华包裹，让她凝固成一朵琥珀状的蔷薇花，永垂不朽。或许她在那端的世界中，仍在孜孜不倦地奔跑，追逐着她的老师梦。

有梦不觉旅程寒。梦想是一叶弯弯的月亮船，载着我们，荡悠悠地驶向岁月河的彼岸。我用美丽的幻想，豢养着自由行走的灵魂。

我一路走一路唱，那是一首关于生命与成长的歌谣。我愿我的歌声，是一粒粒蔷薇花种，播撒在脚下经过的每一处土地。它们会满目苍翠，花满枝丫，开在时光的路上，装点着后来年少者寂寞的旅途。

有一年，行走在深圳。在世界之窗景区，看到一个长发飘飘的女孩，站在一株奶白的鸡蛋花下。她的眉眼像极了华。一张素净的清水脸儿，流淌着少年的清澈和不羁。身着白色的休闲短装上，缝了许多个醒目的小口袋。有零碎的阳光雀跃在袋口，窥视着里面盛满的对这个尘世的好奇与幻想。经过她身旁时，我有片刻的恍惚，几乎想握住她的手。

我依稀看到，华缓缓地向我走来，笑意盈盈，戴着那顶粗陋的蔷薇花环。

我相信，花开青葱时节的蔷薇，会有无数次的生命轮回。她从未停止在人世间的行走。如同季节，生生不息，轮回不止。

## 凤仙花旧事

孟夏，风涌，暗香浮动。总会穿过肥肥瘦瘦的路，去远远近近处，看那些红月光一样冉冉盛开的凤仙花。

舍不得采摘，只是微笑地望着，像探访一位久别的故人。可不是么？瞧那红艳的花朵细长的绿叶，多像童年时穿着红衣绿裙的我：一个发梢扎着紫蝴蝶的女孩，从旧时光中，蹦蹦跳跳地走过来。

那时，我住在外婆家。黛瓦粉墙的宅院门前，挤挤挨挨地长着两溜凤仙花。这些凤仙花该有些岁数了。当年是穿着大红嫁衣的外婆，把从娘家带来的花种，播撒在了墙根。从此它们分秒不息地在年月里衍生下去。如同外婆绵延传承的血脉。

每年初夏，暖融融的季风刚一吹过，那些隐在叶片间鼓胀胀的花苞，便急急地咧开红润的小嘴，笑了，沸腾着一条老街。桃红、金红、橘红、水红、玫红……各种红色的闹哄哄花朵，手拉手，肩并肩，抱成团团簇簇。乍一看去，宛如一只只敛翅的凤鸟，栖落在青碧的茎秆上。那么迫不及待地露出俊俏的小脸，却是为了谁呢？

"夜听金盆捣凤仙，纤纤指甲染红鲜。"原来，是怕误了与伊人的约会、误了尘世里的一双双红酥手。

这看似寻常的草本小花，却是天然的指甲漆，生着一身狐媚动人的胚子。就连一千二百多年前的杨玉环，亦是凤仙花的超级拥趸。泱泱的大明宫里，抑或长生殿中，灯火通明、鼓乐齐奏，明艳照人的贵妃，翩翩舞罢《霓裳羽衣曲》，直惹得她的三郎、唐主李隆基，骨头酥软。于是唤来凤仙花汁，为娇汗淋漓的爱妃，亲手染得十指玉笋红。想来那是何等香艳奢华的美景。其时，上至皇室嫔妃，下至乡间民女，纷纷效仿杨贵妃，染指蔚然成风。

从古至今，婀娜多姿的凤仙花前，并无所谓的贵贱之分。它平等地接纳着女子们同样崇尚风雅、美好的心灵。爱美的玲珑女子心，本就是不分尊卑的。

年过花甲的外婆，跟我讲起戏台上的唐明皇与杨贵妃时，捎带着演绎了一段凤仙花古老传奇的旧事。她的眼睛里雾气弥漫，似乎回忆起她遥远的春闺梦。想必那阵年轻的外婆，定是趁着早晨鹅黄的阳光，蘸着粒粒新鲜的露珠儿，将一朵朵红彤彤的凤仙花瓣，小心放在石钵里一下下捣碎，并撒入小撮盐融化，再用青花瓷的勺子调好鲜红的汁液，将十个白月亮似的指甲染遍。然后，在花影徘徊的夜晚，倚着小轩窗里的白月光，等着她的情郎、我的外公带她走吧？

时光如锦，终究是难抵风吹日晒，渐渐地薄了旧了。外婆的一双妙手，也在岁月的磨砺中，爬满了老茧。但粗陋的生活，从没赢过她，她总在战胜苦难的信念中快乐地活着。她把深埋在心底的绮丽梦想，寄托到她的后辈身上。每当门口的凤仙花开成一片红云时，不等我央求，外婆便早早地做好了准备。她在摇曳的红烛下，细心地用小扇子似的梅豆叶，包住我敷满花汁的手指，再用一根根细绳扎紧，似乎只待一夜的浓睡之后，她宠爱的外孙女，便会摇身一变，成了"十尖尽换红鹦嘴"的花仙子。

那一年，凤仙花开的日子里，我的面庞仿佛也涂抹了花汁，整日里绯红着，醺醺然。那是我快活的童年时光。不仅可以在小伙伴面前炫耀十指美甲，而且也因心里柔软的帷幔后，种着一株潮湿的小秘密。

那一天，我越过明晃晃的倾村丽日，去往另一个小巷。在一户人家门前，蓦然发现了一大丛罕见的串色凤仙花。每一朵娇媚的花瓣，都是由几种颜色杂生而成：一搭红，一搭白，一搭粉，一搭紫，真是美艳得要命。十一岁的女孩子，怎能抗拒得了如此魅惑呢？于是小手往前一探，吧嗒摘下了花一朵。就在这时，大门吱呀响了，走出一个俊朗的少年，我称他三哥，比我大五六岁的样子。

我羞得无地自容，只想掩住怦怦乱跳的心口，迅速地变成一朵凤仙花，逃到青枝绿叶中去藏起来。却不料，他见到我这个小花贼时，竟是惊喜异常。非但没有责怪我，还动手帮我摘了一大捧。

从此，那些有特异韵味的凤仙花，就像撩开石榴裙一角的嫦娥一样诱惑着我走近。而三哥似乎能掐会算，总会在我出现的当儿，帮我采花。

有一次，街坊李婶看到我手中捧着的串色凤仙花时，脸上顿时浮出诡异的笑容，她粗门大嗓地吆喝着："哟，这不是那户人家的花吗？只有他家才长得出这杂交的花。你看他家的三小子，长得又高又大，哪像他又瘦又小的爹？他是他妈在高粱地里生的。你没看出他长得像谁吗……"没等她说完，我早已脸热心跳地跑远。虽然年少的我，并不完全懂得，但还是对嚼舌根的她生了厌，以后避开她家绕着走。

但亦不再路过他家门前了。说不清理由。

过了些日子，荷塘边的空地上，搭起了看台，挂起了洁白的幕布，因为村里来了放电影的。那俨然成了孩子们的节日。天上一弯新月如钩，散淡地扫拂着烟火人间。我兴高采烈地跑去，正看得入神时，忽觉身边多了一个人，是他，三哥，手里拎着一袋凤仙花。眼前禁不住铺开一幅画面：他在微微的晨曦里，一遍遍地给凤仙花浇水，让它们圆滚滚地吃饱水分、嫩汪汪地开，然后又在薄薄的暮色里，为他怜惜的女孩，挑选着一朵朵丰腴的花儿，就像郑重地筛选一颗颗晶莹的珍珠。他把它们排成队，穿成了串串项圈和手链，那是多么昂贵的情意。

开始静静地对着那条幽寂的巷子发呆。我在想，长大后的我，会成为他的新娘么？他会吹吹打打抬着一顶花轿来接我么？或许那一刻，他牵着我的手，身旁的凤仙花儿正好，树梢上的月儿正圆……

转过年的春天，我便离开了村子。光阴之车载着我，一路向前，离他越来越远，自此不再重逢。我的天空中，开始飘落一场又一场的花瓣雨，落在那年的夏天，落在凤仙花上。花旁有个白衣少年，眉目干净清宁。

多年后，长大成人的我，在震天动地的锣鼓和鞭炮声中，被我的爱人领走，成了他披红戴花的新嫁娘——人生就是这样的吧，并非每截岁月的收尾，都如你最初设定的愿望。结局往往出人意料。你最终收获的，跟你起初预计的，或许隔了千山万水的远。然而，身上背负的辎重愈来愈沉，你还翻得动那重重山，越得过那道道水么？不，无心也无力返回了。走了这么久这么远，回头望去，那条来时的旧路，已被云遮雾绕，变得模糊而缥缈。一些事情，似乎真实地出现过，又似乎只是幻影，从没发生过。

如今，我已退出用凤仙花繁琐装扮的年代，替代的是瓶瓶罐罐里时尚便利的人造指甲油。我被快餐化的现代文明所覆盖，真不知是该欣喜还是悲哀。

回眸思量，凤仙花荡漾在指尖上的那抹嫣红、那种色泽，多么像女孩成为女人、成为母亲时，那滴滴惊心动魄的桃花红呀。正因这些碎裂的疼痛，女人的生命才会变得饱满丰盈。

是的，外婆把凤仙花，就是叫做假桃花的。兴许很多女子的一生，都会与假桃花有着深深浅浅、浓浓淡淡的缱绻纠葛吧。

## 翠袖冷

我想，我是暗恋着一些颓败，甚或凋零的物什的，因有直抵生命终极真相的冰凉、痛楚和纠缠。它们一下又一下，磨砺着我的触角，使其锋利而锃亮，让我对这个世界时刻保持着应有的清醒和感知。

比如：倾慕"翠袖冷"一词。

翠袖，与红袖并排站着，容貌相似，质地相同，都是女子的代称，仅是身上装扮的翠衫与红裙、色泽有别而已。但我有私心，更偏爱翠袖一点，因为她的翠色如锦，鲜衣丽影，修竹般的亭亭玉立。

那么翠袖冷了，桃花飘逝，红颜旧去——自是人生递进必然的宿命。我爱怜这破碎着、颤动着的美感，一如眼前的晚秋。

晚秋，正像菱花镜中色衰的女子，一瓣瓣剥离了丰润的朱颜。疏疏落落的瘦绿间，夹杂着密密匝匝的枯黄。尚且硬撑着的绿色，亦是郁郁暗沉的老绿，就要颓靡了。

秋窗前，醉花阴的万紫千红，已不可得；而一剪梅的冷艳时光，又早了几许；只有那沁园春的楚楚风情，兀自卧睡在枯草残木前世的旧梦中。但被露珠濡湿的春梦，也不过像阳光下积了尘的绣花鞋，虽花样依稀可辨，但终究模糊不清，隔着季的。

没落的秋事，该是《牡丹亭》里那满头华发、瘦骨嶙峋的杜丽娘，在夕阳晚照、金菊凋敝的萧瑟庭院中，迟缓地、颤巍巍地，挪动着碧罗裙下的三寸金莲，挥一挥葱心绿的长长云袖，哀哀地诉一声"这韶光贱"，切切地叹一句"把青春抛得远"，看得见的是花容易色，看不见的是满怀怅然：想从前华年初上的她，好似一朵娇滴滴盛开的牡丹花，游园一梦，偏巧爱上了梦中的书生。因寻他不见，便相思成疾，不幸香消玉殒。可就算是变作女鬼，也要狐媚地去勾一勾那意中人柳梦梅的魂啊。真情所致，终得还魂人间，两情相悦厮守，修成圆满欢喜的正果。然而好日子怎么就这般不耐过呀？一忽儿，眼下已是秋色欲尽，飒飒西风透衣衫——翠袖冷了，美人迟暮了。此情可待成追忆。

季节从未停止锻造，将岁月淬成一把利刃，所向披靡。在与时间日复一日的交锋中，无人赢得了岁月，除了赔上光彩的容颜，最终还得搭进鲜活的生命。

落叶飘飞时，朝朝暮暮间，我那年迈的母亲，在做些什么呢？想来，她该在老屋桌角半开的海棠旁，就着黄茸茸的晨曦或灯光，用她日渐赢弱的手指，轻轻抚着她的女儿天真烂漫的旧照，怔怔地发呆吧。从她额际垂落的一缕白发，被穿堂风撩起，又放下，虚掩住她不再娇媚如春桃的面庞——她的人生，已是秋意阑珊。我是她瓜熟蒂落的果实，被风带到了夫家，从此在离开母体的他乡，安身立命。但无论我在新枝上站得多高、望得多远，仍旧会时时记得我的根、我的母树。

夜来，听冷雨"嗒嗒嗒"急促地叩窗，恰似六神无主的妇人，看着脸上生出的旧布衣一样皱的纹路，摸着枕上新落的一层枯草似的发丝，不知所措地慌张着，彷徨着。衰老总是疼痛的，寻寻觅觅，春归何处？那金沙般漏掉的芳华，默默不语地冷了、散了，零落成泥。

"少年听雨歌楼上，红烛昏罗帐。壮年听雨客舟中，江阔云低，断雁叫西风。而今听雨僧庐下，鬓已星星也。悲欢离合总无情，一任阶前，点滴到天明。"从嫩绿枝芽的开头，到初现颓势的中端，再至霜色寒凉的末尾，生命究竟有多重呢？仿佛，光阴是那么沉，年华却是这么轻。

正午，走在阳光稀薄的街道。凉风扑人，禁不住拢紧了厚厚风衣下包裹着的蚕蛹状的畏寒身躯。迎面走来三三两两的少女，清一色的轻衣短裙，粉面娇俏，笑语盈盈，身过处有浓郁的桂花香气漫开。心中顿时惶然：我呢，我的青春哪去了？

只是一晃儿，人到中年的我，离抵达母亲翠袖冷的光景，也仅有那样短短的几步之遥。

但不必忧惧，用慈悲，来抵御日子里的寒意吧！是的，请安放一颗尊崇苍生的悲悯的心，在翠色渐冷的素年里，来提升年华的质量和重量。看看屏幕上的秦怡、田华，虽白发苍苍，却依然粉颜朱唇，神采奕奕。她们热心公益事业，积极捐献善款，乐于救助弱者。既暖了别人，也暖了自己清冷的暮年。老得那样优雅、厚重和安详——可爱，也可敬。

尘世间，多少事，从来急，林花谢了春红。流年浩荡，匆匆复匆匆，只争朝夕啊。

## 木槿花开

有一种花朵，朝开暮落，宠辱不惊。她叫木槿花。

木槿花开，择夏而栖。夏天，是她恋着的躯壳，是她盛开的理由，只为悦己者容。如同红尘中的一场绝恋，今生只为那人来。

春光明媚时，她隐忍不发，默不作声地抽枝散叶，任凭身旁的桃花、玉兰、海棠等一干春花，个个争奇斗艳，美貌倾城。她低眉敛目，倾听叶子在风中沙沙轻响。她甘做绿色的陪衬，不与花争。

她不慌不忙，暗暗地积蓄力量。当六月醺醉的季风吹过，她迸裂而出，招展着满身绚烂的花朵，开始一场无比壮丽地盛开。

每日清晨，在第一道破晓的曙光里，田间地头、道路两边、庭院深处的木槿枝头上，呼啦啦绽放出一朵朵茶盏状的大花儿。花色妖娆，眉翠靥红，天生丽质。她在风中歌唱，唱呀唱，唱得蜜蜂动容，唱得蝴蝶缠枝，一直唱到黄昏。这时，她舒展开的花瓣上，跳着几缕夕阳绛红的余晖，美轮美奂，宛如仙葩。

她渐渐合拢了花蕊，仿若美人掩住了艳绝的脸。在最后一丝昏黄的暮色中,她迅速地凋谢。沿袭了朝兴暮败的命数。唐时的李商隐曾叹其"可怜荣落在朝昏"。真的可怜吗?是苦命的花儿吗?我不觉得。因为她安于这样的生死更迭,看清了绽放的境界所在。她以这样的绽放方式,想警醒花界众生:欲念需节制,不必太贪心!若一味地锦上添花,弄得身心疲惫,苦不堪言,岂不是把一桩欢愉的花事,作践得成了累赘?

学一学木槿花开吧:运筹帷幄,有条不紊,绝不虚张声势。她从容不迫地掌管着生与死。一朵花儿亡了,另一朵花儿及时补上。一批批的花儿前仆,又有一批批的花儿后继。人们总是目睹一树树璀璨的木槿花,云蒸霞蔚,欣欣向荣。却不知昨夜暗香里,又有多少深情的花儿,安详地合上了明艳动人的眼睛。

但她不忧伤、不惆怅、不脆弱。这是她挑选的怒放时节和爱情方式。她坚持过自己喜欢的日子,做自己开心的事情。她有异常健壮的筋骨,偏要经受烈日的炙烤、热风的煎熬、暴雨的洗礼,她一定要这样光明地活着、这样热烈地爱着,挺起坚强饱满的胸脯。

她错过了风和日丽的春。春太娇柔,经不起风雨的磨砺,她不屑做短命的春花。她追逐浓郁、奔放、绵长的爱。她选了夏。她情愿倚着他火热的胸膛,听他火热的心跳,嗅他火热的气息。

她爱夏。夏是她的天空和大地。夏给了她想要的阳光与雨露。因了爱的滋养,她光彩照人、婀娜多姿。她用最迷人的欢颜,装点着夏的世界。她昂起笑盈盈的脸庞,沉醉在热情缠绵的夏风里。醉过知情浓,爱过知情重。醉过爱过,此生何憾?

今朝有爱今朝开,哪管明朝风霜欺?这憨痴的花儿呀,这执迷不悟的花儿呀,开了一个又一个炎热漫长的夏天,爱得死去活来。无怨无悔。顾不得热夏过后接踵而至的冷秋和寒冬,是多么的薄情寡义。

世上哪一种铁了心的爱情,不是如此地孤注一掷、如此地奋不顾身?就像张爱玲,那个上海滩上的"临水照花人"。她对胡兰成说,你问我爱你值不值得，其实你应该知道，爱就是不问值不值得。因而她是一意孤行的张爱玲，书写爱情传奇的张爱玲。或许，她也曾是岁月掌心里一朵开得极美的木槿花吧？

是的，不问对错，不问值不值得。每个悠长的夏天，木槿花都这样快乐地忙碌着、忙着爱、忙着生、忙着死。

我对花朵的赞赏，除了好看，还必须要坚韧。若只好看而不坚韧，仍是不让人欢喜的。昙花最多不过是好看，却只有一夕容颜，太娇太弱，惹不了我的倾慕。还有更好的气象是坚韧，唯有与坚韧结盟，才是意味深长的美丽。木槿花，恰好具备了这样的品格。

我不能不宠她，也因她与我，有着如此相近的姿态：热爱着生活，热爱着美好，热爱着爱情。

## 粉色的蔷薇

在夏之一隅，我遇见了一丛粉色的蔷薇。

这花团锦簇的蔷薇，粉嫩嫩、华丽丽、水灵灵。一朵挨着一朵，一串连着一串，密密匝匝、层层叠叠、琳琅满目，如一大片粉红的云海，哗啦一下从天而降。蓦然刺了我的目，迷了我的眼。

它翠绿繁茂的藤蔓，凭借泥土的力量，沿着阳光的方向，肆意攀登而上，爬过了栅栏，爬满了一堵围墙。我的脚步，被它牵引。

我的心神，被它摄取。心，有时很大，可以盛放整个世界；但有时又很小，只能容下眼前的这片蔷薇。

这怒放的生命，蓬蓬勃勃，势不可挡。

蔷薇栖身于一幢临海的别墅里。庭院深深，门扉静静，花香寂寂。突然心生好奇，它的主人是怎样的呢？

盘桓许久未遇。正欲离去。忽听吱呀一声，门被打开了，走出一个七八岁的小女孩，手里提着一个红色的小桶，看似来浇花的。她的身后，跟着一个颤巍巍的老太太。

这个小女孩，雪白的面庞，弯弯的眉毛，大大的眼睛，小巧的鼻子，薄薄的嘴唇，精致地组合在一起，真是个美人胚子。她像一只蝴蝶，轻盈地飞舞在蔷薇花旁。她扑扇着长长的睫毛，看着我，有点惊讶。

　　我说，正巧路过，这花吸引了我。

　　老太太说，这是一种四季蔷薇，一年会开三四次花呢。

　　我说，这么旺盛的花，您养得真好。

　　不想，老太太湿了眼眶，轻轻叹了一口气。于是，我听到了一个幽幽的诉说。一个苍老的声音，在温煦飘逸的风中，忧伤地流淌、迂回、踟蹰。

　　女孩儿叫梦薇。她的母亲，老太太的女儿，名唤粉薇。她酷爱粉色的蔷薇。在她十六岁时，亲手在院落里种下了这些蔷薇。

　　每年花开时，大片铺开的彩霞，映衬着粉薇楚楚动人的容颜。她坐在蔷薇下，像梦幻的花仙子。有时，她低眉看一本清雅的书；有时，她昂首唱一支婉转的歌。

　　粉薇长大了，恋爱了，她逢着了心仪的王子。接着便结婚了，然后又很快怀孕了。一切都很顺畅。一个女子该有的爱情、甜蜜和幸福，她全都有了。丈夫宠爱她，把她当珍宝一样呵护。在她预产期前一个月左右，他为讨她欢喜，携她外出游玩。

　　他们徜徉在青山绿水间，尽情地嬉闹，恣意地欢笑。蔚蓝的天空，赫褐的土地，见证了两个相爱的年轻人的誓言。然而返程时，在山路的急转弯处，他们的轿车，与一辆迎面驶来的货车，剧烈地碰撞。灾难，猝不及防地到来。

　　奇迹就在刹那间发生了。一个血淋淋的小生命，便在此刻提前诞生了。她呱呱坠地，扯开嗓门，响亮地啼哭着。当救援的人们迅速赶来时，惊奇地发现，婴儿依偎在已然没了气息的母亲的身旁，毫发无损。

　　粉薇，这位可敬的母亲，在生命的最后一刻，拼尽全力，挣脱所有阻碍，把自己的女儿，推向了生的光明。她撑着血肉模糊的身躯，挡住了纷飞的玻璃碎片。那黑暗寒冷的阴间，有爱人与她同行便不孤单了，她怎么能忍心一起带走腹中的孩子呢？

从此，蔷薇仍年复一年地绚烂，梦薇也在茁壮地成长，但再也见不到花下那位娉婷婀娜的女子了。

粉薇的芳魂，是否会夜夜归来？悄悄地守护她年迈的双亲、可爱的女儿，还有她植下的花朵？

生命的坚韧，母爱的执着，让我顶礼膜拜。

明年，我还会与这些璀璨的蔷薇重逢吗？据说，这附近已纳入拆迁范畴了。

我不知道，没人告诉我。命运，总会让我们邂逅一些美好，然后又会在毫无征兆的时候，从不打招呼，说不定哪天，突然就夺走了它。

我只需记得，在一个晴朗的下午，在一地斑驳的时光中，我结识了这些粉色的蔷薇，以及这个无与伦比的美丽故事，关于生命与母爱。

## 海棠情事

　　烟台的五月，虽已立夏，但并未见夏的身形。倒是眼前的暮春，让我爱且怜着，为了那些莫名盛开的花儿。或者说，便只为了海棠。

　　今年小城的春，来得迟，又分外的短。四月末，出乎意料，竟落了大雪。这在记忆里，是极为罕见的。我匆忙出门去看，只见残花凋零，鹅黄的连翘，粉白的樱花，惨淡而默然，俯卧在水洼里。幸好，海棠尚未入世，因了她的智慧，懂得适时的美丽。

　　前几日的清晨，猝然与海棠不期而遇。她与阳光一道，灿然而来，灼痛我望春的深眸。

　　海棠容颜依旧，一如去年的绚烂。粉嫩的花朵，不大不小，从树的最高端，一路逶迤而下。层层叠叠，拥挤成团，锦簇细密。花数繁多，以千以万计，犹恐不及。远看，似天边的一大朵云霞，恰巧栖身在青枝绿叶间；近看，每一朵花，又是那样的玲珑剔透，无瑕无尘。造物主的巧手，竟是如此的偏爱海棠。

　　小城的海棠，人称西府海棠。据说是因晋时生长在西府而得名。这般倾城的容貌，这般雅致的名字，让我怎放得下她？

自小便钟情于海棠，许是受了宋诗词的影响。李清照的词《如梦令》：知否，知否？应是绿肥红瘦。道出对雨后海棠的关切；而刘克庄的词《摸鱼儿》：东风日暮无聊赖，吹得胭脂成粉。言尽对海棠的爱惜；至于苏轼的诗《海棠》：只恐夜深花睡去，故烧高烛照红妆。则俨然爱花成痴。

若执意要把海棠比作女子，那也是再贴切不过的了。人说"女人花"，从来花朵似佳人。只是这样的女子，该是怎样的人儿呢？

曾写过一首《溪边海棠》的小诗，发在博客里。有文友留言：杜鹃声声，唤得海棠归故里。交谈中方知，他的母亲，在他出生时，就去世了。正如看过的某些影视剧情一样，医生只能救一人，要么大人，要么孩子。他的母亲，毫不犹豫地选了他，自己却含笑离开了人世。而这位母亲的名字，就叫海棠。原来，海棠便是这样的女子——甘于奉献，勇于牺牲。其实，她的血液，早已融入儿子的生命里。生生不息，繁衍不止。

今日傍晚，我又依约来到海棠树下。花，仍是无与伦比的美。淡淡的幽香，盈鼻，那是她独特的体香。微风吹过她娇艳的面庞，她轻轻地颤动着，我听到了她低低的叹息。

春光犹在，花开极致，为何而叹？聆听花语，奈何已向春晚。这才察觉，花色已日渐变淡：含苞时，艳若红唇；待到吐蕊，便成粉红；再过数日，却是粉白；到了最后，只有一味地白了。恰似女子的青春韶华，无人能守住。

然而，可爱的，你且告诉我，待到芳菲散尽、绿叶成阴时，我却往何处寻你，凭寄相思？

# 荷华

在粼粼水波之上，在团团翠盖之上，荷花怀抱清风、阳光、明月和雨露，默然地站立着。它们喷薄而出地盛开，像一种修炼，像思想的幽光。

"生如夏花之绚烂"，是泰戈尔的追求，或者说，是人类共同的理想。荷花，便是夏花盛大团队中的成员。荷花一开，水面清明，净气上升。那些打开心扉袒露的花瓣，有丝帕的柔软和岁月的纹理，仁慈，温情，保留着洗礼过的生命印记。

每个盛夏，我都会郑重地去看荷花。已成为一种习惯，一种生活仪式。否则就会觉得心里有空缺，漏风漏雨，失落不安，对不起夏神似的。

没人见过夏天之神。但她的足迹，无处不在，引领着万物茂盛的灵魂。我能确定，荷花，这种水生的物华，就是夏神安放的路标。它挑起针尖般的火焰——它朝天空致意的手势，向上，就是夏神的安身之所。

荷，字形好看，草头在上。人在其下，并没缺席，人的身份是观赏者，认为它是可人的妙物；读起来柔和、轻盈，与"和""合""何"谐音。小时候过年，或者去成亲的人家，常可见到"和合二仙"的年画和剪纸，往墙上和窗上一贴，陋室生辉：两个笑逐颜开的仙童，一人手持荷花，一人手捧宝盒，一脚踏元宝，一脚踩铜钱（车轮似的铜钱上，大多刻着"富贵吉祥""天下通行"的字样），给人欢天喜地的喜感，表达对婚姻与家庭和美的祝福，让人心情舒畅；八仙中的何仙姑，因在莲花中羽化成仙，也以手执荷花代表身份。荷花是她的法器，是美丽、智慧与祥和的象征。

人与荷花的渊源，祖先创造的荷文化，古朴吉祥，由来已久。

《诗经》中，也有对荷花的赏识和迷恋。《国风·郑风·山有扶苏》里有"山有扶苏，隰有荷华"的关注；《国风·陈风·泽陂》则曰："彼泽之波，有蒲与荷。有美一人，伤如之何？寝寐无为，涕泗滂沱。"将其当成倾心的美人，日思夜想，见不到便伤心哭泣，极度迷恋——读到这里，不免手心里捏把汗，同情和担忧那相思入骨的古人，痴情犹胜我几度，怕是发着高烧吧。

荷花，别名莲花、水华、水芝等。这些亭亭玉立的花朵，天然去雕饰，却有无法遮掩的光华和美貌。每一朵荷花，都开得讲究和体面。根植于水下的污泥中，水上呈现的却是清水芙蓉面，心无尘埃，清净至极。

荷花品种繁多，单瓣或重瓣，多姿多彩。比如：红艳的红宝石、洁白的白雪公主、黄绿的玉碗、淡黄的黄舞飞、粉白的钗头凤、粉嫩的玉蝶、黄底红头的红唇等，名字风雅，娉婷袅娜。我见过最多的，人称水芙蓉，底部有白色洇开，向上渐变，过渡到中上部，以粉红为主色，顶尖色更浓。花大如瓷盘，叶大如团扇，花托如漏斗，莲蓬如酒杯。花开灿然，把一湖一湾一池都占满映亮了，有种家大业大的丰厚感。

我对荷花，毫无招架之力。我热爱它，就像热爱我的父母、我的爱人、我的孩子。每次见面，都有亲人重逢一样的欢喜，也会心酸、兴奋和感动。这种坚持不懈的情感，仿佛根深蒂固的惦记和思念，与我的血肉融为一体。与生俱来。

是的，与生俱来，顺理成章。

我生逢六月。六月是荷月。满塘风起，翠叶罗裙，花开红妆。父母因此送我小名：蓉蓉——蓉，即水芙蓉，莲花的别称。父母的初衷，是取其高洁之意，期望女儿此生不俗，洁身自好。

我常说，我属莲。平时喜素食，吃花吃草吃果。与动物属相相比，我更愿意从属于散发草木清香的植物。显然，木心先生也有偏爱植物的嗜好，他说："我的精神传不到别人身上，却投入了这些绿的叶紫的茎。"植物比动物更贞静更贴心更有安全感。我觉得，十二生肖，只以动物冠名，是不周全的，也应有植物的一席之地。就像执掌十二月令的花神一样，有男花神和女花神的不同阵容，分列两旁。人们可以凭自己的喜好选择，站队。

人到中年，尘色染身。我知道，我，早已不是最初的我。但我依然渴望，我陈旧斑驳的躯壳下，能深藏一颗纯洁的初心：莲心。不辜负我的乳名。

此时，在水畔，我与莲花相望。四周是阳光洒下的金沙金粉。我被湿润、恬静与淡泊的水生植物气息包围着。风吹过荷叶、荷梗、荷花，也吹过茂密的蒲草和芦苇。偶有草鱼跃起跃下，池水惊动点点微澜。在大片的碧绿和粉红之中，棕褐色的蒲棒，特立独行，仿佛诗意的点缀。我太熟悉这些景象了。它们潜伏在我的记忆中，等待我搜寻和找回它们往年的模样。

相望，我这样描写我和荷花的相见。我深信，它们也在注视着我。我们有着深厚持久的情意。气味相投，让我们轻易地相认，相聚。

童年时，在乡村的荷花湾，小孩子采荷花，并非易事。水深过胸，曾有小伙伴险遭溺水。外婆提心吊胆。为满足我的垂涎三尺，她在墙根放了两个大缸，用来养荷花——桃花开过后，我的全部心思，就搁在水缸中。看小荷一点点抽叶，铺面，举苞，日益丰盈。时候一到，一朵两朵三朵的荷花，渐次绽放。水中浮起的华章，有声有色（嗯，不只有姿色，还有阳光月光星光落下的轻响），带来满院的清凉和芬芳，让人沉溺。暑气大盛时，外婆会摘片荷叶，与竹叶一起烧水喝。深碧的汤液，盛在大白瓷碗里，端起来微微地荡漾，味道有点苦和咸，但幽香不散，具有消暑清热、祛瘀散结的功效，令人精神好。堪称生活家的外婆，早就懂得食疗之好，也总有办法把平淡的日子，过得有滋有味。

我说不清，多年水生的草本莲花的平均寿命有多长。可是，一朵莲花的期限，大约只有三四天的活头。生命的烛火，瞬间点燃，又瞬间熄灭。亮了、黑了，多么简单。穿越明亮到黑暗之门，过程是那么的短暂。但埋藏在地下的莲子，据说可以保存上千年，到现在还能生根发芽。真让人惊奇。这谜一样的生命！让人忧伤又欢欣。

但我无法回答自己，每一年莲花的轮回，是不是从前生命的复活，抑或，仅仅只是出于本能的繁衍生息？

我开始陷入迷茫之中，自称属莲的我，到底是谁。我从哪里来，要往何处去。我全身弥漫的气质，更接近植物还是动物？

我看到，那些笔尖一样挺立的花骨朵，旧时称为菡萏，骨骼清奇，犹如一个倒置的感叹号。似乎在提示我，某些与生命的真相有关的疑问，它们已给出简洁的解答。木心说"任何花含苞欲放时皆具庄严相"，在菡萏，尤其明显。小荷才露尖尖角时，已经蕴藏着深沉的力量和境界，如同静敛心神参悟打坐的修行者。时有蜻蜓和水鸟们飞来，栖息其上。它们静默沉迷的表情，好像跟我一样，也在思索着某种答案：关于生死，关于存亡。

《本草纲目》中记载：莲花、莲房、莲实、莲薏、荷叶、荷鼻、藕节等皆是良药，能治诸多疾病。或许这就是莲花的品格：奉献自己，救苦救难。

莲花有四德：香、净、柔软、可爱。

现在看来，我面前"无穷碧""别样红"的荷花，更像一门哲学，一个信仰，一种精神，让我顶礼膜拜。

《金刚经》和《道德经》里的经典语录，在我的脑海中倏忽闪现。那些觉悟和启示，佛家和道家圣者的智慧光芒，蓦然生出毛茸茸的翅膀，仙鹤般扑棱一声飞起，轻轻地掠过水面，落在清白的荷华上。

虚实光影，烟波浩渺，遁入空寂无我之境。万物一体。眼前霎时豁然开朗。

生命中，我在其中，我在其外。

尘世间，我是我，我不是我。

第四辑　风入松

## 归去来兮

北方仲春时节，抵达广州。然后与它握手，道别。

我没理由将其据为己有。尽管这里曾是我童年的旧地。

从广东到广西到云南，风声霍霍。身形如鸟，飞掠华南和西南。

异乡宛若一辆满载珠宝的航船，荡漾在我的目光中央：桂林山水、燕子溶洞、苍山洱海、茶马古道、木府风云……它们身披一页页古老而新鲜的墨香，从书册中透射出丝丝缕缕的光芒，花瓣一样滑落在我的视野中。

这些陌生的风情，滋养着我，也腐蚀着我。一路走着，一路病着。痛苦是从皮肤开始的，起初生出奇怪的块状红斑，疼痒难耐。随之肠胃，受苦受难，是搜肠刮肚的苦楚。以致到丽江时，枯藤似的坐在木府雕梁画栋的长廊上，几乎没有力气动了。人虚弱不堪，就像富丽堂皇的土司庭院里长出的一块失了生机的苔藓——我不知，是否只能用"水土不服"来释疑。病菌、疲劳和孤独，塞进了我的躯壳。

想起多年前看到的一则爱情故事，大意是：一位战功显赫的西北王，微服出游西湖时，遇到一个花样女子。水乡柔波里做成的江南女子，美艳得不可方物。王被迷住，深深地爱上她，向其求婚。美人自古爱英雄啊，于是花好月圆，龙凤呈祥。情事进展至此是皆大欢喜的。但还有后来。后来，成为王妃的江南女子，随王定居西北。大漠孤烟是天天笔直呀，长河落日也圆得完美无缺。但没过多久，王妃却日渐消瘦憔悴，寝食不安。王痛心疾首，遍寻名医，可几无收效。他的爱妃终不治而亡。临死前，她对王惨然一笑道，我的王，其实我的病很容易医好，只要让我回归故土，无药便可自愈。但我不说出口，因为我舍不得离开你！请将我面朝故乡安葬吧。

这是一曲英雄与美人的情爱悲歌，也是一曲人与故土的忠实赞歌。此去经年，纵有良辰美景，纵有心上人朝朝暮暮，都抵不过我对故土拳拳的忠诚啊！人与故土的深情，便是一把无法破译的密钥。那些根深蒂固的思念、饮食、风俗、习惯，已长成盘根错节的大树，无法从我们的血脉中剔除。一节一节，枝枝叶叶，支撑起我们的命运。

故乡幽蓝的海水，那么地清清亮亮，那么地干干净净，映照着母亲若隐若现的面庞，铺满了我整晚的梦境。醒来，潮声犹在耳畔。

当我听到远海的呼唤的时候，我知道，那是一首喊我回家的歌谣，无比温柔，无比安宁。

此时，夜深似海。故乡犹如一枚又大又白的月亮，从我的胸腔升起，挂在了柳梢头。它在风中摇晃，一闪一闪，散发着成熟果实的浓香。比以往任何时候，都更加魅惑和甜蜜。

当初，踩着故乡的肩膀，我向往着异乡，仓促地逃离故土。但不过月余，我还得逃出远方，躲回故土。

从这儿到那儿，从异地到异地，我把自己的影子洒了一路。但只是影子，虚幻的影子，肉体的傀儡。

异乡与我，不过是单薄的露水之缘。它们途经我的人生，短暂地交汇，随即擦身而过。各安其命。如此而已。

故乡的口袋里，装着我的祖先，我的亲人，我的房屋，我的命根。

双手捧着我的悲欢，不如归去。

归去来兮。

## 嫣红

　　一抹嫣红，在春天的枝丫上张望。女儿家的心事，打着羞涩的花骨朵，架不住风儿那么轻轻地一吹，窸窸窣窣地就盛开了。

　　满园春色关不住，一枝红杏出墙来。那俏生生的杏花，定是搽了香喷喷的胭脂，要不怎么倏地一下就红了？怎么看，都像极了怀春女子羞答答的嫣红的脸。这满园春色，不是关不住的，是压根没想关，出就出了吧。这一出，心就野了，撒着欢儿地红到天边。

　　隆重的嫣红，总让我想起一场轰轰烈烈的情事。如果爱情有色彩，那么只能是香艳的嫣红色。只有嫣红，才配得上浓烈馥郁的爱。

　　两情若是相悦时，心中定然有着莺歌燕舞，花开嫣红。这嫣红，是海棠枝枝绽的嫣然一笑，是桃花朵朵开的娇红欲滴。因为爱情正酣，春光正好，就那么热烈地嫣然着，娇红着。

　　一旦爱了，全心全意地爱了，便渴望剥落层层束缚，一瓣一瓣地打开自己，把自己开成一朵妩媚的花，开给他看，只给他一个人看。即便高傲冷淡如张爱玲，在胡兰成面前，也甘愿开成一朵低到尘埃里的花。

爱是那涨了潮的黄浦江水，拦都拦不住地涌进她年轻的心扉，她开成了上海滩上一朵摇曳的桃花。她身着桃红色的软缎旗袍，脚踩刺有龙凤的绣花鞋，尽显娇媚烂漫的小女儿态，陪他在午后阳光晴暖的马路上，悠闲自在地走着，细声软语地聊着，眉开眼笑地乐着。那一刻的她，仪态万方，柔情似水，只为悦己者容。是的，她只专心地做他的"临水照花人"，为爱开屏、为爱俯首、为爱低眉。

情到深处相思生。相思，是一叶嫣红的扁舟，渡那心心念念朝思暮想的离人，期盼春宵良夜，香风玉露梦中逢。吱吱呀呀响起的桨声中，丽影翩翩照人来，原来是宋代的名门闺秀李清照，上穿绮罗的桃红夹袄儿，下着轻薄的绿纱裙儿，独自一人凭栏，望尽天涯路。是新婚燕尔吧？雕花木窗上的大红喜字还在，便与外出求学的丈夫赵明诚分别了。常惦着月满西楼，夫恩妻爱。十指相扣，共剪窗前烛花。如今却是望穿秋水，锦书遥寄，问君何时归呀何时归？端的是"此情无计可消除，才下眉头，却上心头"了。

情爱中的女子，只顾不遗余力、红红火火，为他开成尘世里最美的花朵。却来不及思量，有多少青春好年华，经得起如此挥霍和消磨。

每次读到嫣红的"嫣"字，都仿佛看见一位前朝女子，斜倚花枝，嗅着青梅，回眸一笑百媚生的俊俏模样。这个"嫣"字，分明是媚而不妖，艳而不惊，吐气如兰，有遗世独立的清高和孤傲。

记得《红楼梦》中有个女子，便叫作嫣红。第四十七回，说荣国公贾赦，妻妾扎堆，却不知足。又看上了贾母的大丫头鸳鸯，怎奈这鸳鸯偏生得个烈性儿，横竖不从，宁死不屈。贾母出面干预，贾赦无法，悻悻而回。但色心未除的他，又遣人去各处寻觅，花银子买了一个十七岁的女孩子，名唤嫣红，收在屋里。嫣红，只此轻描淡写地一提。

曹公于嫣红，用笔极简极淡。似于一幅精描细绘的工笔画中，漫不经心滴落的一小点红。这真好比春风沉醉的深宅庭院里，斑驳陆离的高墙边，不小心探出的那么一枝海棠来。墙里赏花的美人，掩嘴吃吃地笑着。任墙外的行人，如何踮起脚尖，伸直了脖颈，也只闻其声，谋不得其面，因而愈发地流连忘返，难以释怀了。

"长安春色谁为主，古来尽属红楼女。"红楼，本是富家女的金闺玉阁。嫣红，一个贫贱人家的女孩儿，自是不能与雍容华贵的钗黛争色。但我大胆揣测，曹公编排人物与名字，都是煞费苦心、大有讲究的。我想，嫣红这个名字的寓意，定是起了画龙点睛之妙：嫣红，隐喻了红楼众女子的命运，暗示了她们的结局和归处。

其实，谜底早借第二十三回黛玉听《牡丹亭》的戏词浮出了："原来姹紫嫣红开遍，似这般都付与断井颓垣。良辰美景奈何天，赏心乐事谁家院……只为你如花美眷，似水流年。"——说到底，红楼粉黛们，不过是空谷幽兰无人赏，枉费了青春芳华。到头来，终是落花流水春去时。可怜众嫣红们，都做了腐朽的旧社会的牺牲品。那红楼里锁住的光阴啊，是一枚冰冷的入了眼的砂粒，由不得你不疼痛、不流泪。

我更愿把嫣红想成是一个婀娜娉婷的红衣女子，拈花而行，渐渐地路过我们，拐过弯去，不见了。是啊，不见了。嫣红老了。

老了的嫣红，就只剩下一味的白，撑不了多久，连白的影子也不见了，余下的只有满目苍凉。所以张爱玲看三十年前的月亮，应是铜钱大的一个红黄的湿晕，像朵云轩信笺上落了一滴泪，陈旧而迷糊。于是那个人，那段情，掩了又掩，藏了又藏，终究成了"墙上的一抹蚊子血"了吧？而晚年的李清照，际遇更是凄凉。国破家亡后，形单影只的她，郁郁寡欢。只能在帘子底下，偷偷地听别人说笑。那碎了的往事，也是埋了又埋，重重叠叠地压在心底，秘不示人了吧？想来，真是有刻骨的心酸，蚀骨的惆怅。

但新绽的嫣红在笑着。正当妙龄韶华的她，由着高昂的心气儿，去品尝咂摸一截截青嫩的时光。明知这世上"没有一样感情不是千疮百孔的"，明知"短的是生命，长的是磨难"，仍要花枝招展，一腔明艳地沉醉下去。

一茬茬的嫣红凋零，又有一茬茬的嫣红新生。世间有多少钟情的女子，就有多少个嫣红。

你看，一抹嫣红随风舞，香飘飘。那枝头的嫣红，正渐浓渐烈。她情愿被爱情射中，欢也好，痛也罢，悉数全要了。只为不白来这滚滚红尘走一遭。

# 同学

周身罩在安静之中。或许，简单地定义为安静，并不准确。其中，还夹杂着独在异乡的孤寂。

这样脆弱的安静，薄如蝉翼，让我隐隐不安。

窗外，绿草茵茵。九里香毫不胆怯地探进一枝翠绿来，香气钻心。窗里，我在读席慕蓉的《青春》。末尾一句，"青春是一本太仓促的书"。

嘹亮的电话铃声，就是在这个时候响起的，吓了我一跳。

里面是一个生疏的女声。

你找谁？我问。

连我的声音都听不出来，熊样。她操着典型的胶东口音。

愣了片刻，瞬间震惊——原来是青，我失散多年的老同学，我曾密不可分的小伙伴，我曾以为最不能放手的亲人。

但其实，当年稚嫩的我们，能做主的东西真的有限。当初亲近的两坨泥，终究被一双手撒入人海，各自漂泊。尘归尘，土归土。就这样走失在时光里。

很久很久，有二十多年了。

现在，友情和亲情，突然复活了，在我们身上。多么神奇，以致我有些恍惚。

我们高中班的同学开了一个微信群。大家记得当年的我，但找不到现今的我。几番辗转，终于打听到我的讯息。她立即拨来了电话。

记忆仿佛一支箭，霎时射出。我的散发着青苹果香味的学生时代啊，等着我去认领。

入群后，大家呼啦啦地围过来。热情如火如荼。那双操纵着我们命运的手，又把我们如棋子一般掷回了原地，还给了彼此。她和他的旧貌新颜，在眼前不停地重叠、分开、闪现。岁月就是个巫师，让一个人有了两张面孔，就像交替放映着的新老电影里的魔幻镜头。

当年的男生女生，正是害羞的年纪，恰似青绿的枝头刚刚舒展开的叶片，嫩得一掐一泡汁，怕见风见光。彼此说话很少，或不说话。现在却热火朝天地聊着叫着，话轻话重，无人计较。都老皮老脸了，耐得住风吹草动。像一母同胞的兄弟姐妹。

梅发了一张图片，一群小人手拉着手，在快乐地旋转舞动。画外字写着：我们是相亲相爱的一家人。一家人，这个概念，真好。

犹如飞鸟归林。当初飞走的小鸟们，现今羽翼丰满后，又从四面八方扑棱棱地飞回来，认祖归宗。

有人上传了我们当年的毕业照。坦白说，我的那一张，在经年的奔波中，早已不知所踪。

我的目光穿梭在暗黄的老照片里。仿佛水底的鱼儿，拼尽全力游荡在水草里，觅食。希冀寻到自己青春蓬勃的容颜，来给匮乏昏黄的中年充饥。但找来找去，半天不遇。是我把旧时的自己弄丢了？还是我对曾经的年轻的自己感到巨大的陌生？最后，终于，在一枚豆粒大的影子中，视线落定。

那个影子，可能是我，应该是我。我想。

那个模糊的影子，几乎失去了所有清晰可辨的细节和脉络。口鼻眼挤在一起，头发像墨汁仓促滴落的黑点。如同一团没发开的白面，生硬硌手。

这个春天，万物生长。包括我们，也在生长，生长着皱纹和白发，奔着衰老的方向。人渐老，心渐沉。开始怀想，开始怀旧了。

这两日，没干别的，尽忙着认亲了。手机吱吱乱叫，微信群持续保持着高度狂欢的状态。大家兴奋得像蚂蚁，无惧地爬在热锅上。酸痛继而麻木的手指，不足以降低沸腾的温度。同学们一窝一窝地交谈。话题无非职业收入、孩子配偶，让人免不了心中一叹：唉，吸收着同样营养的同一棵树上抛出去的果子，蒲公英一样被风带走，后来的际遇却大不相同。

人生远比戏剧离奇，有时出其不意。生命的幕布一旦拉开，吹拉弹唱都是自己的事儿。没人帮得了你太多——有的登上了高枝歌唱，有的在低处徘徊；有的在大都市里风光旖旎，有的在山野里默默无闻；有的是耀眼的金领白领，有的在黄土里暗淡地刨食。人，还是同窗时的那个人。命，却不再是同窗时的那个命。

光阴的雕刀，会慷慨地成就非凡的艺术品，也会吝啬地随手刻出拙劣的败笔。

让人揪心和疼痛的是，有几个同学竟然消弭了，生命轰然倒塌。好像烈日炙烤下干枯的水滴。无一例外，全是男生。女生们却个个完好无损，大半风韵犹胜从前。那时的女孩子，是紧紧包裹着青色外壳的核桃。年月帮她们卸下了青涩的外衣，露出了里面醇香的果仁。似乎寒风袭来避开她们绕道而行了。不，或许是男人们排成队站在前面，替她们挡住了。因而，他们承受的压力更大，如夸父一样壮志未酬，干渴地跌在了路上，再也没能站起。

我记得，当初的学习尖子辉，鹤立鸡群，稳如磐石，跃进了上海的名校。不料，婚后没几年，患上皮肤癌，撇下了两岁的幼子。死不瞑目啊！

　　坤是一个腼腆的大男孩。跟女生说话便会脸红。考入警校的他，后成了出类拔萃的刑警。却因妻子外遇，离婚后得了抑郁症，多年前已自杀身亡。他屡破大案，却解不开自己打了死结的局。多么的不合逻辑！

　　还有义，一个优秀的电视人。因突发心梗，三年前倒在了节目录制现场。我承认，义是第一个给我写情书的男生。他心灵手巧，折叠的情书像飞鸽，有淡淡的茉莉清香，具备美丽的艺术质感。在我生病时，他悄悄地帮我打来饭菜。但我开窍晚。我们美好的友谊，纯洁如雪，甚至连手都没碰过一下，仅此而已。

　　也有正在生重病的东，据说性命岌岌可危。他跻身在一个大型铁路集团的领导层里。我们曾是邻座。我至今能想起他天真绚烂的笑容，以及他时常偷看我的眼神。当我转头迎向他时，他却慌忙低下了头。有一天，他忽然调到了离我很远的后面。直到毕业留言时，他才在本子上揭开了秘密。天呐，他一直暗恋着我，以致上课常常走神。他的父亲，是我们的历史老师。发现苗头后，马上出手，狠狠地掐灭了他心中熊熊燃烧的火苗。而我生性愚钝，此前一无所知。

　　得知东的电话后，犹豫了一下，还是试着拨了过去。是他的妻接了电话。我开门见山，做了简单的自我介绍。并向她询问东的病情。她措辞委婉，只说暂时稳定了。又说，东不方便接电话，她会转告他的——但我知道，她必不会转告他。一个局外人，如何能洞悉局里人那段碧玉般珍贵年华里稀有的纯真情怀呢？可是也不会失望。人生这出戏里，该扮演的身份角色，早已排定了场次。该来的来，该走的走。都是天意。

　　红尘滚滚，浮生如此。一个小小的同学圈子，就是一幅鲜活的浮世绘。人生百态，在此纷呈，众相迥异：活着、笑着、哭着、病着、去

158

了——生死尽情，如此地斑驳陆离，那么地合理或不合理。

也许，人必与某些经历保持着足够的距离，才能咂摸出它的滋味和可贵。每段经历都是唯一的，是不可替代和复制的。人不可能踏入相同的风景。就算故地重游，它在，你也在，但那时的心境却不在了。我对期待中的同学聚会，怀有隐约的担忧。

如今，我在异乡、在这座丰美的南方城市，想着我的青春，想着立在我的青春里的你们，想着我们依附着一同成长的往事。

阳光倾盆而下，风声时有时无。我们惶然地站在中年的渡口。天地苍茫，水色烟青。这群背负辎重、摇摇晃晃前行的人，再也搭不上回程的船。

但好在，情谊可以倒流，可以重生，足以暖心。

# 春日书

## 面人

穆李村制作面人的老艺人，脸上的脉络如掌心的纹路一样复杂。他的发上落着月白色，皮肤闪着成熟的小麦光芒。

黄昏盘踞在他的体内。

我不知他的名字。我只知，他用十指打下了一座江山。江山多娇，面人臣服。他参差不齐的手指，像十尾灵活的鱼儿，虽鳞片苍老粗糙，却游刃有余，穿梭在湿润的彩色面团间。他捏岳飞精忠报国，捏武松山岗打虎，捏嫦娥翩然奔月，捏钟馗挥剑捉鬼……他一声令下，面人们便起身，嬉笑怒骂。

他坐在至高无上的龙椅上，统治着他的掌中物的命运。显然，他是仁慈的君王，虽手握生死杀伐的权力，但他低着头，目光温柔如水，深爱自己的子民。

160

隔着一张像他一样高寿的桌子，风吹出了我的热泪——他也是面人啊，造物主手中的面人。我也是。区分我们的，只是明显的年龄特征：他苍茫，我苍翠。

我们惺惺相惜，抑或同病相怜。我们都是，漂浮在尘世中的面人，被高处的巨手操控着，背负不同的性别、面孔、名字和命册。

但明知如此，我依然迷恋这尘土飞扬的人间，和我们终将被剥夺的爱情、肉体和气息，爱你是男人、我是女人，爱我们相爱了很久的陈旧的躯体，爱我们高筑在尘世树梢上的老巢。

花花绿绿的面团里，隐藏着我们五彩斑斓的故乡。

## 定陶王陵

深埋在地下的富丽堂皇的定陶王陵，是沦陷在泥土中的另一个王朝，只与夜晚同行。即使月光，也不能幸免。黑暗吞食着黑暗充饥。

在光和火缺席时，王者与侍者平起平坐。高贵与贫贱重量等同。荣耀与耻辱色泽相似。没人能从古怪的夜色中，准确地将他们呻吟的骨头分拣出来。

阳光在喘息。站在地上，我以众目睽睽的旁观者之一的身份，注视着陷落在脚下两千年的残骸标本，如同一本传世的名著被打开。里面记载着万千荣光的生命从有到无的字符，那么冰凉，像沉香炉里凉透已久的灰烬。

风送来它隐约的耳语：生老病死，就是一个命定的圈套。

无法设防，前进或者后退。虚无和冰冷，藏在不为人知的暗处，伸出细若游丝的手指，给相中的性命，一一盖上邮戳，封口。将一生一世，寄往万丈深渊。

幻灭如谜。

多么幸运，我只是一介布衣。我卑微的生命，即使溅落在大地上，也不会激起一丝回响，就像一个不为人知的秘密。我想要的，不过是——多年以后，若有人发现我无名无姓的墓地，他踩着的我曾经鲜亮丰腴、最后黯淡腐朽的身体上，会开出一簇淡蓝色的野花。如同我爱着的男人，以如此隐秘的方式，厮守我隔世的灵魂。

## 浮龙湖

此刻，我的赞美是青翠的。我无法抑制它的茂盛，如同春草。有一些晶莹的翅膀飞出，向着光明。光明如你，浮龙湖。

春天浩荡。水绿如蓝。翠色芳香。阳光摇落。多么有幸，我的这一天，分配给这片广袤的绿皮肤的湖域。我的身体，正好返青拔节。它的内脏，也正好富饶辽阔。

湖上泛舟，从此岸通往彼岸。以飞翔和抵达的方式。群鱼跃起，似一闪而过的白云。群鸟歌唱，像一场礼赞的盛典。水波荡漾，如闪闪发光的龙鳞。水的手指拥吻着我，慷慨地清洗我深入骨骼的尘垢、锈迹。不把我当作一个外乡人。

水声庄重，绵延不绝。如晨钟，如暮鼓。有梵音慈悲、安详的质地。福佑生灵，繁衍子嗣，生生不息。

男人女人依湖而生，鸟鸭鹅鸡依湖而生，蒲草芦苇依湖而生，鲤鲫虾蟹依湖而生。人和物被一一收养、安顿、包容。浮龙湖，像母亲。

有碎片轻响，像什么情节被打开。雾气升起，仿佛一袭乳白的梦境，披在了湖上。许多个隐秘的嘴唇张开，在倾诉着爱慕：鱼对水，鸟对草，我对你。

让爱更爱吧，如果是一种恩典。

上善若水。上善若浮龙湖。湖畔高高挂起的一串串日子，大红灯笼般圆满。

# 神树

仁者寿。它是一位长寿的仁者，屹立在斑驳而陈旧的老街。

犹如一条漏网之鱼，穿破密不透风的时间之网。一棵古树，与时间和解，相依为命。

它的身上，戴着"神树"的桂冠。它的年纪，有四百多岁了。四百几？无人能准确道破。仿佛一些谜底，被一去不返的河流，永远带走，失去回响的涟漪。

它的躯体穿墙而过。墙，是沈家的老屋老墙。墙里是根，墙外是碧丝万千。

现在，它姓沈。据说以前，它还姓过夏、姓过霍、姓过许。前前后后，它被四家主人收养过，有了四个姓氏。时光在它饱含褶皱的肌体上，雕刻了丰富的血脉谱系。

这棵神奇的枸杞树，必被神仙亲过或抱过。它懂得谦卑地弯着腰，向着大地和天空，庄重地致礼。

它的根系，紧紧地抓住地母的身躯。坚如磐石。

它的叶条，在天父的庇护下，保持着舒展的姿势。柔韧不拔。

它的树干，瘦骨嶙峋，但遒劲有力，如同一截裸露的坚硬的金属。无惧地坦白着赤诚：扩青枝，散绿叶，开紫花，结红果。风雨无阻。年复一年。

古老的血液，在它的体内起伏蜿蜒。经久不息的绿色欲望，依然炽热如初。就像一支绿色的火炬，在讲述着生命的寓言。

这个阳光繁茂的下午，我看到，老树的根部，发出几枝嫩黄的新芽。宛若一个财源滚滚的大财主，秘藏着那么富裕的生机宝藏。

春风弹响临街老朽的木门。翠玉珠帘一样垂挂下来的枝叶，窸窸窣窣，被春风吹奏了数百年。堆积的光阴，与阳光一道，从枝叶的空隙间，淅淅沥沥落下，被收藏进树阴阔大的掌心里。

或许，它已记不清，树下一拨一拨、来来去去的人们，来自哪里，去往哪里。甚至它的四家主人，被年月收割了多少茬。就像田野上的麦子，站起、倒下……只有它，永远站着，活得比人更像人，是勇士，是英雄。

在一棵无畏的古树面前，我像一个侏儒。羞愧如舌，舔舐我心。让我无地自容。

# 四君子酒

春日，我是一朵火焰，抵达浩瀚的四君子酒。

多么丰沛醇香的美酒，比露珠更清澈，像透明的小鱼，游到我干渴的唇里。

我目睹了它的生产。如同一场漫长的相思，用一辈子去等一个人。需经那么多道复杂的工艺：红高粱被粉碎。再交配：与水、酒糟及辅料搅在一起。就像一个男人的婚配、洞房花烛夜时的交融，肉与肉相亲，左拥右抱三妻四妾似的雄伟。

它心甘情愿，被热气腾腾地蒸煮、拌醅，宛若大海上滚动着潮湿的阳光。

继而冷却，就像礁石有时必须保持对海浪冷静的思考。然后，仿佛爱情抚慰着爱情，产物必然是爱情一样。琼浆玉液，如爱情一般性感地流淌出来。

接着，犹如一个秘密被灌装入坛、三缄其口，窖藏，发酵。就这样怀着思念的蓓蕾，在暗无天日的地方，既甜蜜又苦涩地等待着花开。

很久很久之后。终于，有一天，戴着花冠的曙光女神，穿着闪闪发亮的曳地长裙，走来将它亲醒。它从此沾上了神性。

"哧"，仿佛被揭开一道附体的魔咒，如同一道幸福的闪电，酒香喷射而出。生命的钟声被今世敲响。它，必将沦陷于爱情的狂欢。

今夜，白月亮开出圣洁的花瓣，我在做着奇异的梦。

大风起兮。身披月光的羽衣，我从四君子酒出发，找寻李白、杜甫、高适和陶沔的踪迹。

一千多个春天，顺原路返回。那些丢失多年的春天，因为四君子而被重新探访和复原。

我看见，高高的半月台上，已备好了酒菜、纸墨和羊毫。酒被切开，分为四段，坐在四人的杯中。吟诗声、琴鸣声，合而为一，袅袅婷婷。

我毫不羞怯地走过去，与他们围坐在花前。

月光鼎盛，正好助兴。举杯邀明月，对影成六人。谈笑风生，击缶而歌。他们不问我的来处，亦不问我的去处。在解忧的酒神面前，我们是一见如故的知音。

几粒留在唇角的亮晶晶的酒滴，欲落未落。像一些没来得及问出口的话语，像一些无法揭秘的前尘往事。


# 朱家大院


暮春。一帧记忆的卷轴被打开，逸出古色和古香，带着明清时期的富有血统。

我是打马路过这儿的那个人。青石板上，溅起我马蹄哒哒的声响。

它注视着我。我注视着它。我们彼此凝视。多么巧合。

它的眼睛里，装满了日月交替的影子；它的身躯上，爬满了时光的青苔。

它是时代抑或时光的标本，是一片土地的地标，是表达富贵身份的一个名词。

朱家大院，仿佛一盏老红的灯笼，被单县提在手中，透射出陈旧而迷离的光晕。

这盏见过数百年世面的灯笼，在从未消弭的风中摇晃。我抬头仰望着这簇蓬松的光团。像踮起脚尖窥探着一个梦境。终究看不真切。到底是隔着一层纱幔的。那层纱幔，便是年月扬梭织就的疏疏密密的前尘旧事。

从下到上，从东到西，我的脚印在丈量着它宽阔的腹地。朱家大院，如同散落在时光深处的一本册页，让人用脚步去翻开、用目光去逐页签到。

我能看清的，是它朱红色的木质容颜：贯通的大小门、镂空的格子窗、挺拔的廊柱、柳叶宽的楼梯、细脚伶仃的栏杆，就连瓦当下的额坊和雀替，肌肤都是古朴的朱红色，泛着华美的光泽。成片的宅院，当年的名门望族、地主首富，传承着不平庸的朱红色的血脉。

它青灰色的骨骼和躯体，由坚硬的砖瓦石构成。气宇轩昂，拔地而起。以山的形式，昂首挺胸，与岁月并肩。

它的头顶，覆盖着鸳鸯瓦。发冠上，镶嵌着飞檐斗拱、五脊六兽、猫头排山、钢叉云燕等繁杂的建筑美学内容。美得如此深沉、苍茫，让我惊讶。

挂在二楼高处的闺阁绣楼，离天空那么近，背景那么蓝。就像一只渴望自由飞翔的翅膀。里面盛放着妩媚和柔情。老旧的红木妆台上，明亮的镜面依然鉴人，却再也不见伊人低头娇羞的笑容。雕龙刻凤的架子床，比时光还凉的绫罗绸缎，定然还记得她情窦初开时的怦然心动、她月下戴红妆时的婀娜动人。

证明其富庶身份的戏台还在，可已枯萎在岁月的茎上。花花绿绿的戏服，与凤冠霞帔，在玻璃橱窗里牵手，抵御漫长的寂寥。它们离开绚烂和热闹很久了。究竟是谁辜负了谁呢？

院中，一棵郁郁葱葱的百年海棠，在无声无息地打量着这个尘世。眼神平静，内心安详。

大多数本分的朱家人，在大院里生，在大院里死。犹如地里的一草一木，遵循法则，春来葱茏，秋去凋零。

抗日英雄朱世勤，教育名士朱启贤……朱氏家谱上，一粒粒脆亮的名字，点燃门庭的荣耀。

朱家大院，走得跌跌撞撞，丰饶过，热烈过，受难过，憔悴过。如今，消瘦的它，还是单县民俗文化馆。它是一座开败了的花园，伫立在历史为它举行的一场庄重的怀念仪式中。虽过时了，但依旧体面。

此刻，我倾听着它心跳的声音。光阴穿过它的躯体，健步如飞。在大地上行走的每个事物，都在寻找着自身存在的意义。一座古老的宅院，我无须对它的来龙去脉，譬如前世今生，指手画脚。

它像一个静默的容器，容纳了人世间的沧桑变迁和悲欢离合。

它活着，慈眉善目。以劫后残缺之身，站在一缕光芒里，坦然接受了现在的名字：朱家楼院。如一位大彻大悟的禅者。

## 沉香的香溪源

用目光拨开山谷，眉清目秀的香溪，穿过花香和鸟鸣，呈现在我眼前。它碧绿透亮，清澈见底，婉转娉婷。我说不准它的年纪。或许，它从上古踏歌而来，是我们的始祖炎帝神农氏赐予后人的恩典。

香溪源藏于深山老林中。它依山而居，与木为邻，有高士的气象。

钟灵毓秀。难怪屈原有忧国忧民的情怀、王嫱有自愿出塞的豪气，都因香溪水的养育滋润，是神农炎帝救民济世精神的传承。

香溪源，这条往事沉香的溪流，像神农架的一道裂缝，溢出沧桑的泪水，垂落而下，引诱我上钩。犹如一尾甜蜜的甘愿被捕获的鱼，我献出我的心、眼睛和耳朵。它们跪拜下去，恭敬致礼。

山中高士卧，林下美人来。我相信，香溪的命名，与昭君密不可分。虽然背负楚地厚重历史和文化的屈原，也是同饮香溪水长大的，并常以香花美人自喻，以示高洁，但一个大男人威武之躯，与香字拉拉扯扯，总免不了有点尴尬。而倾国倾城的昭君不同，那个貌可"落雁"的绝色佳人，与香字有染，就合情合理，国色天香啊。对女子来说，香也是一

168

种品格。溪凭人贵，于是就叫香溪了。

据《兴山县志》载，昭君曾住在溪水边，因常在溪中浣洗纤纤玉手，所以溪水变得芳香四溢。从依稀的文字记录中，我们已很难恢复过往的原貌。那些散落在这里的故事和传说，比如神农氏在悬崖峭壁采药时架起的天梯，比如屈子《九歌·山鬼》中手持花枝等待心上人赴约的山鬼，比如昭君的琵琶声引得两岸桃花落入水中化成的桃花鱼，再比如昭君那串失落在水中的珍珠，都让我们难以探究来路和去向。许多真相和岔口，已被来来去去的岁月风沙深埋，谜底不知所踪，难以揭晓。

清晨，环溪而行。空气甜丝丝的，如发酵着的一罐蜜。狭窄蔓延的山路，是一把钥匙，打开了探索和发现的视野。曲径通幽，一步一景。就像一个馥郁的野生花园，绿水青山、茂林古木、奇花异草、怪石青苔等景象，构成了芬芳的香溪源风景区。

除了沿岸筑起的灰色扶栏，偶尔可见的寂寥木椅和亭台水榭，是人工介入安全和休憩的作品，香溪源素面朝天、天生丽质，基本保持了原生态风貌。与喧闹的神农顶、神农谷、金猴岭和神农祭坛等处不同，这边访客稀少，平添了几分清幽与神秘。

太阳没有缺席，它的触角占据了能摸得着的地方。风也是。雾气和露水渐渐撤退。山里明晃晃的，仿佛透明的琉璃世界。金翅金鳞的阳光，依附在泊着的溪水上，闪闪发亮；天光、山色、树影，商量好了似的，一起跑到水中照镜子；苔痕青青，匍匐低语，如时光之吻，将缱绻的柔情和慰藉，布满栏杆、台阶、树干、泥土和形形色色的石头身上；草木葳蕤苍翠，绿油油的叶片在光照中一闪一闪，一些树叶被吹落，荡起扁舟沿溪漂流，更多的树叶安然无恙；容貌各异的野草野花野果，有着绿翡翠、羊脂玉、黄琥珀、红玛瑙、紫水晶一样的颜色，近水而生，一丛丛、一蓬蓬，妖娆地舒展身姿，香气沁人；石阶上偶有小松鼠窜出，毛茸茸的身子翘起长尾巴，警觉地扑闪着大眼睛，不等人走近细看，嗖地一下爬上树，三跳两跃，迅速地没入稠密的枝叶中不见了。

水随山转，敲起叮咚作响的手鼓。香溪飞翠流玉，像青烟，像翠袖，像缎带，像垂虹，像闪电，婀娜多姿，从高处飘落——时而平缓，倚石顾盼，水汽氤氲，袅袅含香；时而湍急，动若脱兔，一群小白兔，追赶着另一群小白兔，沿山涧奋蹄奔跑。遇到巨石时，身手敏捷，分头躲闪，开叉分流。遇到陡峭坡度时，团结一心，手拉手肩并肩，纵身跳下，弄得雪浪翻涌，冰屑飞溅，垂挂成一道道小瀑布——香溪源从神农架母体内逶迤而下，满怀仁爱之心，慷慨地给予，哺育着尘世里众多的肉身皮囊。

水转山不转。两旁蜿蜒起伏的青山，奇峰林立，仪态万方。神农架的重峦叠嶂，集南北方名山之大成，有泰山的雄、黄山的奇、华山的险、衡山的秀、嵩山的绝。它们横亘在这里，稳稳当当，像静坐入定的禅者，感受不到时光的苍凉、千古的寂寞、等待的疼痛。风摧，摧不动；雨撼，撼不动。

风吹树木，悉悉有声，像神灵发出的秘语。传说"树老成精"。《天仙配》中，成精的老槐树开口说话："仙女配贤郎，美满世无双"，为董永和七仙女做了媒。当晚，俩人即在老槐树下结为夫妻。因此，我对一切树木，心怀敬畏。溪畔的森林，是原始的生命绿洲。古木入云，繁茂葱茏，交头接耳。枝与枝相亲，叶与叶相爱。只是大多面目生得陌生，我认识得不多。据说有很多珍稀品种，是树中的贵族。它们简直长疯了，不管不顾，树干想直就直想斜就斜，枝丫想翘就翘想垂就垂，叶子想大就大想小就小，千姿百态，不压抑、不迎合、不讲章法，似乎在说："我就这么放肆，我就这么自由自在，我就这么活得像我自己！"尽情地释放可贵的天性，绿色火焰一般，烧得天翻地覆；蓬勃的绿色，从叶子的每一寸肌肤里渗出来，绿成团，绿成簇，绿成群，绿成河。老绿、浓绿、浅绿、黄绿，从下到上，闪着油亮的光泽，用刷子蘸着绿漆刷过一样，一层层、一叠叠，绿得有层次有秩序，绿得那么圆满无缺，抵达神性的绿色向度。

溪水的尽头，就是香溪河的源头——香溪源，用石头砌成的一泓清泉。掬起一捧泉水饮下，只觉入口清凉回甘。唐代茶圣陆羽曾亲历此地，以香溪源水煮茶，感其清香甜美，称之为"天下第十四泉"。泉边立着木质的洗药池的古朴标志，叙述着当年神农氏进山采药时曾在这里洗药。相传他正是在此地完成了我国史上第一部中医药书典《神农本草经》的初稿，里面记载了多种药草的性能、用途与多种疾病的特征和疗法。名目繁多的药材，林林总总的人间草木，被一双慈悲的手洗净，用来为百姓治病。吸收百草和日月精华的池水，修炼成精了一样，娇滴滴、嫩汪汪，荡起细微的涟漪，泛着幽绿的柔光。那幽绿，绿中带蓝，澄澈剔透，吹弹即破的肌肤似的，瞬间勾了我的魂；那柔光，波光潋滟、盈盈流转、含情脉脉的眼睛似的，霎时摄了我的魄。

原来，水色也可以如此娇媚，如此美艳，不可方物，让人心旌摇荡。"香风细细，淹然百媚"——《金瓶梅》中描写西门家的三娘子孟玉楼的艳词，放在香溪源的身上，是极恰当的。

香溪源开阔了我对水的美学认知。我家乡的海水，碧波万顷，是一种荡漾在天地间的浩瀚大水，有一种无穷无尽的蔚蓝，让人心旷神怡。那是辽阔豪迈之美，可终究少了一些清秀婉约。而并不宽阔的香溪水，偏偏就占足了清秀婉约之味，风流雅致，小巧玲珑，鸟雀依人一般，楚楚动人。——须知，大地上的万物，各有各美，本就不能将十全十美据为一身啊。

香溪源翠绿的芳名，镌刻在一块站着的巨石上，由诗人徐迟题写。巨石上有深深浅浅的缝隙，密布古旧的纹路，好似时间拓印的掌纹。山涧多石。与海边的沙滩不同，溪水的空白处，是石滩。许多大大小小的石块，堆积在一起。沿溪的水边和水中，怪石嶙峋，姿态万千，高低胖瘦不同，像乔木一样栽种在这里，根深蒂固。香溪的石与水，天天相守、日日相望、耳鬓厮磨，却又磕磕碰碰，谁也放心不下谁，谁也征服不了谁，纠缠不清，像彼此牵挂偏又吵吵闹闹的两口子。这幽居在山中日子的滋味，它们说不清，也道不明。

溪水在下面淌着，天空在上面亮着。亮着的天空被高高的树梢托起，也鲜艳地蓝着。那么单纯明净的宝蓝，很像一个人的童年底色，纯真干净，心里敞亮，没有多余的心事，多么美好。白生生的云朵，如仙女绣成的一朵花，一时没拿住，一会儿就掉到了对面山上的云海里，寻不着了。

"芙蓉不及美人妆，水殿风来珠翠香"。恍惚间，忽见一位汉代女子，光润玉颜，气若幽兰，凌波微步，翩然而来。这分明就是王昭君啊。莫非她在此刻复活？抑或是我的幻觉？我分辨不清，也没必要去分辨。我想，她的香魂，定然流连在她深爱的家乡山水之间。这位风华绝代的女子，当初毅然远嫁匈奴和亲，先是做了呼韩邪单于两年的阏氏，夫亡后，被迫从胡俗，又做了她的继子复株累若鞮单于十一年的阏氏，在远离故土的塞外，生儿育女。她用自己娇柔的身躯，当了大汉文化的使者，撑起边塞和平繁荣半个多世纪，功勋卓著。但苍茫的大漠，怎能比得上她山清水秀的故乡，又如何盛得下她悠悠的乡愁？她思乡的晶莹泪滴，让多少个明月夜黯然失色？她三十三岁的年轻生命，郁郁终止在漠北蛮荒之地。——不必再上书求归了，不必再遭受上书被驳回的失望了，汉王的江山哪里会在意一个女子的悲欢离合呢？不是不痛心的，但她的隐忍，她的顾全大局，终究成就了她的美名和她带着香气的灵魂。最后肉身生命的消弭，意味着精神层面的她，终于可以自己做主，魂归故里了。

如同一枚勋章，香溪源佩戴在神农架上。这枚勋章，是对先人们的礼赞。

如同一部悠长的史诗，香溪源日夜弹奏着古老而新鲜的韵律，生机盎然，芳菲不息。

# 神农祭坛

群山逶迤起伏，状如翠色的骆峰、鲸脊、兽牙、巨乳、竹笋……临近木鱼镇小当阳村时，扭了一下身子，从四面围拢过来，吐出一块绿莹莹的坡地。

坡地依势抬升。天高地厚。平缓的低处，是地坛。逐级登高的墀阶的头顶，是天坛。这是一个人的祭坛。或者说，是一个神的祭坛。在后人的心目中，他不同寻常，他是农业神、药王神、擅用火之神——我们的祖先神，炎帝神农氏，泽被苍生。

他的功德，从不曾湮没，被历代子孙礼赞。"少典之胤，火德承木。造为耒耜，导民播谷。正为雅琴，以畅风俗。"这是曹植的《神农赞》；"圣人作耒耜，苍苍民乃粒。国俗俭且淳，人足而家给。"这是范仲淹的《咏农》；"火德开统，连山感神。谨修地利，粒我烝民。鞭荄尝草，形神尽瘁……盛德不孤，万世同仁。"这是罗泌的《炎帝赞》。

前后左右是连山，山神守护着神农祭坛。这片散发着原始山川和森林气息的地方，以神农的名字和行为命名，叫做神农架。相传他曾在此

174

"架木为梯，以助攀缘"，采药疗民疾苦；又"架木为屋，以避风雨"，开展安居工程；最后"架木为坛，跨鹤升天"，做神仙去了。

一对巨大的黛色牛角，分立在两旁的岩石上，守卫着祭坛的入口。牛角是农耕部落的图腾，这就是它们伫立于此的意义所在吧。它们静静地迎来送往。形形色色的人们来了，形形色色的人们走了。他们各怀心事。

阳光普照。山里到处弥漫着水灵灵的绿色。这种活泼的仿佛会呼吸会行走的色彩，充满灵性和生机。稠密丰腴的翠绿，汪洋大海一般，从高处奔流而下，灿灿发亮。

地坛干净开阔的广场上，有五色石铺成的图案，分别代表着金、木、水、火、土五行。图案外圆内方，圆代表天圆，方代表地方。天大地大神农大。绵延的墀阶和草坪，将地坛和天坛相连。墀阶如梯，排列在通往天坛的左右两侧，护卫着中间葱茏的草坪。据说是按皇家建筑风范布局的。墀阶的数目和设置，颇有讲究，有九五之尊的含意，炎帝至尊啊。中国古建筑传承下来的文化艺术，贯穿在每一个细节中。

抬眼望去，两根十米高的图腾柱，如同一对兵器，护持在祭坛的两旁。九鼎八簋、香炉、香案、金钟、法鼓等祭器，排列在坛前。形似华表的图腾柱顶端，雕塑着牛头。牛眼圆睁，神采奕奕。伸展向两边的犄角上，又分立着更小的两个牛头。像是不离不弃的母与子，对主人唯命是从。

地坛有八组精美的浮雕壁画，俨然用蒙太奇手法，操控时空，以镜头、场景和片段，将历史拉近、放大和组合，再现神农的功业：降牛以耕、日中为市、积麻衣葛、焦尾五弦、陶石木具、原始农耕、穿井灌溉与原始医药——几挂碧绿的藤萝借势攀登，在上面安了家。大自然剪裁出的条条丝绦，蓬勃舒展，摇曳生姿。历史仿佛在借藤萝之口提示我们，祖先的功绩依然是鲜活的，值得缅怀和拜谒。

神农炎帝被朝圣者反复地敬仰。一位年轻的母亲对自己的幼子说："从前，这位老爷爷……"从前，是一个悠久的时空概念。它向我们打开一条通道，通往远古的华夏史册和文明。

这位史上的第一大发明家，是人类文明的先驱者。一生大致有八大创造：培育粟谷，发明耒耜，教民农耕；织麻为布，初制蔽体衣裳；烧制陶器，便利生活；发明医药，治病救人；建立原始聚落，变穴居为屋居；始创弓箭，用于狩猎和防卫；创立集市贸易，交换所需商品；制作五弦琴，丰富娱乐活动。

神有香火，人有烟火。沉实的四方香炉中，香火旺盛。厚积的米白色香灰中，高香与低香林立，似茂盛的草木，参差不齐，红色的火头时明时暗。淡青色的烟雾，在风中聚聚散散。我不能空手而来。我在供奉着神农铜像的祈福堂请了三炷香。寻宗祭祖，慎终追远，凡人的心中大都有所求，大约总也离不开功名利禄、求福免灾吧。点燃香火，植入炉中，跪拜下去。我想，这膝下的黄色拜垫，不知承担了多少重重叠叠的俗世愿望。起身后，我的脑中一片茫然，我向神农求了什么呢？竟然不记得了。也许求过，也许什么也没求。垂手静立一旁，心中安宁自在。实际上，我们每个人的命数，都在自己身上背着。指望祖宗和神灵，不如指望自己。今生今世，我是我，我不是别人，就很好。我很知足。

炎帝神农氏矗立在天坛上。他不动声色，高不可攀。他的高度，就是我们仰望这座祭坛的高度。他高大的牛首人身，呈柱形拔地而起，以雕像的形式，沐风栉雨在天地之间。他深爱着土地。于是，大地便做了他无边的身躯。他的肉身和他的时代，已消隐在青山的背后，可追溯的线索也所剩无几，引人遐想。

敬重带领我，逐步靠近他。我自然而然的态度里，满怀敬重。

苍山莽莽，清泉淙淙。它们循着时间的脉络蜿蜒而来，成为时间触手可及的一部分。风吹来山水的苍翠清凉气息。陪他采尝过百草的风，从五千多年前一直吹到现在，拂过他坚毅的面庞。他的眼眸微微合拢，美髯齐胸，似在追寻某种答案。沧海桑田，换了人间。如今，农耕文明正在被现代科技蚕食，农村人口不断涌向城镇，中医则遭遇西医的严峻挑战，是否尽在他的思考范围内呢——他思索的姿态，迷人、深沉、安静。除了头上的牛角像乌纱帽的一对朝天的翅翼，他的五官是按照人面模式来雕饰的，立体而深刻。祭字旗下，"华夏始祖"的字迹，让我意识到，我们华夏民族的祖先，是一位极富魅力的男人。

炎帝与黄帝，同被尊奉为华夏初祖。他们联手，缔造了悠久的中华文明。此时，仰望着神农雕像的我，身份是复杂可疑的。我不能说，我是一个单纯的旅人或瞻仰者。我也不能说，我是一个专门为追根寻底而来的后人或探秘者。我以为，到了神农架，如不祭拜一下祖先，总归是有些失礼、遗憾、不安的。事实上，拜他所赐，团团围站在祭坛上的人们，有许多都是他结出的果实。继承者的血液中，流淌着他的血液。他跟随着他的传人，无数次地生，无数次地死。就像一个颠扑不破的真理。作为炎黄子孙，我们在岁月中开枝散叶，新陈代谢，蔓延不止。我们的家族，究竟生发自这两棵大树中的哪一支根脉，已无从知晓。其实，也用不着深究——历史已将两者拧成一股绳，密不可分。此刻，我们聚集在他的周围，感受着他的庄严。是的，庄严。庄严，本就是枚很有分量的词语。它通常与仰视、敬畏结伴而行。他和这座祭坛的重量，显而易见。

迎面被一棵古树拦住目光，与千年杉王相遇。它活得很体面，活成古董，独木成林。蔚为壮观的雄姿，腾起纷飞的绿浪。直冲云霄的枝柯，青虹一般，带有一种隐秘的指向。它的枝枝叶叶，收藏着与时光交锋取胜的宝典。显然，与人相比，它洞悉更多的生命秘诀。它沉默着，秘而不宣。借神农的光，它吞入一座乡人祭祀用的神农像，它们结为一体。它被奉若神明，身披大大小小的祈福红条。背负太多的人世心愿，也许它是不胜其累的。人间的悲喜，它又能关照多少呢。或许它只想静静地做一棵树，与那些飞来飞去、唱腔婉转的群鸟一样，祭坛也是它的家。

广袤的神农架腹地里，密布着数不清的宝藏：稀奇的植物，珍贵的动物，罕见的景观，以及众多未解之谜和不为人知的秘密。但这里最大的珍宝，就是神农炎帝。他伟大的创造力，脊梁般撑起一个民族的生存和未来。

被山明水秀包围着的神农架，峰峦叠翠，瀑溪流锦。这里有动人的自然风韵，更有一种人文气象，丰碑一样巍然屹立的神农精神。他是一束明亮的光，发散着慈悲的光芒。他的光芒，从远古一直照耀到现在。

离去时，回望万绿丛中簇拥着的神农头像，我有片刻的出神。恍然觉得他从静止的石像中走下来，穿梭在古老的植物园中，采摘着"江边一碗水、头顶一颗珠、文王一支笔、七叶一枝花"等珍奇药材。那一刻的他，头上没有牛角，风吹起他的长发和长髯，他是那么的气宇轩昂，英姿勃发。

逝去的流年，究竟带走了多少真相？我们的祖先炎帝，果真生有牛首人身、透明之躯么？那对骄傲的牛角随他一起消弭了么？遥远的上古历史，多么像一棵不停生长壮大的包心菜，将年月深藏其中。艰难地剥去外皮后，里面还有层层紧实的包衣，如重重迷雾，等着人们去逐一拨开、揭秘。而我们并不能确定，是否会抵达它的核心。

# 如尘

临海的道路两边，有两个工地。一边忙于拆迁，一边忙于新建。毁灭和新生，只是一路之隔。

同样轰轰烈烈，同样热热闹闹。不得不承认，死亡和诞生，有时有异曲同工之妙，是终点和起点的各自杰作。路东死去的旧别墅，断垣残壁，满地狼藉，等待着蜕变和新兴；路西出生的新楼群，浩浩荡荡，欣欣向荣。它们承载着城市的过去和现在，记录了城市发生与发展的历史进程。一台台橙色和绿色的大吊车，各自伸展着巨大的手臂，卖力地起起落落，发出尖锐的咆哮声。空气中爆开一个个粉尘旋涡，纷纷扬扬，飘飘洒洒，最终尘埃落定。这些年来，傍海地皮价值暴涨，开发商们如猎手般的目光瞄准了这里。要知道，这里的土地，会长出一摞摞黄灿灿的金子来。

每天黄昏去海边散步时，我总会看到他们——那些工地的辛勤劳动者。正值歇息当儿的工人，在绛红的夕阳余晖中，或席地而坐，或蹲在石板上，或叉腰站立着，三三两两，像结伴觅食的野猫，瞪着好奇而警觉的眼睛，目不转睛地盯着过往的行人。他们黑油油的面庞上，因长年野外劳作，堆砌着阳光坦诚的裂痕和气息。他们带着尘土的灰黑眼神中，装有一些复杂的内容：期盼、疲惫、木然、沉闷……来自身心的双重压力，石头似的，压弯了他们的腰身。

生活的重荷，把他们像微尘一样扬起，投身到城市的建设队伍中去。经他们蒲扇似的大手盖出的楼房，越来越高，直入云霄，距离泥土和地气越来越远。他们像一枚枚钢钉，加固着城市不断扩张的骨骼。

他们的伙食简单清淡。有几家流动的摊点，定时向他们兜售食物。

后来，为了创建文明城市，相关执法部门联合出动，收缴了随地经营的小商小贩们的家什。工地前的饭摊，望风而逃。这些每日消耗大量体力的人们，吃饭成了大问题。我的心里充满莫名的疼痛，他们要去哪里填饱辘辘饥肠呢？还好。听说工地开起了炉灶，雇用了专职伙夫。又多出一份伙食开销，对包工头来说，大约是心疼的。

有一次，当我途经路西的工地时，忽然看到围栏外停着一辆救护车，从里面传出女人痛不欲生、号啕大哭的声音。那些声音飘浮在空中，像抛出的钢针，刺得人浑身生痛。我停下脚步，从取景框大小的门口看进去，只见一大群人伸着脖颈和头颅，将中间一块场地包围起来。女人撕心裂肺的哭声，就是从圆形的包围圈中发出来的。过了一会儿，人影骤然晃动，有四个医生护士模样的人，如决堤之水，从人堤中流出来，摇头叹息着，一脸无奈痛惜的表情。他们流出来的地方形成一个缺口。穿过那个小小的缺口，我望见了一个绝望的女人，头发凌乱，跪在一个血肉模糊的男人身旁。

一个打工者的生命印记，就这样被异乡的土地记忆着，担负着。——如此之轻，又如此之重。

离我工作的地方不远，也有一个建筑工地。站在窗口，时常可见一个瘦小的妇人，穿着蓝色的粗布衫，戴着黄色的安全帽，在横七竖八的钢筋混凝土间穿梭，做着小工的活计。有一天上午，她局促不安地站在我的门口，小心翼翼地对我说，妹子，俺能进去喝口水吗？俺那工地的水管坏了。得到我的应允后，她憨厚地笑了，蹑手蹑脚地飘进来，仿佛一团没有多少重量的旧棉絮。我从饮水机里倒满一大杯水递给她，她咕嘟咕嘟地一饮而尽，接着抹一下嘴角的水渍说，这天儿真热。

我请她在沙发上坐定。她用骨节粗大的手指，不时揉搓着被汗水湿透了大半的衣衫。原来她和她的丈夫都在这个工地做活，她的丈夫是个负责安装的小头目，她也来干点零工。两个孩子，一男一女，都在河南老家上学，跟着爷爷奶奶过活。

我问，大姐，你离家那么远，舍得丢下孩子外出吗？

她拭着紫红脸膛上淌下的污浊汗珠，幽幽地叹口气说，咋能舍得呢？妹子，俺的俩孩子可乖巧听话了，从不惹是生非，学习成绩也在班里排头几名呢。唉，可是俺得帮衬着他爸多挣点钱呀，要不一家老少吃啥喝啥？俺将来还得供俩孩子上大学哩。说到这里，她黯淡的脸色忽然明亮起来，粗糙的褶皱里溢出笑容，眼里的泪花折射出绚丽的光彩。

她起身离去，黄胶鞋底沾着的沙粒，骨碌碌滚动在月白色的光滑瓷砖地面上。从她乱蓬蓬的短发上，飞出一些尘土，宛若鸟雀的碎羽，在阳光里活泼地跳跃着、翻腾着，然后又被一阵突如其来的风，瞬间刮得不知去向。

她们和他们，那些动荡的人们，充当了一粒粒微薄的尘埃，在一座又一座城市里，辗转跋涉，颠沛流离。他们是城市住宅的建设者，却不是城市住宅的居住者，有许多甚至算不上城乡接合的边缘人。他们还像一颗颗花种，被风的手或鸟的翅膀，随意带到哪里，便在哪里降落，皈依泥土，在紧挨地心的土地里，顽强地开出最朴素的花朵。

# 尘世录

## 即景

正月初一，春节。

"春"字真好，吐出有幽香。黄昏，在海边。听风，听涛。大风起兮，涛声若有似无。很冷。树上的鸟巢，在光秃秃简洁有力的枝丫线条中，醒目至极，孤傲至极，高高在上，似乎远在尘世之外。那么地逍遥，那么地自我，莫名地感动。美好，就要从春开始，序曲即将奏响，帷幕即将揭开。

远处山色欲晚，残雪未尽，疏淡空阔。我能想到，在枯黄的枝茎上，正有一些绿色，在打马赶来的途中。

春信，春的讯息，影影绰绰，模糊而确然。像雾像雨又像风。如此庞大，如此浩荡。等待桃花登枝，等待燕子双飞。

路旁灯笼的姿态，让我倾倒。它们停泊在高处，如炬、如眼，又如高枝上结满的果子。好像必须是红色，才有资格叙述喜庆；好像必须是圆形，才有资格表达圆满。我仰望它们，其实是在仰望它们高贵的生活：俯瞰众生，永不臣服。谁说过的，每个灯下都罩着一个情感故事。

那么故事中，必有人哭，必有人笑。

## 夜色

黑夜，独行人。雾一样存在的车窗玻璃，成为我和身外世界的分隔线。但恰恰使我高瞻远瞩，如灵异附体，分外清醒地看穿一些面目，我，他人，尤其是我本人透明的灵肉。我一直放不下执着，总在执着着什么，舍不得。我对自己很失望：我向命运俯首。我在淡薄的世界里，摇摇晃晃地运行着人生。我是俗世的参与者和建设者。

总是会开车穿越九点至十点的夜色。无论多忙，无论多累。深浓的夜色，阻隔不了连接着我和病母的道路。

夜晚幽暗的光线，会奇异地放大一些事物，我需要接近白天忽视的一些真相。比如，忽然察觉，四月头了，春正试看新妆：桃红贴腮，柳绿作眉，梨花敷肌。可竹子却枯黄依旧，它在思考怎样的生命哲学？它不慌不忙，安静地等待着适宜的返青时机。而我的母亲，还不如一竿竹子，她已失去了返青的资本和能耐。

晚饭时，失去生活自理能力的病母说，这鸡蛋真小，像眼珠子一样。我笑。我在想，我的语言表达能力，都是源自母亲的恩赐。母鸡孵小鸡啊，如是因，如是果。

## 红鞋

超市的海鲜区里，一种头重脚轻、有着与熟螃蟹类似颜色的胖鱼身旁，写着这样的名字：红鞋。瞬间让我小惊艳，仿佛眼前桃花灼灼，光华照眼。

我喜吃的鱼类不多，红蟹鱼算是其中一种。它本是寻常的，姿色平庸，憨头憨脑，未见鹤立鸡群之势。但因了这"鞋"字，蓦然泛出一丛茂盛的诗意来。穿着红色鞋子的鱼儿，自然与众不同。

我甚至想象，它生前曾是一位出色的舞者，穿一只红舞鞋，旋转在蓝色的海心里，名誉天下，让众鱼膜拜，迷醉。拥趸们大约会生出与我相仿的心思吧：有美一鱼，清扬婉兮。我愿意相信，它被写标签的人赋予了更多复杂、鲜活、生动的意味。我愿意做出这样的结论：写标签的人，具有诗人的气质。一字之异，便勾勒出活蹦乱跳的趣味鱼生，而非笔误。

或许，世间的事多半如此，写者无意，观者有心。

## 雨至

一场仰慕已久的雨，如约而至。

天地之间，雨幕开开合合，雨帘时宽时窄，雨滴时缓时急。一会儿大如珠，像被猎人追赶的小兔子，慌不择路地撞到玻璃上，疼痛着、挣扎着；一会儿又小如丝，像软绵绵的猫舌头，在车窗上舔食，温柔着、沉思着。

以怎样的姿容和方式抵达人间，情归何处，它做不了主。世间事物，能自由主宰自己命运的，近乎零。当然，对雨来说，为泥土献身，牺牲自己，润泽万物，身披高尚的袍子，固然能博个美名；而汇入江河，完好地保存自己，似也无可厚非。要说，这并非它的错，是天时地利所成，是命。没得选。许多发生在电闪雷鸣之间，倏忽而过。渺小的个体，不能在选择的机会和余地里轻易地容身。此时彼时，何去何从，听凭造化。

184

我和我的布玩偶小猴、小狗、小羊，奔驰在雨中。路旁翠色的树木，如同新妇忙赴宴，吃香的喝辣的，在风中惬意地伸着懒腰。也有萧瑟入目，有理想破碎的沉重声响：雨中凋零的花瓣，比时光凉且薄；杨柳叶子的尸体，色黄而残缺，俯身在路面肮脏的积水中。恍惚让人生出秋天的错觉来，由不得凉意从脚底径直蹿到脑门。生前鲜艳，死后黯淡。从生到死，原有深不可测的玄机。平凡如我，又能参透几分？

　　盛夏。光阴。落雨。落花。落叶。总觉得身体里有一些什么东西溢出，点点滴滴，_丝丝缕缕_。说不清，道不明。天大地大，我在其中，就这样走啊走的。渐渐的，仿佛我也成了一枚雨点，不识来路，不知归处，在天地间飘荡、游弋。

　　小我如飞絮，如游丝啊。

# 福利

　　衰老是这么地冷若冰霜，蚕食着父母病弱的躯体，毫无怜悯之心。父母的健康，每况愈下。一波未平，一波又起。让我疲于应对，几近崩溃。

　　每次探望双亲归来，都要抱恙几日，似乎有煞气附体，奈何不得。今晨起身，复咽干、小咳、头痛、无力，像感冒的症状。

　　那边正在忙活早餐的先生，丢下手头的活儿，颠颠地跑过来。他是心疼我的。这会儿，他把我的头颅当成了手中的画布，左抹一笔，右抹一画，上拉一尺，下拉一寸。经他这么东南西北地一鼓捣，我说，原来推拿这事，也可以有艺术范儿，跟绘画的距离也就隔着那么薄薄的一层窗户纸呀。

　　午间陪他饮一口紫砂郎，只觉有一股甜辣的烈焰，经舌喉直抵腹地，说不出的甜蜜和折磨。口唇开合之间，又是一番剧烈的咳嗽。

近来失眠严重，心情中艳阳无几，非雨即雪，又湿又冷。在黑暗中孤独地醒着。听身旁的他打着鼾声，拉风箱似的，一起一落，一来一回，也许他正在梦中蒸着一锅热气腾腾的馒头呢。不禁暗叹一声：男人到底是心宽的吧。我翻来覆去，想着父母哀怨的目光，利刃一般，一遍遍地刺痛我。他们的暮年，交付给价格昂贵的疗养中心。他们的余生，已被哀伤、惆怅和不甘填满，只顾得全力以赴应战轰然坍塌的病体。我骨瘦如柴的父亲，曾英姿勃发。我苍老病弱的母亲，曾灿若春花。他们紧紧依傍，不可拆分，像彼此的心脏。面对他们，我常常心如刀割，热泪盈眶。以前，我从没想到，生活施加给我的压力，竟来自父母的日渐老迈。所谓父女、母女名分，天性贵重。这刻骨之爱，这深重之情，就是一场血脉的恩典，是情感和心灵的皈依盛典。我们难分难解，互为笔画，组成一个高贵的汉字：家。

可是我该怎样做？整天侍奉在病榻前，丢掉自己的工作和生活吗？想得头痛欲裂时，便开始长时间的发呆。听窗外冷飕飕的风，在枯木间横冲直撞；听沙哑的雪，飞蛾扑火般扑到窗户上纠缠；听无家可归的流浪猫，在寒夜中发出凄楚的哀嚎。

痛。痛彻五脏六腑。

好在，枕边人是贴心的。一力承担起家中的大小活计。他用"衣来伸手，饭来张口"滋养着我，试图挽救我枯黄的面色。

我被命运一片片切割，串起，鱼片似的，正反两面摆弄着。这面掷在冰雪上冷冻，那面抛在暖阳下抚慰。一会儿身经严寒，一会儿享受阳春。生活掷给我冷酷，也抛来温情。

得此一心人，是人生奖赏我的福利。但有高堂可仰望，可亲近，看得到，摸得着，虽奔波疲惫，同样也算得人生的历练和福利吧。

# 日子

时间不停地跑着，有使不完的力气。每一天都初生如婴。但被它追着的人会累、会旧。

我被时光磨损着。渐至记性不好，能记住的只有眼下要紧的一张嘴巴，记吃不记事。

这是指甲缝一样浅的初秋。疏薄的一点凉风，还撑不起秋天的排场。这个夏天真威风啊，又长又热。如凝结成固体，用刀切开看看，纯度定然极高。但毕竟已是强弩之末，其实没什么遗憾的。这一世，它执掌了这么久的江山，值了。

在日子里，从夏到秋，我披着的躯壳又老了一层。我不想自怜。只是心里放不下那些荷花。我是多么的多情，春想桃花，夏念荷花，痴痴迷迷。常常一个人开车跑远路去看它们，仿佛怀着说不出口的隐秘的相思。默默地与花对视，觉得这是人世间的一桩美事、一番美意，心中亦是花开倾城。这是我一个人的山河岁月，怡然自乐。

愿明年重逢时，花还是这样好，我还是这样好。嗯，花好人好。

# 回归

父亲去后的第一个年。下午五点的书房，安静，如座中人，表情简洁。

看弘一法师多年前的新春开示：虚心、慎独、宽厚、吃亏、寡言、不说人过、不文己过、不覆己过、闻谤不辩、不嗔。——多么好。在这婆婆世界，在这清凉之地，悲欣交集，新年新好。

如此艰难的一年。除了侍奉母亲，就是收拾狼藉的心情。时间是一剂五味杂陈的中药，浑浊的汤汁中，既散发着草木的香气，也释放出草木的苦涩。别无选择，只能双手捧起，一饮而尽。也许幸运，药到病除，伤口会愈合得快一些；也许不够幸运，药不对症，伤口会反复发炎，康复过程漫长。但好在，新伤终会变成旧伤，即使未痊愈，亦不会疼痛如初了。

开始回归。只有回归书桌，飘在空中的心才会落地。阅读和写作，让我心安。我必得读下去，写下去。这样的时光，如同蜜橘和青枣，甘美多汁，让我沉沦。

## 开窗记

天寒、地冻，大雪压窗。厨房的外窗户打不开了。屋里浊气游荡。

我捏起嗓子，学京剧花腔起伏有致地吐出一句长音：窗—户—打—不—开—了—这唱腔质量不高，至少没开出莲花，但实用好使。就像立刻开启了触控模式，音频迅速输入了先生的大脑程序。他立马从沙发上弹起来，嗖的一声就窜过来了。等我醒过神来，发现自己已被当球一样拨拉开，靠边站了。先生伟岸的身影，已占据了窗前的江山。他背对着我，曲膝下蹲，站马步桩似的，双手搭在了窗户的两边。然后双膀一较劲，窗户应声吱呀呀响了几下、晃了几晃，但还是不愿动弹，又缩回了原地。眼见依先生目前的功力、单纯地靠肢体开窗这条路，是撞了南墙的，是行不通的。

考验一个家庭主夫智慧的时刻到了。只见先生上看下看，左看右看，面无难色，飞身取来吹风机。先生此人还是蛮好的。好就好在，一怕苦，二怕累，三怕脏。此时，他摒弃了从前种种，右手持吹风机，左手摇着一扇窗，兼顾着手中的抹布，适时地擦拭冰雪被暖风融化后滚下的水珠。这架势，仿佛端着一把大口径的手枪，朝窗框和夹道的接壤处瞄准。这招很灵验，吹风机嗡嗡叫唤了没多久，窗户就咔嗒呻吟了一声，接着欢畅地来回滑行了。屋里吐故纳新，霎时空气大好。我的头脑很快灌装了充足的氧气，意识清醒了，精力充沛了。禁不住发自内心高亢地赞美了一声：先生真是智勇双全呀。不畏冰雪，有胆有谋。

多年的事实证明，我这个近视眼也有百步穿杨时。不过，若干年前，我射中的可不是巴掌大的杨树叶子，而是我家先生，一个活生生的猎物啊。算是在街头捡对人了吧。

## 小暖

母亲节时，外出买花。在街角边，发现了那个花店。从透明的玻璃门望进去，方方正正的店面，不大，像个胭脂盒，并不显眼。但它牵扯着我的脚步，诱惑我的是花店的名字：小暖花坊。

小暖，很温馨的字眼，倏地便让我的心像融化的奶糖般绵软。推门进去，店主是个清秀的女孩儿。她帮我挑选了十二朵粉色和红色相间的康乃馨，配一把素雅烂漫的满天星作点缀。她用秋香绿的玻璃纸和网纱包好花儿后，再系上朱红色的丝带蝴蝶结。她低头笑眯眯地做活的模样，让我感到一种娴静和安好。

接过花束，我向她道谢。正待转身离去时，她喊住了我。她从玻璃橱窗里，取出一张水粉的卡片，递给我说："姐，送给您的母亲吧。也许她看了，会很开心。"

这出乎我的意料，我没想到花店会代写卡片。打开精致的贺卡，只见上面写着：亲爱的妈妈，送这束鲜花给您，只想告诉您，您是女儿至上的太阳，女儿永远铭记着您的养育深恩。虽然我嘴上不说，但我心里一直深爱着您。

清晨灿然的阳光，恰好跑到了卡片的烫金字迹上，亮晶晶的晃眼。

小暖花坊，真好。替我说出了我羞于对母亲开口的话语。

这个善解人意的女孩，重新吸引了我的目光。她穿着一身雪白的连衣裙，长发披肩，眉目干净清宁。交谈中得知，原来她的名字就叫小暖，花坊因此得名。

走出花店后，我回头望了一眼。一直送我到门口的小暖，还站在那里，礼貌地向我道别。就像一朵散发着幽香的白百合，小暖和她的花坊，融为一体，浸润在明亮温暖的初阳里，让人觉得莫名的温柔和愉悦。

这束携带着小小暖意的鲜花，经由我的手，传递给了母亲。我看到，母亲在打开卡片的刹那间，眼睛湿了。

我也一样。

# 判断者说

夜色四合。先生占着电视资源，看着中央电视台怀旧剧场：《三国演义》。边看边评，时有笑声，时有喝斥声。我不以为怪。由四大名著拍成的经典剧目，先生百看不厌。每次都新鲜如初观，啧啧有声，专注至极。

看到周瑜与小乔在江上楼阁里两情缱绻时，先生忽出一语："小乔必患有关节炎。"我惊问："为何？"先生气定神闲回道："她长年生活在水上，难出楼阁，活动范围少，湿气侵袭，必患关节炎无疑。"我又问："周瑜呢？"先生答："他不会得关节炎。他是英雄，征战四方，未必久居水上。但他可能会得气管炎（妻管严）。诗中说'大乔娉婷小乔媚，秋水并蒂开芙蓉'，得此绝色佳人，周郎必宠爱有加，听之任之。"

听他一席言，我击掌大笑。我说："我只知曹操患有头风症。某日怒杀华佗。其后头疾发作，再无人为其医治，悔杀华佗。实是自作自受。"先生摇头晃脑说："我判断，小乔必是气死的。"我又是一惊："为什么呀？"先生不慌不忙道："你想，这样风华绝代的美人，最后走不动路了，不气死，还能干吗？"

能把电视剧钻研到这份上，先生真给导演和演员面子。确切地说，他是对得起名著啊。想来驾鹤仙游的作者，古心甚慰。

## 美味

见到久未谋面的同桌。一别廿余载。但重逢是如此地妥帖。握手，自然而然的亲切，就像家人，仿佛光阴从未隔开过我们。笑容是我们表达相见的最好方式。

在金色的时光里，向日葵花朵一样金黄的年华里，我们初识。见证彼此的一段青春，顺理成章地生长。分享快乐，分担忧伤。此后，是别离。被撒入人海，各自按部就班地嫁娶。尽管不再是当年的青葱少年，但他就该是眼前这个模样：向着阳光，笑眯眯的，心宽体胖，呈现出非豢养的自由野生成长状态。自由真的可贵，表现了舒心、滋润、快乐等诸多信息。

午间用餐，记住了"红运当头"这道菜。我平时喜素，饮食清淡。但尝了他夹来的这道菜，果然肥而不腻，难得的美味。

友情，亦是人间的美味。不管间隔多少年，还是那个味道，鲜美依旧。

## 情愫

心是一座城堡。在那里，各种情愫，鳞次栉比，高高低低地矗立着，比邻而居。人生的两大主流情感，被按需排定。

我选亲情居首。爱情自然是好的，但不长命。因其性子又急又烈，难免半道磕了碰了折了伤了。我会全身而退。不做在一棵树上枉送了性命的那个人。

这没什么难的。不过是给爱情穿上了亲情的外壳，让它们合二为一。亲情是一场阔大的雪，可包容一切，留下无垠的洁白。其实，爱情不是死亡了，而是升级了，登高望远了。爱情被亲情收留，这是它最好的去处。这世间，大抵只有亲情，坚不可摧。

听从城堡的召唤，雪后进山。因为有情，因为有心，柳叶宽的山道，便不再是纯粹的山路了。它成为一种连接形式，像传书的鸿雁，像运载的客船，从至亲的这头，抵达至亲的那头。血脉让我们彼此眺望，深情地呼吸。我对你们的爱，依然繁茂如春。

## 易碎品

一些美好，是如此的脆弱易碎。比如，盛开的花朵，比如，你我的友情，转眼就被风吹落。让人疑心那些曾披着盛装的鲜艳和浓情，丧失了真实和纯粹的素颜，不过是一场我们携手共赴的面具舞会而已，多么的荒诞可笑。

你我该在现实的魔镜中，照见自己，照见别人，表象无关紧要。你要知道，人心和人性，是永远变幻莫测的东西，是天堂，也是深渊。

淡漠将你带向另一方所在，让我触手不及，让我只能眺望。就像我童年失手打碎的那只白瓷碟。友情亦这般不堪触碰。人总是甩不掉一些灰暗的属性，包括你我。

但也好。就这样吧。我已经习惯安静地想你。反正失去，亦不是第一次。虽然我仍有些难过，一如当初猝不及防地断了你的消息。但时间已将我修改得随遇而安。

我只希望，你依然是从前那个善良纯朴的女孩。我们纯洁的过去，可储存在年月里，不会腐败。

## 静物

窗外。烟青色的午后，风雨已歇，多么静谧。

窗前。一张古朴的茶台。一杯茶和另一杯茶。一块西瓜和另一块西瓜。一个陈旧的男人和一个陈旧的女人。阳光将两人一分为二，上半身在明亮里，下半身在阴影里。犹如一幅素描静物。

我想和你这样安静地虚度时光。

## 雾里看花

清晨。天地间扯开雾幔，万物浮动在雾气中。树和鸟在隐秘地恋爱。只有鸢尾花细节清晰，赤裸地述说着绝望的爱情。

幸而，我与鸢尾花背道而驰。我对尘世的爱，一如爱你的方式，如此热忱，如此明媚。自始，至终。

第五辑　如梦令

# 此生只为一人去

## 秋思

入夜，冷雨扑纱窗，透心凉。

深秋的雨，是敛着性子的，下得小心而矜持，细细碎碎地飘着、荡着。入耳只觉是幽幽咽咽的泣声。仿佛哪个幽怨的妇人，趁着夜深人静，将满腹的伤心事，只倒出三分，和泪抛在了风中，生怕被人知晓似的。

悲悲切切的夜雨，惊醒了谁悠长的梦？

想起《长恨歌》里的句子：春风桃李花开日，秋雨梧桐叶落时。西宫南内多秋草，落叶满阶红不扫——这般断人肝肠的诗行，也只适合在雨打梧桐、落叶纷飞的秋夜里细品吧。

遥望当年，白头搔更短的太上皇，任秋草长遍了庭前，任黄叶和乱红落满了青阶，却无心顾及。老来多健忘，唯不忘相思。他只心心念念地想着惦着，他的贵妃。他穿着梨园戏服，飘悠悠地在宫中走着，走着

196

他失了心肝的残生。虽他的肉身还活着，但他的魂魄，早已跟随他的爱妃，在马嵬坡一同死去了。他亲眼看见他的玉人，香消在了马蹄卷起的滚滚烟尘下。她的花钿啊，她头上的翡翠翘，还有她的金雀，她的玉搔头，都乱纷纷地散落在地，被人践踏。他捂着脸哭泣，他太想救却救不了她呀，扑簌簌的眼泪与鲜红的血液，交缠在一起，分不清来龙去脉。此去经年，他日日夜夜，都被相思的浓火煎熬着。春色郁郁，看那太液池的芙蓉花啊，多像她的俊脸；看这未央宫的柳叶呀，也恰似她的细眉。她的影子，真真的是无处不在；秋夜寂寂，孤枕难眠。房上的鸳鸯瓦那么寒冷，怀里的翠罗被那么冰凉，眼巴巴地盼着已是世外客的她，梦里会翩然来到他的身旁，与他相拥而卧，不分不离。

"长恨一曲千古迷，长恨一曲千古思，只为你霓裳羽衣窈窕影，只为你彩衣织就红罗裙"。总有一些刻骨铭心的思念，痛彻肺腑。注定了绵绵无绝期，无处话凄凉吧。

如此孤寂的秋夜里，到处凉气袭人。灯下斑驳的光影里，游走在手心和指尖的，也是一脉清凉之气。案前探探身，有一搭无一搭，随手翻看着成摞的书籍，触目的竟是易安的那阕《添字采桑子》：窗前谁种芭蕉树？阴满中庭，阴满中庭，叶叶心心，舒卷有余情。伤心枕上三更雨，点滴霖霪，点滴霖霪，愁损北人，不惯起来听。

一语"不惯"，道出了多少无奈事。时年，国破、家亡、夫去的词人，颠沛流离，历程万里，一路仓皇南逃至越州。他乡的三更夜雨，敲破了枕上人用细密针脚织就的思夫、思乡情。真是雨入愁肠，愁更愁啊。抬眼望去，江南窗前的芭蕉树，蕉叶和蕉心，一舒一卷，相依相恋，缠绵不休。而形单影只的北女，却独在异乡为异客，只能望乡兴叹了。站在窗前，身上披着的丝绸衣衫，也透着华丽的凉气，心里心外，都是层层叠叠的凉意呀。想那昨日雨打海棠绿肥红瘦、你侬我侬天真烂漫的旧时雨，是再也不会回来了。

有些思念，端的是这般蚀骨的惆怅，只能在无人处，独自啜泣吧。

一场雨过，时光的锦色，便又颓败了一层。风雨催秋老。时令至此，红销香断，秋，已无多少时日撑下去了。俨然一盏绿茶，过了沸腾的头道、醇香的二道及勉强的三道后，滑入舌喉的，已淡至无味。就连一旁陪侍的水，亦一起凉去了。但茶凉了，可再续。然而这人世里凉去的秋呢？今朝是不可续了，只能留待明朝，峰回路转，再相逢了。

那么，秋的尽头，可是你风尘仆仆归来的身影？

在如斯细雨霏霏的夜晚里，拨旺思念的火苗。灼痛的心，好似锅灶上升腾而出的袅袅水汽，潮热扑面。我用滚烫的思念，来抵御沁凉的秋气。

想你的时候，会来来回回地听《鸿雁》，空气中，碾过马头琴苍茫的弦声，丝丝入扣地缠进伤感的男声里：鸿雁，天空上，对对排成行，江水长，秋草黄，草原上琴声忧伤。鸿雁，向南方，飞过芦苇荡。天苍茫，雁何往，心中是北方家乡。鸿雁，北归还，带上我的思念，歌声远，琴声颤……

可不是么？秋水长天，相思深不可测。望穿双眼的离人，只盼鸿雁传书。那云中寄来的红笺小字，行行写着离情重重，句句染着别情依依。这厢读信的人，早已心酥手软，身陷百转千回的爱情劫里。

我高远若虹的人儿，光阴是如此的轻缓从容，你却在世间的另一隅，与我隔着远远的山远远的水。

我是你云鬓高绾的红颜，是你这一世清凌凌的心湖里，那枚轻轻摇晃的月儿，阴了晴了圆了缺了，你可打捞得出她的珠泪、她的欢颜？

我是你前世溅落的一滴英雄血，是你欲驾长车踏破贺兰山缺、壮怀激烈收拾旧山河时，喷薄而出的那滴疼痛的血，我们彼此寻找了千年，今生辗转为君来。

尘世的杯盏里，已斟满了思念。这盏秋思，渐渐地倾斜。那双握杯的红酥手，有些薄薄地醉了。一些想念，即将溢出。

我的良人，你嗅，为你酿好的桂花酒，香飘万里，只待你策马扬鞭归来，在月满西楼的夜里，举杯、共酌、浓醉。

我的郎君，你看，轻罗小扇半遮住胭脂红娇羞的脸。秋光冷，画屏上珍珠似的露水，已那么的寒凉。我是你温软的红袖，在暗夜里为你擎一支高高的红烛，照亮你归来的路。

# 雨夜

夜，又落雨了，滴滴嗒嗒、嗒嗒滴滴。仿佛有十指莲花，轻轻地弹拨着屋檐。

这样的场景，是发生在雨天的：向晚时分，暴雨刚收敛起急性子。长亭外，古道边，一位青衣女子，执着心上人的手，声泪婉转地倾诉着。他的心门，颤了两颤，吱扭一声打开了，再也关不上了。一步三回首啊，离去的脚步，是那么的沉那么的重。真不忍心啊，真不舍得呀——这兰花般美妙的人儿，是如此的楚楚动人，让人生怜。

他为他的芳草写下了《雨霖铃》。他叹道：今宵酒醒何处，杨柳岸晓风残月——月是真的残了么？不，是他的心残了。他的心从此缺了一半。她的泪眼如雨，一次次淋透了他的乡愁。他的乡愁里，总有一位娉婷的伊人，站在门口，盼他归来。

他和她，是你和我的前世版本么？

我只知，姻缘的现实模式中，有你，也有我。我们共同撑起了一个家。

伸出手去，触摸细密的雨丝。瞬间它就爬满了我的掌心，像透明的虫子，湿湿的、滑滑的、酥酥的。有一种清凉，随即沁入心扉，抵消了些许暑意。

这个夏，雨有点多。

我做不了雨的主，它不听我的话。有时它低眉顺目，有时它急骤咆哮。它向来不因我，多了或少了。如同我做不了自己情的主。

我的情，臣服于心的方向。

我的心，追逐你亮晶晶的目光。

思念欢喜着雨滴。它们彼此愉悦，结成忠实的同盟。瞧，它受了雨的润泽，悄悄地滋生，倏地长出一双翅膀，变成一只硕大的蝴蝶，扑啦啦向北飞去，径直飞向有你的远方。

我扯不住它，它有着那样强壮的羽翼和力量。我只能眼睁睁地看着它，脱离我的身体，不知疲倦地飞啊飞。

我仰起脸想你，和着淡淡的灯晕。那样，我可以清楚地看到你的微笑，盛开在头顶洁白的墙上。当然，你的身旁，还站着我和我的影子。你说，你的手，只能牵我的手。换了别人，你会痛的，痛得流泪。我们心心相印，不会丢失了彼此。我们变成了墙上的风景，与旁边垂曳的条条绿萝一起，散发着满目葱郁的芬芳。

我不知，我仰起脸的姿态是怎样的，我看不到那样的我。但你说过，很美很美。也许在你的眼中，我始终是美的。尽管我时常自卑，羞愧，觉得自己一无是处。我曾保持着那样的姿势和弧线，在阳光铺满我白皙的面庞和脖颈时，任凭你为我勾勒一张素描。

画面中的女子，清澈见底的眸子，仰视着湛蓝的天空。她是自由美丽的。明亮如水的欢颜，漫过身体的每一寸肌肤，幸福得让人生妒。我问，这是我吗？你说，是的。有时，我真不敢确定，我成了你笔下那么玲珑剔透的女子，像是一个传说。多么幸运，我恰巧成了让你喜欢的温婉可人的女子。

一缕风，越窗而入，拂过我温热的唇，随雨声一起旋入我的心里，有点甜蜜，有点欢欣，那是相思的味道。是的，此时，我不觉得苦涩，不觉得酸楚。为什么不甜蜜欢欣呢？爱是那样的甘之如饴，心房在歌唱，我怎能用一张冷脸，来款待如此沉醉的时光。

这个夜晚，芳香的不只是我们和绿萝，还有米兰和君子兰。米兰，真是神奇的花朵。只要温度适宜，它会不眠不休地绽露一茬又一茬金灿灿的笑靥。而窗台上的君子兰，自从它来到咱家后，便会在每年的冬夏，捧出两季秀美的容颜，引得邻居们啧啧称奇。现在，它正擎起火炬般橘黄的一大朵花儿，笑吟吟地望着我。我总愿用我的真诚和热忱，全力以赴地对待我遇到的人和物。我也赢得了足够的尊重。除了收获你的，还有花草的。它们总是被我侍弄得格外的旺且艳，他们晓得回报知遇之恩。

夫妻也应知遇，知遇才会甘愿举案齐眉。在我们未识之前，天底下，有个你，而我不知；天底下，有个我，而你不知。直到那一年，在枫叶红遍天涯的秋日，你我相遇，没有早半分，没有晚一毫。就像张爱玲在《爱》中说的那样："噢，你也在这里吗？"三千大千世界，恰好遇见，何其之幸？因而我们懂得相知，懂得相惜。

爱是高贵的神祇。心中拥有美好爱情的他和她，在拥挤的人群中，一眼便能辨出。我以为，爱，不是低进尘埃里的卑微的小花，而是并肩伫立的两朵挺拔的向日葵。因为追逐太阳的脚步，所以握着温暖，握着光明。就这样昂首凝视着，欣喜地开花，默默地结果。

雨夜，这些嘈嘈切切的私语，雨丝般细长柔软的私语，我想把它们折叠成一封信，以情书的形式，寄给你。

愿得一人心，白首不相离。


## 月圆


太阳的金梭挥舞着，月亮的银梭闪动着，明晃晃的相思，像流苏一样，缀满光阴织就的锦缎，轻轻地摇晃。

我翘首碧空，全力搜索着所有飞行器的身影和声音，如尽职的雷达。天那么蓝，云那么白，风那么轻。我想，在天空中，你是不是变成了一只鸟儿，正拍打着翅膀扑扇扑扇地飞近我。

终于，从迷人的广播女声中，我听到，你乘坐的航班已平安抵达。我知道，三个多月的等待，一切关于思念的情节，都预留好了伏笔和出口，结局很快就要揭晓。

果然，在涌来的人流中，我捕捉到了你的身影。我看到你挺拔的身姿在潮水中浮出，我看到你推着行李车快速地走出大厅。我兴奋地向你举起我的双手，这多么像一个投诚的归顺的姿势。我心中的城堡，骤然天动地摇。这些年来，经过岁月的磨砺，我以为我足够成熟了，我以为我足够老练了，但在你一如既往的微笑面前，我所谓的成熟和老练，竟是如此的薄如蝉翼，一触即碎。

我们的手，穿过离别的时光，握住潮湿，连同欣喜，还有夏日的灼热，无声无息地重叠在一起。

我好看吗？多想这样问你。但我说不出口。耳中清晰传来的只是一个微小的声音——我说，你回来了。

你抚摸了一下我的长发，然后俯身替我整理了一下皱起的裙角。你笑盈盈地注视着我——嗯，我终于回家了。这时，我才眉开眼笑起来。像喜剧里突然如梦方醒的女主角。

我们都是不习惯在大庭广众中过分抒情的人。

你，我，从初春，分别至盛夏，如同被劈成两半的灵性的玉石，破空而来，只凭敏锐的嗅觉，就会毫不吃力地觅到分开的另一半。我们有着相同的气息和频率。就这样铮铮作响地吻合，无缝无隙。

我像一只留守的雌鸟，紧紧傍住你的臂弯。一步步引领你，回到我们安逸的老巢中。

你仿佛变魔术一样，一件件拿出你送我的礼物。你打开一个精美的盒子，瞬间飞出一些白花花的耀眼的光芒。你去贵阳写生时，跑了好几家店铺，只为给我买一套称心如意的富有苗族特色的纯银首饰。

它们是那样的美好，美好得像春天。我假装嗔怪地说，又给我买首饰，我已经有很多了。拉开抽屉，里面有那么多的珠宝，整整齐齐地排着队，如同出席隆重的婚姻纪念仪式的嘉宾。你最早送我的，是一枚铂金戒指，那时我们只是恋人，你毫不吝啬地送了我那么珍贵的亮闪闪的一朵花。当然，最出彩的，是婚礼时你细心戴在我左手无名指上的钻石戒指。它在我的手上，忽闪着一束明亮的火彩，替你宣告着领土主权。你俯下身来说，愿我们的爱情，有钻石一样坚韧和恒远的质地。你的表情虔诚，认真得像一个孩子。我忍不住想笑出声来。

婚后，每到一地，你便会给我带回一些惊喜。在遥远的绥芬河，你带给我具有俄罗斯风情的珍珠项链；在浙江温州，你带给我一对绿莹莹的翡翠手镯；在福建鼓浪屿，你送给我红润古朴的玛瑙手链和项链……它们琳琅满目，我小心地珍藏着。于我，它们是爱情的一种表达形式。我懂，在你的心底，悄然为我埋藏着一坛深爱，老酒般浓香甘醇。

现在，你替我系上了来自苗寨的如清亮小溪般的项链、耳坠和手链。那精细的雕花工艺，那代表苗族文化的铜鼓图腾，在我轻盈的旋转中，与我的身体碰撞，叮叮当当，发出了动听欢畅的声响。

你的双手环绕了我的腰肢，你滚烫的呼吸，印上了我的面颊。房间里的冷气，原已设得很低。但我闻到了空气中嘶嘶的声响，那是奋不顾身的热情在点燃。你像一团红彤彤的火焰，迅速抵达了我的全身。

在这个时刻，我们痴狂地相爱。

谁说过的，如果和心爱的人在一起，生是满目碧绿，看山绝色，看花倾城。

是啊，相爱太妖娆，太美艳。当温润的春风吹动心田时，漫山遍野都是你我青翠摇曳的身姿，温柔、明媚。

夫与妻，原本就是彼此的影子。在身心愉悦的厮守中，找到了滋养我们的恰当的阳光、雨露、空气和水分。

自从那一年，丘比特的神箭射穿了我们的心，我们便像中了魔咒的旅者，翻山越岭，长途跋涉，甘愿被爱牵引，甘愿委身于爱。

今夜，月儿圆了。硕大温润的皓月，紧扣在幽蓝深邃的天幕上。

我们一起抬头，仰望那轮庄严的满月。这高高在上的神灵啊，有一双多么深不可测的慧眼，洞察了多少人世间爱与恨、火与冰的交锋？

我们的目光，被女神的手抚过，呼啦啦，开出一丛神奇的花朵，名字唤作幸福。

世界向我们打开了幸福的通道。我们置身其中，寂静欢喜。

# 杏花树下

1

我的外婆，途经那年春天时，被一双手带走了。那双手，没有留下任何蛛丝马迹。她停泊在二十年前的四月天里，再也不能抽身回来。

那个晴朗的上午，过往的邻居们发现，外婆安静地睡在了门前的杏花树下。她的手里紧紧地攥着外公的一件灰布长衫。纷纷扬扬落下的杏花瓣儿，前呼后拥，忽闪忽闪地盖在她的身上。

杏树送了她最后一程，她卧在粉白的花瓣雨中。杏花为她做了一件衣裳，披在她的身上。没人知道她与它曾有过怎样默契的对话。总之，杏树心领神会，它给了外婆最后的体面和尊严。她没白疼这棵树，平日里给它浇水、施肥、治病，像照顾一个人一样，照顾着它。或许它了然于心，它的女主人早就给自己设置好了这样的谢幕仪式。

关于这棵杏树的来历，据说是外婆刚过门时亲手种下的。它居住于此多年，目睹了外婆青丝变白发的过程。从我记事起，它就站在外婆的家门前，反复地目送着我们进进出出，像忠实的卫士，或许更像我们的家人。它粗壮的褐色枝干，布满沧桑的皱纹，径直伸展向上，到达适宜的高度后，又扩展出四个枝杈，然后隔开一定的间距，又有新的枝杈，左右分叉，一路开枝散叶，蔓延上去，庞大的树冠与屋脊持平，如同一个强壮的家族，如同它守护着的主人家一样人丁兴旺。每年杏花落去，青枝绿叶间，会结满青绿色的果子。麦黄时节，金黄的杏子也熟了。外婆常把它们分给街坊四邻，当然，最多的那份是留给我的。它可真好吃，香甜诱人。它对这个家庭的贡献，显而易见。也因此赢得了外婆更多的信任。我想，它比我们洞悉许多外婆的秘密，比如死亡的来临。它知道，外婆吃不上今年的甜杏了。

可我不如一棵花木有灵性。我和外婆共享的时光，远远小于杏树和外婆共享的时光。我如此愚钝，事前一无所知。我无法预知，正在做针线活儿的外婆，就这样悄无声息地离去了。她没向任何人申请过。她挚爱一生的老伴，正在田间翻土耕耘、播下种子、等待新生；她牵肠挂肚的儿女，正在尘世中忙忙碌碌、各自谋生、憧憬未来。在他们对未来的规划中，他们的母亲占据着多么重要的位置——可他们的母亲，却没留给自己看他们最后一眼的余地。

风抚过她苍白的面庞，吹起她银亮的发丝，我的外婆，双眼合拢，多么安详、多么端庄。我满怀疑惑，那双掠走外婆的不留痕迹的手，不是别的，也许正是春风。它像一道咒语，在带走一朵凋零的杏花时，顺手从杏树的脚下一并收走了她。

眼泪从我的脸上扑簌簌地流下，如一条河流，一直流淌，似乎没有尽头。我跌跌撞撞地跑去看她，身体里装满悲伤。悲伤让我头晕目眩，失去重量，我握不住外婆，也握不住自己。我的身子仿佛悬浮在半空中，像眼前四处飘飞的柳絮，不知所措，无法自控。我恍恍惚惚地想着，那个爱我的人不在了，那个我爱的人不在了。我一路飘一路哭。从此，那个春天的那棵杏花树下，有一道阴暗的影子，成为收藏外婆灵魂的载体，永远停留在我的胸口，让我就这么疼着，疼来疼去。多少年了，我都不敢伸出颤悠悠的手指去触摸一下，我怕碰到外婆那凉飕飕的月亮般失血的脸。

她是个太有主张的女子，一向做得了自己命运的主。从小时候坚决抵制母亲给她缠足，到碧玉年华时的自主婚姻，再到堂前儿女成群，她为他们搭好了人生的戏台，设计好了精彩的剧本。日子像老屋里的磨盘步步碾过，她总有本事把生活的主动权，牢牢地攥在自己的手心。但唯独生老病死，她做不了主，有人夺了她的权。在她生命的第七十五个春天，在万物勃发的美好春日，她突然停止了生机。

那天早上，她一如既往地陪老伴吃了早餐，目送他去田间劳作，随后她坐在那个楸木的梳妆台前，把自己装扮得整整齐齐干干净净。却没料想自此人去镜空，荒了云烟。

她把所有的爱和暖，都给了这个人间。自己却什么也没留，就那么冰凉地走了。

她的一生，浓缩在一本册页里，时间是忠实的记录者。实际上，我们每个人都随身携带着这么一本命册，只不过观者是后来人。沿着那些笔迹寻去，她的经历清清白白，不贪名，不贪利，最后连命都不贪。就像翻开一本教科书，我一页一页摩挲着，试图以我的表达方式将它们呈现出来，却觉得力不从心。事实是，这种呈现，需要一种家族密码，而我并不能完全破译。

我从中捡到了一枚词语：寻常。时光是多么神奇的巫师。它手起手落，让外婆静谧的一生，变得寻常也不寻常。寻常，源于她是中国大地上无数个村庄妇人中的一员；不寻常，是因了爱情，她坦然完成由一位富家小姐到乡村农妇的角色转换，并在此后漫长的岁月中，用她的勤俭和智慧，改写了一个家族的历史，成为将军的母亲。她的一辈子，微小如尘，但我不知，是否也宏大如山？

我所知的，是中华民族五千年的文明发展史，也是一部悠长的传承与绵延母性光辉的历史。

2

开春，三月天。暖洋洋的太阳，照在胶东莺飞草长的河堤岸上。

孙家有女初长成。十三岁的外婆，穿着粉嫩的绸缎夹袄，一对黑油油的长辫梢上，扎着两只水蓝的蝴蝶结。她清澈的大眼睛，望向空中，纸鸢在天上攀升着。她张开臂膀，追赶着，跟她发上的两只蝴蝶一起，在风中自由地飞舞着。

她是快乐的。脸上的笑容，像春光一样明媚。

她是大家闺秀。她的家族，在当地颇有名望。她的太祖父，曾在朝中任三品官。家中有良田万顷，房屋千余间，经营着"三富堂"字号的绸缎庄、粮店和染坊。

为何取名三富堂？年幼的外婆，并不知晓。许是隐着宿命的端倪吧。就在当年黄叶飘零的秋日夜晚，她嗜赌成性的父亲，终把祖宗留下的店铺和田地，输得一干二净了。他无颜面对妻儿，偷偷跑去了关东。

幸而居住的宅子还在，不至于使她们母女流离失所。她的三个姐姐，那时都已出嫁了。小小的外婆隔着门缝，看到中年的母亲，发髻凌乱，泪流满面。娇生惯养的她，眨眼之间长大了。她对母亲说，不想去私塾读书了，她要跟她学女红。心灵手巧的她，吃苦耐劳，很快便能做出漂亮的衣衫，盘出精美的扣子。母亲在镇上开了一家裁缝铺，小小年纪的她，开始用羸弱的肩膀，帮母亲挑起生活的重担。一年后，思念家人心切的她的父亲回家了。日子又渐渐殷实起来。但伤了元气的门庭，再也难现昔日光彩了。

一晃儿，外婆十九岁了，出落成如花似玉的大姑娘了。炫目的青春华彩，让她美得晃眼。她是真的美。周围十里八乡，都说她生得美：瓜子粉面，柳叶蛾眉。一双大而亮的黑眸子，游动在好看的双眼皮眼窝里；不高不矮的窈窕身材，行走如风吹绿柳。保媒的踏破了门槛，都是受当地名门望族的少爷所托。但外婆不肯点头。她在等一个人来提亲，正是我一表人才的外公。

外公长外婆三岁，生于老实本分的庄户人家，是家中独子。勤劳能干的他，每逢集日，便会起早赶到六里外的镇上去卖席子。外公是做席子的高手，他把长成的高粱秸剖开后，按所需宽度破成篾子，放入河水中浸泡数日后捞出，再将里瓤刮净展平，铺在地上，双手上下翻飞，拼图似的一寸寸编织而成。然后，用硫黄熏好，其色泽白润光洁。这门手艺活，外公坚持做了几十年，在我童年时还亲眼见识过。他编出的席子，又软又结实，花样美观大方，铺在火炕上舒适、耐用、好看，销路极好。每次卖不完的席子，外公都会捆起，放在外婆家临街的厢房里寄存——外婆的父亲心善，他常在街头把长袍马褂兜起，买上满满一兜瓜果回家。半路上每遇到一个孩子，不管相不相识，便会分给人家一个，结果到家后总是两手空空，自家孩子一个也捞不着吃，所以这样的他，同意免费给这个年轻人提供方便，也就不足为奇了——外婆捅破了雕花木窗上的窗户纸，看到了这个高大英俊的青年，怦然心动，一张俏脸倏地开遍了桃花。但她端着闺秀的矜持，始终未踏出房门见他。她的梦里，却开始有了他俊朗的面容，幽幽地散发着春天的花香。有一次，口渴的外公进屋讨杯水喝，忽然瞧见了貌如天仙的外婆，他听到了心中春雷轰隆隆炸响的声音。

忠厚老实的外公，这辈子干得最漂亮的事儿，就是壮着胆儿去孙家说媒。他甚至没来得及想过，那么金贵的小姐，自己能否养得起。好在外婆干脆地应允了。尽管她的父母一力阻拦，说她放下那么多门当户对的公子哥儿不挑，偏生看中这么个穷小子。但他们也熟知女儿执拗的性子，索性就由着她吧。她的父亲气恼地说，今后你家里穷得揭不开锅，可别回来求爹娘。外婆也硬邦邦地撂下一句话，吃苦受累我担着，绝不回家烦爹娘。

迎亲的锣鼓喧天，外婆身穿自个做的大红绸缎的嫁衣，披着绣花的红盖头，颤悠悠地坐在花轿里。从娘家到夫家六里长的沿途，挤满了看新娘的人们。大家奔走相告：孙老爷家的四小姐，嫁给老陈家的大小子了。威武的外公骑着高头大马走在前面。那种盛大的场面，让今天的我想起来，都禁不住会笑弯了嘴巴。

从那时起，陈家鲜活的家族史，被外婆用双手平稳地接住了。此后，她用她的双手，一步步引领陈家，脱去世代务农的历史，像脱掉一件世袭的旧袍子。

## 3

夏日清晨，飞奔而来的朝霞，栖落在这个朴素而温馨的农家院落里。

已为人妇的外婆，小心地把婆婆搀扶到门口的青石板上坐定。然后把一瓶温水，轻轻地放入她的手中。回头叮嘱完公公后，这才放心地扛起锄头，跟随丈夫去锄庄稼地里无边无际的杂草。

婚后的外婆，脱去从前的软缎衣裳，换上粗布青衫，把溜光水滑的齐腰长发盘起，利落地挽成发髻。不摆半点娇小姐的谱儿。她持家有方，勤俭度日，日子被安放得井井有条。

她的公公患有气管炎，胸腔里终日响着沉闷的胡琴声，做不了活计。婆婆在生下唯一的儿子坐月子时，落下了眼疾，年纪轻轻便双目失明了。山上还有好几亩田地，等着春种秋收。里里外外，一大摊子事，晃晃悠悠地搭在了外婆身上。外婆每日起早贪黑，外随丈夫种田、锄地、收割，很快锻炼成精通农活的一把好手；内里伺候公婆，涮洗缝补，妥帖地料理着屋檐下清寒的日子。

外公曾对我说过，外婆当年孝顺公婆是出了名的，从没跟公婆红过脸儿。邻里都交口称羡。每顿饭菜上桌，外婆都会把好吃的先拿给公婆，然后是丈夫，最后才轮到自己。晚上为公公煎草药，给婆婆洗脚，把婆婆裹着小脚的长长的缠脚布洗净晾干。她愉快地做着这些活儿，脸上总是笑盈盈的，从不抱怨。在她看来，能与意中人厮守相伴，再苦再累的日子也是有滋有味的。外婆称外公"掌柜的"，而外公称外婆"当家的"，他们一辈子相敬如宾。

院角墙上的青苔，绿了黄了枯了，枯了黄了绿了。在一段段伸展的时光中，孩子们陆续出生了。昏黄的煤油灯下，又多了外婆低头为孩子们拆拆洗洗、缝缝补补、做衣服鞋帽的疲惫身影。

外婆用她精明的头脑，谋划了农闲时贩卖海鱼的生财之道。那时，孩子们已能接替父母，学会照顾爷爷奶奶了。每天天不亮，夫妻俩便早早地起身拾掇，外婆负责在家卖鱼，外公则推着独轮车去烟台海边拉鱼，来回二百多里路，全靠用腿和脚一步步丈量。在冬天，有时，外公从外面冰天雪地里回来，抽不出腿来，脱不下裤子。他有血有肉的双腿与冰冷的裤子冻成一体，结了厚厚的冰，石头一样坚硬。外公坐在炕沿上，垂下麻木的腿脚。外婆小心翼翼地用炭火烤着，她心痛，却无奈——贫穷追赶着他们，他们像护犊心切的老牛，只能拼命地向前奔跑，伺机在虎口般的日子里夺食——等到冰雪松动，裤子和双腿终于分开时，半仰在炕上的外公，早已疲乏地睡着了。卖剩下的鱼，用来给老人和孩子们改善生活。外婆是开明的，从不重男轻女。她待儿子和女儿不偏不倚，每个孩子碗里均匀地分配一块雪白的鱼肉，她和外公吃鱼头。据说吃鱼会启人心智，她养育的孩子们，果然个个聪明伶俐。

为了贴补家用，外婆变卖了几乎全部的嫁妆。但那张老红的楸木梳妆台，无论如何是舍不得卖的。她用手抚摸着雕凤刻牡丹的妆台，那里深藏着一个女子埋在心底的富贵繁华梦，照过她春花般明艳的欢颜——这一世，外婆在陈家所有悲欢离合、起起落落的日子，都在它的上面静静地过着。它同门外的杏树一起，忠诚地陪伴着外婆。

　　从二十二岁至四十二岁，二十年的岁月里，外婆就像一棵开不累的花树，一茬接一茬，坚强地孕育出五男三女八个花骨朵，她不遗余力地输出养分，供养着他们。其中的七朵，健康平安地打开花苞，舒展着，长大成人并成材。只有她的三子福臣，在六岁时夭折了，这成了她刻骨铭心的痛楚。

　　直到晚年，外婆仍泪水涟涟地经常跟我提起：福臣生得俊眉俊眼，如画中人。他格外乖巧懂事，小小年纪便会给母亲捶背解乏。平时跟哥哥姐姐学字，已识得很多字了。在他五岁那年，有个算命先生在街上碰到他，端详半天，对外婆说："你家福祉担不住这孩子，这孩子如果活下来，那是个了不得的人物。"外婆心中打一激灵，猛地下沉，但她压根不愿相信。转过年来，福臣便患上了肺炎，整日里咳个不停，细长的头颅无力地耷拉在门槛上，娇嫩的小脸憋得通红。外婆心如刀割，抱着儿子四处求医问药，晚上整夜地合不上眼，替他理胸顺气。但二十世纪五十年代初的乡村，医疗条件和医学知识有限，福臣还是没有留住。痛彻心腑的外公外婆，把幼小的儿子用谷秸编的席子包起来，埋在村北的坟茔里。两人几乎每天都会到儿子的坟前看看，给他培培土，生怕被野狗刨出来（我的脑海中，总会浮现出一个场景：夕阳西下，收工回来的外公外婆，拖着几乎用尽力气的身体，来到儿子的坟丘前，薅草、加固。浸泡在晚霞中的他们，身影单薄，显得那么无助、那么凄凉）。说到这里，外婆总会擦擦眼泪，长叹一声："唉，要搁现在，打几针青霉素就能救了他的命。"话题每次到此为止。至于青霉素能否真的拯救福臣的命，外婆不愿多想。我也一样。

五十年代末，我现在的三舅出生了，长得眉清目秀，酷似福臣。外婆把对福臣的思念，倾注到三舅身上。她悉心教导三舅，对他寄予了很高的期望。后来，三舅果真成了共和国二十一世纪的将军。只可惜，外婆没有坚持到那一天。

## 4

秋天黄昏的斜阳，染红了麦秸棚上吊着的一个个淡黄的葫芦和一串串金黄的玉米。

孩子们笑眯眯地把一群群欢实叫嚷着的鸡鸭鹅，赶进了窝里。在散去的一缕缕炊烟中，忙活了一天的外婆，才能插空坐下，欣喜地看着儿女们嬉戏玩闹着。

识文断字的外婆，有着远胜普通农妇的见识胸襟。她从书本中，读到外面精彩的大千世界。她暗自思忖：一定要让孩子们学好知识，从乡村里走出去，摸一摸、闯一闯外面广阔的天地。她对外公说，无论多苦多难，也要供孩子们上学读书。她省吃俭用，把鸡鸭鹅产下的蛋和地里的新鲜蔬菜瓜果，都拿到集市上卖掉，用作孩子们的学费。她一再告诫子女，知识改变命运。一定要好好读书，开阔视野，到外面的世界发展壮大，有所作为。

当邻居的孩子们在帮父母做农活的当儿，外婆的孩子们，却端正地坐在镇上的学堂里，认真地听老师讲课学习。

我的大舅，孩提时淘气得出格：上房揭瓦，飞檐走壁，无所不能。能创出各种玩的花样，但就是不喜读书，经常被外婆押送着去上学。有一天，贪玩的他，趁身后的母亲没注意，撒腿就往高粱地里跑。阳光照在秋收后光秃秃的田野上，一大一小两个人影，在呼啦啦响的风声中迅疾地奔跑着。大舅的鞋子跑丢了，被锋利的高粱秸茬扎破了脚，鲜红的血滴滴答答掉在土里。他再也跑不动了，一屁股坐下来。气喘吁吁的外婆抓住他，本想结结实实地揍他一顿，但瞧着他红扑扑的小脸，又舍不得下手。外婆一边替儿子包扎着伤口一边问，你为什么要逃学？儿子说，昨个看到树上有只鸟蛋，今儿想去看看变成了小鸟没。外婆又问，你为什么喜欢小鸟？儿子的眼睛突然放出兴奋的异彩：因为小鸟有翅膀，能飞得又高又远呀。外婆摸着儿子柔软的头发说，孩子，只要你好好上学读书，就会像鸟儿一样长出翅膀，将来也会飞得很高很远——大舅扑闪着大眼睛，信了外婆的话。为了能像鸟儿一样长出一双飞翔的翅膀，他开始用功学习，成绩优异。成年后他做了老师，成了一名优秀的校长。也终于明白了我外婆当年的苦心。

外婆非常注重对子女们的思想启蒙。她教孩子们认的第一个字，是"一"字，万事万物从一开始和生发；第二个字，是"正"字。她对孩子们说，正，就是正直，正派，正气。就是要堂堂正正地做人，端端正正地处世。只有行得正坐得正，遵纪律，守规矩，才能做个好人。她为子女们规划了两个发展方向：一是老师，教书育人；二是从军，保家卫国。沿着这两条路子，她的七个孩子，全部跳出了农门，按当地的说法，就是都吃了公家粮。三个女儿和大儿子、小儿子都成了人民教师，三儿子则参了军。外婆又做主把三个女儿都嫁给了军人。只有二儿子算是例外，他上学时被一家大企业挑中，后来走上了副厂长的领导岗位。

重教和拥军，当我撩开岁月撒下的烟尘，重新打量外婆的眼界时，不禁感叹：外婆一个小妇人，竟有着如此令人敬重的社会责任感和使命感。

早在解放战争时期，外婆便是拥军模范。她曾带领村里的姐妹们扭着大秧歌，迎接解放军进村。她带头纳鞋底，做军鞋，用麦秸做扇子，慰问亲人解放军。她还积极动员丈夫支前。外公曾在弹火纷飞的战场上，用他魁梧壮实的身躯，推着小车，为部队运输物资。他抬过担架，救过伤员，也是一条为解放事业出过力的热血汉子。

外婆对解放军的爱戴，是自觉自愿的。她由衷地感激，是共产党的政府，替她主持了公道。那是土改前，外婆家的土地与村干部家的紧挨在一起，村干部偷偷挪动了分界石，多占了外婆家的土地。土地就是在土里刨食的庄稼人的命呀。外公唉声叹气地说，算了，忍了吧。外婆并不作声。第二天一早，干净利落的外婆，头顶着白花花的阳光，步行十里路，到了区政府驻地。进屋后，外婆擦擦汗，不亢不卑地问区长：这人民的政府，是不是为人民做主？区长惊奇地打量着这位年轻勇敢的妇人，点头说是。外婆理直气壮地把事情的原委一一道来。次日，区长便派人用弓重新测量了土地，把村干部侵占的三分地还给了外婆。

事后，外婆教育孩子们说，做人一定要挺起脊梁，活得有尊严。过分的忍让，不是美德，是懦弱。外婆是有着大丈夫气势的。

## 5

覆盖在皑皑白雪下的冬季村庄，鸡不叫，狗不吠，分外安静。

路上的积雪，闪着银白的亮光，如同外婆头上的发丝。年过花甲的外婆，拉着我的小手，送我去上学。

我的童年，是捧在外婆手心里的。依仗着外婆的呵护和宠爱，我的童年快活得像天上的仙女一样。

我有时会抱怨，外婆的血脉，到我这里拐了两个弯，我只继承了她的四分之一。

我的母亲，是外婆的长女。我六岁时，父亲从广州换防到昆明，母亲一人带我很吃力，就把我送回了外婆家。外婆见到在南方水土里养得面黄肌瘦的我时，心疼地把我搂在怀里说，天可怜见，长得跟绿豆芽一样——那时，外婆的儿女都已长大外出了。家境也很好了，在村里是数一数二的人家。从此，外婆几乎把全部心思都用在如何调理我健康成长上面。

整日里喜鹊般叽叽喳喳绕在外婆膝下的我，其实更像是外婆的小女儿。

为了让我长胖，每天清晨，外婆会在旺旺的灶火上放一把大铁勺，等勺子热了，便往里倒一点花生油，再砰地打一个鸡蛋进去，然后来回掂着在里面嘶嘶乱叫的黄澄澄的蛋饼。我总会在满屋飘散的蛋香味里醒来，小猪一样吧嗒吧嗒地吃下香喷喷的煎蛋。

外婆还会蒸满锅的地瓜和玉米面饼子给我吃。她说，粗粮最养人。于是我吃一口甜得流油的地瓜，再吃一口黄灿灿的玉米面饼子，就着外婆搭配的小咸鱼和绿油油的青菜，把肚子撑得滚瓜溜圆。外婆还在南屋挂个柳条篮子，里面总放着为我准备的好吃的点心、水果和奶糖。过不多久，我就像外婆侍弄的地里庄稼一样，长得又肥又壮，脸胖得跟小盆似的。

有了充足的体力，我开始不省心地动脑琢磨玩耍的歪点子。有一天，我翻着外婆做针线的筐箩，灵光忽现，心想把外婆的线穗用火点着，定是很好玩的。于是我立刻行动起来。但线穗并没如预想中的那样熊熊燃烧起来，只是温温吞吞地闪着点火星、冒着点青烟。正在我失望的当儿，外婆从外面推门进来了。惊慌失措的我，一下子蹿到炕上，把线穗儿掖进了被垛里，心想这样就不会被外婆发现和责怪了。我笑嘻嘻地跟着外婆进了南屋，看外婆用簸箕簸麦子。外婆忽扇忽扇地把小麦一下下扬起，那些夹在里面的浮糠草屑便飘走了。我正看得入神，忽听外婆惊叫着跳起来：北屋炕上怎么了？怎么出来这么大的烟味儿？外婆快速冲过去，我也颠颠地尾随在后面。只见炕上浓烟滚滚，成摞的被子被点燃了。懵懂的我，这才醒过神来，原来这是自己干的糟糕事儿，霎时吓得七魂出窍，趁外婆泼水灭火的空儿，偷偷地溜出门去。我在街上晃悠了一上午，看猫看狗看树看草，直到肚子饿得咕咕叫，不得已才硬着头皮回家去。我灰溜溜地跨进家门，本以为等着我的是外婆的训斥和拳头，没想到却是外婆端出的热乎乎的饭菜。待我狼吞虎咽地吃饱后，外婆才开始对我说：孩子，水火无情，火是玩不得的。幸亏发现得及时，要不把咱家烧光了，咱去哪里住呢？你记住，玩火是坏孩子做的事儿，是很危险的，会给人带来灾难和祸事，以后千万不能再玩火了！——看我认错态度良好一个劲地点头，外婆还发了两个甜瓜来安慰我。似乎是我做了什么好事值得奖赏似的。

老天，我怎么有这么个宽宏大量而又循循善诱的外婆！从那时起，我便记住了外婆的话，在人生路上，努力做个"不玩火"的人。

外婆植下的花草，总是比别人家长得茂盛。我奇怪地问她原因。她说，善良的人，养的花草自然长得好。我信。因为外婆正有一颗慈悲的心。

好多次，我都跟随外婆去给街上乞讨的人送衣服和饭食。有时，叫花子身上的衣服破了，外婆还会吩咐我回家取针线筐箩。人家坐在石板上吃饭，外婆则在旁边帮人家缝补衣服。那一刻，慈眉善目的外婆好看极了，全身被一团仁慈的暖光笼罩着。

有一年腊月，滴水成冰。生产队里的老牛，产下了一只小牛。被寒冷冻坏了的小牛起不了身，围观看热闹的人们哄笑着散去了。只有外婆不忍心，她把毛茸茸的小牛抱在怀里，回家去。她用被子把小牛包起来，放在暖炕上，救活了一个小生灵。

外婆总是乐于助人。谁家有喜事，手巧的外婆，都会去帮忙做大花饽饽和剪窗花。外婆做的大花饽饽，不仅好吃，更好看，上面捏的花草和动物，水灵灵地活着似的；外婆剪窗花的技艺更是一绝，不需事先描画绘图，拿起剪刀几下子就能剪出花鸟鱼虫等各式花样来，似乎那些活生生的东西，平时就生长在她心里一样。我最喜欢外婆剪出的一溜红彤彤的小孩儿，手拉手憨厚地笑着。把他们贴到窗户纸上，似乎能听到他们嘻嘻哈哈的笑声，我也会跟着眉开眼笑。

外婆还是村里的义务调解员。说不清她帮助多少邻里解决了夫妻、婆媳、兄弟、妯娌之间的纷争。

外婆的言传身教，潜移默化地渗入我幼小的心灵，并长远地影响着我的做人处世方式。直到我十二岁时，被父母接回身边，依依不舍地离开了外婆。每当我做错事，父亲扬起巴掌要打我的时候，我便大叫着：姥姥、姥姥——父亲就会泄气地放下手来。

外婆是我永远的护身符。

## 6

杏花风起又春天。

那棵通灵的老杏树，站立在老屋的门前，披着满身粉白的花朵，葱郁如旧。它记忆和储存着外婆从前的气息。我莫名地敬畏它，仿佛它就是外婆在这世间的替身，它替我外婆继续活着。

推开寂寞的老屋，里面透出经年的荒凉。

我嗅着，外婆遗在这里的气息。我摸着老屋富有纹理的肌肤，看着外婆鲜活美丽的容颜，在时光中渐渐干枯成墙上的一帧帧老照片。

外婆踏上古稀的台阶后，一向健康硬朗的身体，开始摇摇晃晃，走下坡路了。

母亲说，外婆青壮年时操劳过度，年老时就找补上了。外婆生下我母亲的第三天，就上山干农活了。她从没正儿八经地坐过一个像样的月子。

她七十一岁时，积劳成疾，突发轻微的血栓住院。幸好抢救及时，没留下任何后遗症。但精气神已大不如从前。就在外婆离世的前两天，我去看望她，帮她清洗衣衫讲卫生时，她还像以前一样，从柳条篮子里取出为我备下的好吃的。慈祥的外婆，仍一如既往地微笑着。

我以为，外婆可以永远这样安然地微笑着，给后辈们一个回报她的机会。但没料到，她竟如此仓促地被光阴的手收走了。

光阴仿佛一朵木槿花，早晨开，黄昏落，一晃眼，一辈子过去了。

外婆的一辈子，如同一只辛勤的老茧，为儿女们能化身成光明的蝴蝶，孜孜不倦地献出自己，最后只剩下了一具空壳。

勤劳、善良、坚韧、贤淑、俭朴、忠贞，这些词语连接起来，就构成外婆一生的品质，她集这些美好词语于一身。我想，她只是二十世纪众多母亲们的一个缩影。她们含辛茹苦，为家和国培育出有用之才。正是这些看似寻常渺小的母亲们，用一副副臂膀，汇成一股巨大的力量，撑起了二十世纪的半边天，并与他们的儿女站在一起，推动着时代浩荡的进程。

我听到了一声轻叹，婉转、悠扬，那是我熟稔的她的声音。其实，外婆一直蛰居在我的体内。她的骨血，长在我的血脉中。我时常能听到她在我心中走来走去的声响。

在她离世的第十个年头，她恩爱一生的老伴，也去那端陪她了。

两年后，她的三儿子，不负她望，晋升为少将。但是将军的母亲，没有看到儿子的荣光，没有亲手抚过他肩上金光熠熠的军阶。

外公外婆合葬的坟前，草木苍翠欲滴，迎春花朵盛开。她的将军儿子和大校儿媳，长跪不起。他手抚石碑，低低地与母亲说着悄悄话。泪水从他的眼眶悄然溢出。或许他想起了当年母亲送身披大红花的他去参军时伫立在村头久久不归的身影，或许他想起他从基层的通讯员做起，一路拼搏而来，从考入普通军事院校，再到研修于国防大学，他从没放松过学习的姿态，是母亲殷切的嘱托一直支撑着他奋力进取。他用树枝在地上写了一行诗：知有慈母无路入，马前惆怅一枝春。

戎马倥偬的将军，为母亲骤然坠落于春天的杏花树下而黯然神伤。他知道，母亲替他选了从军这条路，便注定忠孝不能两全。他承担着保家卫国的职责，却没侍奉自己的母亲。他也知道，母亲是不会怪罪他的。因为母亲有时在书信中教导他：别想家，孩子。有了大家，才有小家。

这么多年来，在我的梦中，许多个外婆来了，许多个外婆走了。老杏树每年用淡淡的花香问候着外婆。我相信，它知道外婆的下落。我也相信，它早晚会在树下为我画出一条路。这条路，通向遥远的外婆。

# 平安星

夜深了，病中的母亲已睡熟。她的脸儿，卧在月色中，发出皎洁的光。我轻轻地给她掖好被子，目光落到桌角的那个木盒上。小心翼翼地打开，里面装着许多彩纸叠的五角星。拈起一颗细细地端详着，不禁湿了眼眸……

多年在外，如离群的孤雁。但乡音犹记，心中盛满故土的芳香。再忙，也会常回家看看，始终没走出母亲清凌凌河水般流淌不息的牵念。

几乎每日都给母亲去个问候的电话，或报声平安。若一时疏忽，母亲的铃声，便会不依不饶地追过来：吃饭了么？上班累不？没生病吧？……母亲在那边问长问短，没完没了。我笑，并不烦，顺口接几句。一来一回的对话，清清淡淡，像闲云缓缓地飘过墙头，又像笔墨徐徐地游过宣纸，留下了不规整的上联和下联。

母亲在年前突发脑出血，曾失语过一阵子。生活犹如猝然坠入一口漆黑干枯的井中，伸手不见五指。没着没落的恐慌和忙乱，一下子塞满了那段日子。一家人抱成团，在阴冷湿滑的苔藓里，左冲右突，寻找着光亮，摸索着出口。真怕啊，真怕被黑暗和寒冷吞噬，再也爬不上去，再也听不到母亲清朗的叮咛。幸而，在医术与真情的拯救下，母亲度过了危难，正在循序渐进的良好康复中。于我，现在，能听到她越来越清晰流利的唠叨，是一种莫大的慰藉与快乐。

人到中年，半生已去。在岁月中兜兜转转之后，愈发理解寻常亲情的可贵，以及母女连心的含义。回头望去，年轻时的母亲并不讨我喜欢。我与母亲，一度是隔着万水千山的。

六岁半时，我便被母亲从广州送到了千里之外的外婆家。在远离父母的孤独长夜里，在麦黄的乡间月光里，我偷偷地躲在被窝里哭泣。湿漉漉的泪水，一直淌到了脖颈，许久不干，很凉很凉。我反复地想着一个念头：妈妈不要我了。

母亲时有书信与包裹寄来。外婆常坐在庭院的石墩上，在满院花草散发出的袅袅香气中，将揣在怀里的带有她体温的信纸，一一铺展在石桌上，迎着暖融融的阳光凑近去看。偶尔会有几只彩蝶从她的身旁扑闪扑闪飞过。外婆读信时的神情极为专注而陶醉，如同在细嚼美味的糖果。有时她的唇角会开上一朵笑容，有时又会撩起衣袖，默默地拭着眯缝起来的潮红的眼睛。彼时，那个少不更事的我，哪里会懂得另一个女儿抵达另一个母亲的内心，所掀起的层层波澜呢？我只顾得，从外婆手中接过那些好吃好玩的物件，甩一甩外婆用红头绳给扎着的麻花辫子，撒着欢儿玩去了。沐浴着乡野好风好雨的我，在外婆的精心侍弄下，恰似一棵青油油鼓胀胀的庄稼，见风就长，见雨就壮。母亲在我的记忆中，已朦胧成一团白白凉凉的晨雾，看不清，也摸不着。

我十二岁时，家中忽然来了一位时髦洋气的三十多岁的女子。她长得可真俊啊：一头黑缎子似的油亮亮的卷发，蓬松自然地垂在肩膀；一对杏核似的乌溜溜的俏眼里，蓄满和善温柔的水波；一张白皙细腻的脸庞上，扬着红润饱满的光彩。宛如门前盛开的桃花儿、杏花儿——在素朴的乡下，我从没仰望过这么明艳照人的妇人。心中突有疾风刮过，我蓦然意识到，这个目不转睛注视着我的女子，肯定是远道而来的城里人，与我有着某种解不开的渊源。

果然，外婆把发愣的我，推到她的面前，说，快，叫妈妈。

我几乎不敢相信，这就是我千思万想的妈妈！六年的时光之轮嚓嚓地碾过，我终于见到了我的生身母亲。突如其来的惊喜，夹杂着些许委屈，甚或怨恨，热辣辣地撞痛了我的眼窝。我强忍着，倔强地转过头，不去看她。

母亲叹了一声，向我伸来了柔软的双臂，揽我入怀。她将自己温热的唇，抵在我的额头上，喃喃地说，好孩子，妈一直是想你的啊！可妈实在抽不出身来看你，我得上班挣钱养活你们啊！你爸又在昆明驻防，我和你爸两地分居，妈一人带你们姐弟几个，真是忙不过来啊！

外婆也在一旁劝说着，是啊是啊，你妈总在挂念着你的。这些年来，你妈常寄钱和粮票来。你弟年龄太小。你姐大你五岁，留她在身边，正好能帮你妈照看你弟呀。

在母亲温软的怀抱中，我坚硬的抵触，化作圆滚滚的泪珠，瞬间土崩瓦解。我被母亲接回了城里，见到了从部队转业到地方工作的父亲以及姐姐弟弟。全家人终于团聚了，一轮满月静静地泊在了窗口。母亲为弥补对我的亏欠，总是倾其所能来呵护我。我像一棵青翠的小树，昂首立在了自己的母树旁，根连着根，再也不怕骄阳炙烤和冰雪压顶了。

有一天，姐姐捧来一个暗红色的木盒子，里面堆着满满的彩色的五角星，仿佛父亲军帽上的徽章一样庄严。她告诉我说，那是母亲思念我时为我叠的平安星。有时她在夜半醒来会看到这样的情景：备完课的母亲一边对着我的照片流泪，一边疲惫地折叠着五颜六色的纸星星，口中念叨着：蓉儿，妈愿这些小星星，能像你爸爸的军功章一样辟邪，保佑你健康平安！

用五角星祈福，是我母亲喜爱的一种风俗。或者说，是一种信念。如同信奉端午节时把艾草和桃枝悬挂于门楣上可驱邪一样，许多家乡人迷信于将平安星放入容器中，安置在家中的某个角落。或者，将它们穿成串，制作门帘和风铃，挂在门口和窗口，用来镇宅。以求平安如意。

这个我出生时第一眼看到的女子，这个在生活的重荷下被迫屈服的女子，其实胸中暗藏着一潭深不见底的母爱。她坚信以这样一种渺茫的方式，可以借助神灵的力量，庇护她幼小的女儿，在养育过她自己的慈母膝下，被善待和宠爱着。

世上有一个简单而高贵的称呼，那是母亲。

世上有一条长长的河流，那是母亲用爱的汁液，夜以继日，一点一滴汇聚而成的。河床上荡漾着的细小波光，放映出母爱平常琐碎的片段：是在倾盆大雨中给你送伞时的一副臂膀，是在病中守护你时关切的一双眼睛，是在晚归时端给你滚烫饭菜的一双纤手，是在深夜里替你浆洗缝补的一个背影，是在你外出时千叮万嘱的一腔话语……

我是饮此甘冽的河水成长的。不觉间，少年已在哗然水声中亭亭长大，恋爱，成家。

我结婚时，按照家乡的习俗，娘家是要陪送被褥做嫁妆的。母亲执意要做最好的八铺八盖。我不应允，觉得太麻烦，且不说要费力去挑选那些富丽堂皇的绸缎被面，光是手工缝纫就得消耗母亲多少工夫啊。况且站过多年讲台的母亲，患有严重的静脉曲张，还有膝部骨质增生，双腿已经有些变形，蹲下站起都是艰难的，我怎么忍心？但母亲安慰我说，没事，妈能行。这是你的人生大事，马虎不得！——母亲戴着老花镜，历时半年，才将这些活计吃力地做完。从此，那一床床光彩夺目的锦被，水粉的、葱绿的、大红的、淡紫的……带着母亲的气息，成为摇曳在我眼前的一幅幅绚丽图画：鸳鸯戏水、龙凤呈祥、凤穿牡丹、花好月圆……那是母亲对女儿最美好的祝福啊！每当我的身体与这些绵软的被褥拥抱纠缠在一起时，总会有浓浓的暖意漫上心头。我想，母亲在窗前穿针走线时，定然是把她的一颗慈母心，连同灿烂的阳光，一块包起来，缝在了铺盖里。抑或，在针来线往的穿梭中，母亲的心尖会微微地颤动一下，有小小的痛惜迅疾地滚过：她掌心里托着的女儿，在新嫁妆被潮水一样覆过身子时，将从女孩变成女人，成为他人妇，在夫家安身立命。却不知，她的女儿新撑起的那片天空，是晴是阴？会不会有风霜雨雪经过？

一时的生养，便再也舍不得扯断一生一世的牵挂，那是母亲的爱。

光阴疏疏淡淡，儿女们各自振翅飞走。白了头的母亲，依旧守在原地，俯首低眉，甘做贤淑的妻子和慈祥的母亲。她似乎唯独忘记了她自身。

初冬时，一场灾难，猝不及防地砸到了母亲身上。她突然病倒了，因脑出血引发右半身不遂。

请了两个月的假期，风尘仆仆地赶来照看母亲。在母亲短暂失语和言语不清时，我总会贴近母亲的胸口，揣测着她想要表达的心意，往往猜对。母亲比我高而胖，每次抱她起身吃饭和康复时，我都得双膝跪下，拼尽全力拥她入怀，再慢慢地腾开双臂扶她坐定，然后才能站起身来做事。

是母亲赐予我生命，母恩高高在上。在这种人类最温馨最明亮的光芒照耀之下，或许命运早已安排好，我就该这样跪拜着侍奉母亲，叩谢母爱。

在我与当年的母亲相仿的年纪时，我也开始在深夜里，为母亲折叠一颗又一颗的平安星。仿佛是母亲的翻版，对于如此缥缈的东西，我心怀与她相似的虔诚和期盼。那些美丽的小星星，宛若吉祥的小精灵，在我的手指间翻飞，有一道神秘的幽光闪现，那是一条母女连心的路。

白月光中，我默默地祈祷着：妈，您一定要好起来！只要有您在，我就不孤单，就能找到回家的路——世间父母与儿女的心头，大抵都亮着一颗不熄的平安星吧。

# 春日午后

阳春三月的午后。微微西斜的阳光，款款而来，静悄悄地攀上东面的墙壁。

不知是蓝色的天空熏染着透明的玻璃，抑或是蓝色的玻璃渲染着清澈的天空，大片纯净无尘的宝石蓝，突如其来地愉悦着我的视觉和心情。

我钟情这承前启后的时光。踏实的脚步，从露珠滚动的清晨出发。至一天过半的晌午时，可以目不斜视地笔直前行，可以在向左或向右的路口转弯，亦可像我现在这样驻足小憩。殊途同归，虽路径有别，但都会按时抵达月影浮动的黄昏。

屋内暖气盘桓，营造出高达二十六摄氏度的室温。房间中飘移着些许初夏暖昧的气息。

圆形的青花瓷盆中，葱郁的米兰生机盎然。碎金般堆砌枝头的米形花朵，张开小小的嘴巴，静静地倾吐心蕊。

相邻的栀子花，婀娜地摇摆着青翠的腰身，头顶银白的花朵，释放着浓郁的芳香。

墙角的一帆风顺，也在茂密肥大的叶片间，探出结实的手臂，扯起六叶高高在上的风帆，报告着平安如意的讯息。

我眷恋这安逸芬芳的时光。身着缀有蕾丝花边的粉红衣衫，趿拉一双粉红的拖鞋，像鸟儿一样雀跃在这个屋檐下，我们称之为家的巢穴中。

柔和温婉的粉红色，让我异常地着迷。一直以为，粉红出于红而胜于红。比之热情奔放的红色，粉红更具有典雅浪漫的梦幻光泽。据说她是爱情的颜色。假如人生缺失爱的色彩，那将是怎样的索然无趣？

坐在沙发上，我舒适地折叠自己的肢体，随意变换着手与脚之间的距离。感受自己平稳的心跳和呼吸。此时，心中若有所思，又似无所思。偶尔有几声鹿鸣般悠扬的短信声响，送来亲友们遥远的问候与祝福。

蓝花瓷的菱形杯中，盛满碧绿的液体，悬浮着微弱的气泡，好像一湖清幽的春水，阐述着季节带来灵动的韵味。稍呷一口醒目，那滑舌而入的清凉温度，直沁心脾，带着苹果香甜的味道。

环顾四壁，墙上挂着你精心创作的国画。那一幅幅生动的画面，宛如一曲曲内涵丰富、情趣各异的交响乐章。你笔下的奇峰深壑、飞瀑流泉、苍松古榕、亭榭楼阁、骏马吉羊和花鸟鱼虫，千姿百态、异彩纷呈。

春风习习，轻轻敲打着窗户，吹拂着你薄薄的宣纸。你在书斋的画案上，像往常一样，用水墨泗开你心灵的独白。

你时常赴野外写生，你与大自然有着最直接最亲密的对话。你用柔软的毛笔，提炼生活的诗意；你用黑白灰分明的色调，描绘停泊在你眼底的世界。

我看到，你将三月写意成一树树嫣红的桃花。你说，这个月份属于桃花。你与桃花结为知己，互相装点着彼此明媚的欢颜。

在这一刻里，墨香、花香与思绪，在午后的春晖中和谐地交融。心之域，欢快似浮云，自在如飞絮，闪烁着水晶般唯美的光亮。

习惯守望着我和你，两个人的田园。没有多余的嘈杂和喧嚣。相爱的时间太长了，但我依然如此地爱着爱情，爱你是男人、我是女人，爱我们悬挂在尘世树梢上的老窝。几乎已忘记曾独自流浪在青春原野上的孤寂和迟疑。

定睛打量，陈年的影子，倏然遁迹。我们只想与幸福相约。幸福没有保质期限。人生需要很长很久的幸福。

这个时候，你放下笔，向我走来，高声唱起一首动听悦耳的歌儿。跟着你的节拍，我赤着脚，跳一支即兴的舞蹈。然后在凌乱的舞步中，我们一起笑倒。

我崇尚这抒情美妙的时光。生命在此时，犹如一方每个毛孔都蓄满水分的海绵，显得充盈、润泽和厚重。当暴风和烈日猝然袭来时，她会给予我们足够的信心和力量，引领我们安然走出逆境。

# 二月时光

## 晨之美

清晨，几条细密斜织着的霞光，如柔滑的丝线，缠绕上瓶中依然鲜活的花朵。

你送我的九朵玫瑰花，已在水中，静静地开放了九天。

我惊叹，这是生命的奇迹，当花朵离开土地的孕育。

生命的力量，无处不在。

我目不转睛地注视着，这些舒展着花瓣和枝叶的紫红色花朵。风吻过她微扬的嘴唇，她轻轻地颤动了一下。这象征着爱情的花朵，在倾诉着怎样永恒的诗语？

你不是第一个送我玫瑰的人。很多年以前，当我接过我人生的第一束玫瑰时，禁不住泪如雨下。只是这样的眼泪，流淌于伤感之外。

玫瑰见证了许多劳燕分飞的爱情。聚散有缘，缘由天定。请别说恨，那是一个烫手扎人的字眼。与其怨恨伤痛，莫如淡薄释恩仇。

幸而"爱"字，比"恨"字，多了一画，所以爱比恨多了些重量。生命的重量，我们必须担当。有时，我们用爱来打造快乐；有时，我们用爱来超度忧伤。

每一位浪漫的女子，从她情窦初开的那一刻起，便在做着无比绮丽的玫瑰梦。当他的身影，渐渐地消失在遥远的地平线上时，我梦见，在漫山遍野盛开的鲜花丛中，你手持带有百合的大把玫瑰花束，向我走来。我站在太阳金色的影子中，身穿一袭洁白的婚纱，幸福地笑了。

当那一天，我真的成为你的新娘时，我惊奇地发现，我的现实，复制了我的梦想。

每年到了情人节的时候，你都会不厌其烦地赠予，我也乐此不疲地笑纳。你一向懂我，知我是花痴。当我手捧这芬芳娇艳的花朵时，仿佛也收获了你沉甸甸的爱意。我的面颊，霎时飞满红晕，宛如同时绽放了两朵妩媚的玫瑰花。

我心安理得地接受你的给予，就像我顺理成章地依赖你温暖的怀抱。在我看来，二者并没有质的区别，它们都是两情相悦的表现。

我安享你对我的爱惜，我也放纵你对我的爱惜。为什么不呢？我尊重自己作为女子的权利。

女子来到这个世界上，其实背负着双重使命：不仅要用一颗慈悲的心灵，来照耀这个有时阴冷黑暗的世界，而且也要被爱的光辉，笼罩和沐浴着。

世上没有常开不败的花朵。尽管当我们想到生命的尽处时，不免心生怅惘，无可奈何。

当玫瑰花的生命接近终点时，她在想着怎样的心事？

玫瑰，早已将她代表的爱的精神，播撒在有情人的心野。唯有爱，生机勃勃，郁郁葱葱，历久弥新。

# 夜之魅

漫步在二月海滨的夜晚。

淡淡的半轮弯月，跟随着我们的脚步。

拂面而来的风，温柔而敦厚。如同当地的女子。

烟台二月的下旬，是冬？是春？委实有些难定。昨天，刚显出初春的姿态，到了今日，又露出暮冬的模样。正像一个娇俏顽皮的女孩儿，轮番向你挥舞着两只粉拳，左手是春，右手是冬，让人不但不觉生厌，反倒甘愿受用。

十指紧扣，我们一起观海听涛。

海天一色，遥遥相连，铺开青黛色模糊的轮廓。只不知，在海天依偎处，有着怎样的情和景？

波涛上，跳跃着忽明忽暗的灯火，仿佛大海眨动着寂寞的眼睛。

我说，我们都是岁月撒下的网中的鱼儿，不管如何的抗拒和挣扎，都逃不过被捕捞的命运。

你说，即使它能网住我们的躯体，又怎能网住我们自由的灵魂？

日子一页一页席卷而过。在时光沉静的瞳孔里，印下了多少次人生华丽帷幕的拉开和合拢？

我们一起仰望深邃的夜空。那点点闪烁的星盏，可是无数不灭灵魂的依附之所？

生，若如初升的朝阳般绚丽，逝，便如沉没的落日般静美。人生，只是短暂划过天空的一道优美弧线。

所幸"生"字，比"死"字少了一笔，因而，生比死少了些沉重和悲凉。

神明素有好生之德，故而赋予人类追求美好生活的勇气和信心。

轻轻地触碰，彼此温暖柔润的气息。

我们的身心，因相爱，犹如螺栓和螺母一样，亲密且牢固地啮合。

我们的身心，只愿停泊在浩瀚蔚蓝的海洋，这里有宽广无垠的胸膛，以及厚重博大的情怀。

当丘比特的翅膀日渐羸弱，当爱神无力再举起年迈的弓箭的时候，我们衰老嶙峋的双手，会一直紧紧地相握，须臾不离。微笑着拈花归去。

# 有闲

人在东莞厚街家中，闲着。

虽非当地市民，但算得居民。当初因喜爱这里草木葳蕤，买了一套三居房。

房屋大多时间空闲，有时一年也来不了一次。偶尔小住，也是先生来打理一下。万物有灵。我不知，它是否恨我这个女主人冷落了它。不是我不理它，是我还没到能停下的时候。我被眼前诸多时间和事情绑架着，使用着，分身乏术。日复一日，年复一年。

路上永远有人在行走。似乎没有多少人怀疑过行走的意义。就像悬在半空的蜘蛛一样，不知疲倦地吐丝织网，首先困住的却是自己。它走来走去，总是走不出自己织的网。我不想做这样的蜘蛛。于是，下决心从旧有的秩序中解放出来。喝点闲茶，干点闲事，读点闲书。做回逍遥的我自个。这是我喜欢的生活状态。

寻找生活的空隙，安放一颗闲心，是需要一些勇气的。

抽身，犹如剥离，把新鲜的莲子从碧绿的莲蓬原有的位置中，一点点地抽离、转移出来，会有些犹豫和恍惚，甚至有些藕断丝连的心痛。但，若非如此，又怎能品尝到莲实的滋味呢？

我想，与莲子的清甜多汁相似，这是闲味。

闲味里，隐藏着一个秘境。

"七碗受至味，一壶得真趣。空持百千偈，不如吃茶去"。赵朴初用五字禅言，开示一条通往闲逸之境的道路。在那个秘境里，阳光朗照，山泉清澈，万物透亮。身在其中拈花微笑的人，有一颗恬淡之心，一颗懂得享受人生真趣的闲心。

人，有时就需要这么一种悠闲自得的随意吧。这点闲，就好比花有蝶、山有泉、石有苔、水有藻、木有藤。像润色，让寻常的日子有了温情和颜色，不至于那么生硬和板结。

悠闲，看似时间的多余和空闲，实际是心境的清闲和富裕。好比闲庭信步，以闲养心。

梁实秋说："人在有闲的时候，才最像是一个人。"是的，打开自己，做最想做的事情。像一朵花，释放生命的芳香。

在岭南的鸟鸣虫鸣声中醒来。打开门，穿着睡衣拖鞋去院里看我的花草，它们一如既往宽容地接纳了我。九里香的幽香浸人，淡金的细碎的花瓣一边开，一边落。还有凤尾竹、发财树、榕树、铁树、茉莉……高处的，低处的，都那么绿那么好，孔雀开屏一样，就为等我来似的。尘世的欢喜和满足，在这些细小的枝节里蔓延。它们如同家人。我看着摸着，忍不住微笑。然后，给它们浇水，一遍又一遍。

回屋坐下。喝先生熬好的米粥，一勺一勺，慢悠悠的，不急，不急。有点闲的慢时光，不慌不忙，才是生活本该有的原汁原味。

"几时归去，做个闲人。对一张琴，一壶酒，一溪云。"在苏东坡的人生哲学里，闲居，具有雅致的美感，妙趣横生。

有一年，去丽江古镇，住在一家古旧的客栈。一眼相中它，是因投缘，有种闲逸安宁的气质打动了我。客栈的门前，青石板的街道上，挂着一块脱了漆的暗红色木质招牌，上面有一行描金字："有点闲，有点钱，有点爱好——丽江生活。"地上支起的一块原木色黑板上，用粉笔写着："走走停停，这里有你想要的那份闲适。"细脚伶仃的字迹，在光照中泛着古色古香，漾着素朴的气息，又生动，又慵懒，一下子就俘获了我。人和物，闲味相投，轻易地认领彼此。仿佛他乡遇故知。

拾得一闲心做主，今天做个自在人。

拾闲，就是爱自己，尊重自己。如此，我们便可以更好地前行。

前人中，尤喜王维和李渔。王维说："我心素已闲，清川澹如此"，他情系的大多是山水、田园。而李渔著《闲情偶寄》，又"买山而隐"。他们是深懂闲味之意趣的。素淡闲情里，蕴藏着广阔的生活乐趣呀。人生一世，追来逐去，最向往的、最想回归的，不就是有个恬淡的心境、闲逸的情趣么？

也喜张潮和沈复。张潮在《幽梦影》中说："能闲世人之所忙者，方能忙世人之所闲。"沈复则在《浮生六记》中说："闲来静处，且将诗酒猖狂，唱一曲归来未晚，歌一调湖海茫茫。逢时遇景，拾翠寻芳。"如此的闲雅，恰似松下听琴，月下听箫，洞边听瀑布，山中听梵呗，将日子过得山清水秀，润泽而旷达。

刚刚三月末，莞城的气候，却径直赶往初夏去了。空气像发酵着的一坛蜜，甜蜜地叫人沉醉。所有的春花都开遍了。开遍之后是开过。花儿走了，留下青翠的枝叶在奔跑，奔向下一个春天。但于我，今春的花期，终究是错过了。也不难过。人生难免会有缺憾，不在这里，就在那里。

想起我昨晨还在的北方海滨，春日迟迟。到处仍是哧溜乱窜的料峭春寒。柳树只舍得吐出一点嫩黄，像久病初愈的人的脸。而更多的树木矜持地抱着褐灰的残枝败叶，让人徒然白生了一茬茬的期望。但故土难离。禁不住想念她的幽凉，在千里之外。

　　人挪活。我需要一点闲心和不同地气的滋养。邻居刘先生友好地让我蹭网。他生得白皙而瘦，笑容腼腆，是地道的老广。我时常收到的善意，让我对置身其中的世界保持着不间断的眷恋。

# 多想和你一起吹吹风

七月刚刚探头，盛夏便如影随形而来，像一枚破空而至的子弹，有一种无法抗拒的力量。

但在北方的这座城市里，没有内陆惯常的燥热。因有蓝的海和海的蓝。这个巨大的蓝色容器，将暑气吸收进去，过滤后再张口倾吐出来，将其化解为湿热，带有一种黏性，如同附体的亲密的激情，无孔不入。

时近黄昏，信步去往海边。温热畅快的风，贴身而行，衣袂飘飘，如履云端。

一树树绯红的合欢，整整齐齐，伫立在路的两旁，散发着甜蜜的馨香。一朵朵如小伞般撑开的花儿，毛茸茸、娇嫩嫩，像一朵朵笑容，浮现在葱绿的枝枝丫丫上，窥视着底下来来往往的行人。那些尘世中的男女老少，怀着各自的心事，路过，远去——树会记住树下的许多面孔，以及树下发生的许多事情。年轮就是它们的记忆贮存器。人会忘了哪一天在树下走过，忘了在树下笑过还是哭过，但树不会忘记，树都替他们记着，却并不声张。

我想，每朵花，都有着自己的秘密；每棵树，都有着自己的爱情。如同我们，不，或许胜过我们。是的，它们居高临下，能看穿我们的心思，而我们抬头却看不透它们。一片树叶，就足以遮挡我们的眼睛。树比人精。

不足十分钟的光景，便已靠近这片蔚蓝的海。

海，因夏而异常的妖娆。这个多情的季节，总是过分地贪恋海的美色。

又圆又大的落日，灯笼似的悬挂在西山上。不消一个时辰，太阳便将沉入海底。橘子般明亮的颜色，浸染到海水中，一闪一闪地跳跃。我听到海在微笑。

这时的海水，尚有微凉。性寒的我，是畏惧的。我只在大暑时节熟透了的深夏，才会入水洗浴。但此时，蓝莹莹的海水中，已迫不及待地攒动着许多年轻的头颅，仿佛随波逐流的小舟。忽明忽暗的波涛，左摇右晃的海面，层出不穷的海浪，托起满载欢声笑语的小舟。我想，其中的一些小舟们，是渴望遇见能征服它们的舵手的。

辽阔的大海，包容了所有的情感，相爱抑或陌路。

我静静地坐在海边的石栏上，甩一甩长发，然后低下头，打开一本《西厢记》。在一排排、一列列隽秀的文字里，欢喜地注视着他和她：张生和崔莺莺的爱情故事。"待月西厢下，迎风户半开。拂墙花影动，疑是玉人来"，多么令人沉迷的浪漫爱情。风哗啦啦地翻响书页，墨香从字里行间溜出来，陪伴着我闲适的心情，一同摊晒在红灿灿的向晚里。

王公贵胄也好，乡野村人也罢，都得饮食一碗人间情爱的烟火。锅灶离不开锅盖，啥人会有啥人爱。人皆有七情六欲，谁也不比谁的情欲高尚，谁都盼望能实现"永老无别离，万古常完聚，愿普天下有情人的都成了眷属"的理想。

身旁，坐着一对老夫妻，正絮絮叨叨地说着话。那些轻软的声音，像蜜蜂一样嗡嗡地飞来，盘旋在我的耳畔。有时，老夫人会咯咯地笑起来，声音甜美尖细，如昆曲的念白一样婉转动听，全无老态，让我甚为惊诧（她大约是有些唱功的吧）。转头望去，只见老先生抬起手来，轻轻地替妻拢着凌乱的如霜白发，真有《牡丹亭》中"停半晌、整花钿。没揣菱花，偷人半面，迤逗的彩云偏"的旖旎风情。只不过，他成了映照她的那面菱花镜子。

也许，他至今还记得当年她"翠生生出落的裙衫儿茜，艳晶晶花簪八宝填"的青春芳华吧。现在，他们白首偕老——他的手划开空气，轻轻降落，牵起她的手。他们的掌心，面对面地叠放着。他和她的生命线和爱情线，那么欢畅地纠缠在一起，不分彼此。老夫人有些羞涩地垂下眼帘，布满皱纹的脸庞上，竟泛起少女般的嫣红。几片绚烂的晚霞，蝴蝶般栖落在他们的身上，像一幅静止的油画，容纳着斑驳陆离的美。刹那间，我的唇角上扬，忍不住微笑，一个人微笑了许久。他们一生的情意，有多深多长呢？一路山重水复，柳暗花明。就那么坚持着，十指相扣，一起迈过琐碎的光阴。到夕阳晚照时，仍然保持着这样殷勤的眷恋：执子之手。我们相爱，我们变老，我们同在，多么值得、多么美好。真的让人原谅岁月中的种种缺憾和不完美。

朝飞暮卷，云霞翠轩。我希冀，多年后，那里并肩坐着的是白发苍苍的你和我。有着相似的内容和情节。

这片海啊，她活在蓝色的童话里。她不流淌蓝色的眼泪，她只酝酿蓝色的美好和希望。

此时，海风的细节如此清晰，好像长出双翅的小天使，活泼好动。我的长发，一次次地被它吹起，又一次次地落下。它滑过我的脸，我的颈，我的全身，多么轻盈、多么欢畅。有一种透彻的清凉，在夏日的余晖中游荡。我的心，异乎寻常的安宁。

心，是一座城堡。我曾是这座城池中，唯一的女皇，高傲地俯瞰着众生。但自从你威武地入侵后，我便甘愿甜蜜地沦陷。从此，我不再独尊。我愿做你的皇后，隐身在珠帘摇晃的幕后，脉脉地凝视着你，做神坛上高贵的君王，高声为你喝彩。我们以仁慈治理天下，用善良和宽容，把更多的幸福和欢愉，惠泽给我们的子民。

你已外出数月了。那么长，那么久，这是我们分别最长最久的一段日子。

思念站在身旁，摇头晃脑，打量着我。我不能错过它。邀请它居住在我的心底。听，它走来走去的声响，多像海浪拍打海岸的声音。哗，哗，一波又一波，无休无止。

我想，我是一个温煦的女子。崇尚温馨和煦的爱情，就如春日的泉水，竟日缓缓地流淌；或像秋日的微风，每天徐徐地吹拂，光彩透亮地滋润着我的世界。

恰好，我拾取的爱情，晶莹圆润，如贝壳里淘出的珍珠，光彩恒久，润泽我一生的容颜。

拜你所赐。

此刻，多想与你一起吹吹风。我流离失所的两朵蔷薇，多想执住你温暖的双手，阳光般金黄的双手。

海风吹啊吹。沙滩上，深深浅浅，收藏着我们往昔的足迹。有时，你走在前，我走在你的脚印里；有时，我走在前，你走在我的脚印里。微小的幸福，宛如欢畅的鱼儿，从我的心房，游到你的心房，来回穿梭。

再过十余天，你便会从远方归来，驾着一辆华丽的马车，一路响彻清脆的铃铛，叮零零，叮零零……多么动听。那是你归心似箭的代言。

那么我的君王，请容我，腾空城池，掸去心扉中离别的尘埃——清庭扫院，除草驱荒，笑逐颜开，迎接你，回家。

## 吟墨斋里的风景

　　月已央，晨曦照。早晨七点的阳光，如上好的头道茉莉花茶，金黄，明亮，澄澈，馨香，在吟墨斋里慢慢地流泻开来。

　　吟墨斋的主人，子丹，前倾着身子，微眯着眼睛，脸上带着浅笑，正专注地与笔墨交谈着。他与它们，像兄弟一般，心有灵犀。

　　我不能无动于衷。我负责研墨。我在坚硬而滑润的端砚上，蘸一点清水，嚯嚯地研着墨。散着芬芳的墨块，在一下接一下的磨砺中，还原了它本来的形态。它扭动着乌黑透亮的躯体，在砚台里欢喜地流泪，吟唱。

　　墨与砚，互相倾心，互相依附，生生世世，不了情愫。如同红尘中的男女。

　　好似我和他。

　　在男女之间的追逐中，我们都是赢家。显然，我们赢得了彼此。尽管我没有美若天人，他也没有玉树临风。但我们，定然有着异乎旁人的契合。

242

我们是无声的。此时，无声是最相宜的。我们把默契，交付了心灵。只有尘埃，在光影里，缓缓地跳舞。间或他的笔，游弋在青花瓷的笔洗里。

我试图解读，洞悉他内心的自白。我悄然立于他的背后，注视着他，一笔笔、一画画，描出厚重的山，灵动的水，抑或是奔驰的骏马，温雅的山羊。他挥毫弄墨，赋予它们生命、活力、温暖和爱情。

在他眼中，山川、树木、花鸟、马羊，皆为大地上的有情物。他沉迷于这种有情，悉数将它们收入画中。

子丹作画，于山于水，气势磅礴，华美滋生。中锋用笔，苍劲刚健。但同时又婉约清新，以书法入画，线条流畅，动中有静，虚实相合，讲究意境。在《太行春早》中，绿染新枝，花发数朵，一群北归的大雁，飞越千山万水，衔来了春天的讯息。巍峨起伏的太行山，在他层层叠叠的重墨和淡墨渲染中，令人禁不住感慨：江山果然如此多娇。

他的绘画语言，画中有诗，诗画一体。他对故乡的山水和草木，满怀深情。在《阳城八景》中，他把情愫倾注笔端，如同歌者，歌唱故乡大地上的风物。我甚喜他笔下的古阳城八景之"灵泉松月"：玉带似的灵泉迎面蜿蜒而来，潺潺流淌的清音，似依稀可闻；一轮满月以留白的方式，从流云中冉冉浮出。皎洁的光辉，洒在山间人家的红瓦粉墙上；远近的苍松躯干挺拔，枝叶婆娑起舞。画中左侧题写了清人项龙章的同题诗：莫道荒山冷无主，有万个松堪数。况夜夜月明来照汝。月色也，松多处。松色也，泉多处。山寺日斜风满树，鸟弄酸如雨，晚樵归踏云边路。月去也，泉留住。泉去也，松留住——墨色浓淡有致，虚实相融，明暗可辨；线条勾勒简约遒劲，皴擦点染丰富，呈现山间多变的肌理皱折，烘托出一幅恬淡、清幽之山居美景。与王维的"明月松间照，清泉石上流"，有异曲同工之妙。世间的美好情意与景致，原本就有许多不谋而合的呼应啊。

他的画，情趣丛生，引人遐思，一如其人。在《听瀑》中，一只孤独的山羊，伫立在岩石上，歪着头，竖着角，凝神聆听着飞瀑的流响。山崖边上，恰到好处地斜出了几枝乱红，使人怦然心动；在《相随》中，浩瀚的蓝天下，辽阔的草原上，一匹男马，引颈长嘶，威风凛凛，拓路前行。而那匹女马，则昂首挺胸，脉脉含情，紧紧跟随。笔墨间，流淌着浓郁的人文气息。

每每此刻，我是多么地敬慕他。我仰望着他，就像仰望他笔下的崇山秀水。虽然那样的山那样的水，有我永远无法企及的高度，但至少，我可以无限地靠拢它们的创造者，他，子丹。

他恬淡安然地应对着四季。春夏，不惺；秋冬，不火。他总是用纤长的手指，拿捏着瘦削的笔杆，沉溺在他的丹青王国里。

他臣服于丹青。他穷一生的光阴，只为虔诚地侍奉着丹青，他的君王。

他的足履，他的身形，遍布许多名胜、山峦、河流、甚至沙漠。雄峻五岳的造化神秀，长江黄河的奔腾壮观，塞外草原的宽广豪迈，雪域高原的圣洁纯净，以及敦煌飞天的瑰丽奇特，乐山大佛的肃穆慈悲，凤凰古城的久远神秘，中山故居的清幽简朴，还有西双版纳的傣族竹楼，洞穴苗寨的原始古朴，江南水乡的婀娜倩影，宝刹深处的暮鼓晨钟，都震撼着他的心魄，激发着他创作的欲望。他一步一步，求索着，体味着，走近他的梦想，他的渴望。

他是执着的，也是幸福的。始终以热爱的绘画为业，与美为伍，不肯远离，从未放手。

又是一个桃花盛开的春天。是清晨，也是晌午，还是黄昏，从未消弭的风，连同海水的腥咸呼吸，从半掩的纱窗间，跻身而入。他笑容可掬，一如既往地在月白的宣纸上，丈量着山川的雄伟。

在画案的一角，檀香木的笔架上，林林总总、长长短短、粗粗细细的狼毫、羊毫、紫毫、鼠毫，在风中荡着秋千。

他的身旁，卧着一杯卡布奇诺。咖啡氤氲的清香，打着旋子，渐渐消融在时光里。

他置身在这馥郁的时光里，甘之如饴。他像一株健硕的青藤，向着太阳，不停地攀缘，周身发出淡淡的光。

这时，他便是一个风景，一帧画。